機密諜報

凱倫・克里夫蘭 Karen Cleveland

獻給B・J・W

「人陷入情網時，總以自欺起頭，而以欺人收尾。這就是世人所謂的浪漫。」

——奧斯卡・王爾德

我站在雙胞胎的房門口觀看，他們睡覺的模樣安詳又天真。看到嬰兒床一根根的護欄，我想起監獄裡的牢房。

房間沉浸在夜燈柔和的橘色光芒中，狹小的空間裡滿是家具，房間只有這般大小，也未免擺了太多。這裡有嬰兒床，一舊一新；一張尿布更換桌，還有好幾疊外包裝都沒拆的尿布。書櫃是我和麥特好久以前組裝的，過多的書本已壓彎架子，那些書我全部能倒背如流給老大和老二聽，我也發誓要更常念故事給雙胞胎，但我就是忙得不可開交。

麥特爬樓梯的腳步聲傳來，我一手握緊隨身碟，好像擠得夠用力，它就會自此消失，一切跟著復歸舊貌，這兩天將會被抹除，當作是場惡夢罷了。可是它仍在原位，真切確實。

走廊地板吱嘎作響，一直以來都會發出聲音。我沒有轉身，他從我背後湊過來，肥皂和洗髮乳的味道撲鼻，他的氣味以往莫名地令我放心，現在卻使他像個陌生人。我感覺到他有所遲疑。

「能談談嗎？」他說。

儘管那句話很小聲，仍吵到了卻斯，他在睡夢中悶哼一聲，再次靜下來，依然窩成一團，像是在保護自己。他長得太像他爸，都有嚴肅的雙眼，萬物盡收眼底。

我現在懷疑自己是否真的認識麥特，不知道他會不會保守如此重大的機密，因為那些祕密將摧毀任何他親近的人。

「有什麼好說的？」

麥特又靠近一步，一隻手放在我的手臂。我走開，到他碰不著的距離。他的手懸在半空中片刻後才落到身旁。

「妳打算怎麼辦？」他問。

我看向另一張嬰兒床，凱勒穿著一件式睡衣躺在裡頭，有可愛的金色捲髮，四肢如海星般攤放，手掌鬆開，粉色的雙脣張著，渾然不知自己多脆弱，或是這個世界能多殘酷。

我總說，我會保護他，給予他缺乏的力量，確保他獲得每個機會，盡可能讓他擁有正常的生活。我不在他身邊的話，是要如何做到？

我會為自己的小孩赴湯蹈火，在所不辭。我鬆開手，望著隨身碟，小小的長方形物體，平凡無奇。這麼小，竟擁有偌大的力量，能復原，亦可顛覆一切。

想想看，那聽起來很不真實。

「你知道我沒有選擇餘地。」我說道，強迫自己看著他。他是我先生，我對他理解甚深，卻也一無所知。

兩天前

第一章

「壞消息，小薇。」

我聽到麥特的聲音，吐露任何人都會害怕的字詞，語調卻令人安心，輕淡而歉疚。這當然是件不幸的事，但還應付得來。如果事情真的很糟，他的聲音會更沉重，而且會說出完整的句子和全名。**我有一些壞消息，薇薇安。**

我用肩膀抵著電話在耳邊，旋轉椅子，到L形辦公桌的另一端，電腦在灰色頭頂置物櫃的正下方。我移動螢幕上的游標到貓頭鷹形狀的圖示，點兩下。假如真不出我所料——我知道是那樣沒錯——那我不久就得離開辦公桌。

「艾菈怎麼了？」我說，目光飄移至其中一張蠟筆畫上，用圖釘釘在辦公室隔間的高牆，色彩於一片灰中迸裂。

「燒到一百點八度。」

我閉上眼睛，深吸一口氣。果然被我們料中，因為她班上一半的人都生病，如骨牌般一個個倒下，發病只是時間早晚的問題，四歲小孩並不怎麼愛乾淨。可是在今天？一定要在今天嗎？

「還有別的症狀嗎？」

「只有發燒而已。」他停頓一下。「對不起，小薇，我送她過去時，她還好好的。」

喉頭很緊，我嚥下口水，即使他看不到我，我仍點頭。其他天他會去接她，他理論上可以在家工作，而我不行，況且在雙胞胎出生時，我休掉了所有假。但他正要帶凱勒進城做新一輪的診療。我不能陪同，因此一直感到內疚。而我現在不僅不能去，還要硬著頭皮請已用完的假。

「我一小時內會到。」我說。他們有規定我們得在接到電話後一個小時內抵達。把車程和步行去開車的時間算進去——我的車子停在蘭利市廣大停車場的外圍——我就只剩大約十五分鐘要結束今天的工作，已超休的假期也能少扣十五分鐘。

我瞄一眼螢幕角落的時間——十點零七分——再把目光轉移到右手肘旁的星巴克杯子，熱氣從塑膠蓋上的開口冉冉而升。我買飲料給自己，如此豪奢無度是為了慶祝盼望許久的這一天終於到了，也為上班乏味的幾個小時提神。寶貴的時間浪費在排隊上，本來可以用來搜索電腦檔案。早知道就跟平時一樣就好，使用劈啪響的咖啡機，喝有咖啡渣漂浮的咖啡。

「我就是那樣跟學校講。」麥特說。「學校」其實是指日間托兒所，除了老大外，其他三個小孩白天全在那裡度過。我們從路克滿三個月後就一直稱它是學校，我讀過那樣對生活型態的轉變有幫助，能減輕每天把小孩留在托兒所八到十個小時的愧疚。實際上，那並沒有效，但舊習難改吧。

對話暫停了一下，凱勒在電話那頭牙牙學語。我聆聽，我知道麥特也在聽，就像是我們下意識的行為。可是他只發出母音，仍然沒有子音。

「我知道今天是個大日子……」麥特終於開口，聲音漸弱。我已經習慣在沒有防竊聽的電話上閃爍其詞，總是假設有人在監聽，也許是俄羅斯或中國。所以有問題時，學校通常先打電話給麥特。我寧願由他來過濾小孩的部分個資，不落入敵人耳裡。

儘管說我有妄想，或稱我是中情局防諜分析師。

不過說真的，麥特也只知道那麼多，他不曉得我持續徒勞無功地嘗試要找到俄國的蟄伏間諜網，而且我還研發出一套方法，用來辨別這項高機密任務的相關人上。我等這一天，已等了數個月，即將得知兩年的辛苦工作是否能開花結果，是否有機會得到我們迫切需要的升遷。

「是啊。」我說，來回移動滑鼠，邊看名為「雅典娜」的程式載入，游標呈現沙漏狀。「凱勒去赴診才是今天的大事。」

我的眼睛移回隔間牆上的亮麗蠟筆圖。在艾菈的畫中，火柴般的四肢從全家六口的幸福圓臉旁直直伸出；至於路克的畫，就比較複雜些，畫中只有一個人，頭髮、衣著和鞋子的顏色是參差不齊的濃厚塗鴉。「媽咪」，上頭用大寫字母寫道。他正值熱愛超級英雄的時期，我身穿披風，手擺臀部，「S」字母在衣服上，一個超級媽咪。

有種熟悉的感覺壓在胸口，想哭的衝動湧來。**深呼吸，小薇，深呼吸。**

「馬爾地夫怎麼樣？」麥特說。我的嘴角上揚。他向來如此，在我最需要的時候逗我開心。我看一眼擺在桌角上我們兩人的照片，我最喜歡的一張，在我們大喜之日拍的，幾乎是十年前，我們當時好快樂、好年輕，不斷談論結婚十週年要去個有異國風情的地方慶祝。成行的可能性當然不用說，但作點白日夢還是很好玩，有趣卻傷感。

「波拉波拉島。」我說。

「勉強接受。」他猶豫一下，凱勒在空檔中又發出更多母音：啊啊啊。我暗自計算卻斯發出子音花了幾個月，我知道不該去算，所有的醫生都那樣說，我還是不聽。

「波拉波拉島？」身後的聲音有故作不敢置信的語調。我用手蓋住話筒的收音端，轉過身去。是歐馬爾，跟我有相同工作的聯邦調查局分析師，他一臉被逗得很樂的樣子。「就算打著中情局的名義要到那裡，可能還是很難說得過去吧。」他露齒而笑，極具傳染力，我的臉龐也添上一抹微笑。

「你怎麼會在這？」我說，手仍覆蓋話筒，凱勒含糊的嬰兒語在耳邊，這次是另一個母音：喔喔喔。

「和彼得開過會。」他靠近一步，坐在我的辦公桌邊緣，他手槍皮套的輪廓在髖關節處透過T恤顯現。「這可能是巧合，也可能不是。」他瞥過我的電腦螢幕，笑容幾乎絲毫不變。「就是今天，對吧？上午十點？」

我看看螢幕，一片漆黑，游標還是沙漏。「就是今天。」耳邊的咿呀聲已經靜下來。我移動椅子，稍微不面向歐馬爾，再移開話筒上的手。「親愛的，我要掛電話了，歐馬爾在這。」

「幫我跟他問好。」麥特說。

「我會的。」

「愛妳。」

「我也愛你。」我把電話放回底座，回頭面朝歐馬爾，他依然坐在我的桌上，下半身是牛仔褲，雙腿伸出去，翹著二郎腿。「麥特跟你問好。」我告訴他。

「啊哈，所以波拉波拉島就是和『他』去，在計畫度假嗎？」笑容再現，毫不保留。

「理論上是吧。」我冷冷地笑著說。那聽起來真可悲，我的臉頰都發紅了。

他盯著我一下子後，謝天謝地，終於往下看他的手腕。「好吧，十點十分了。」

他放下原來翹著的腳，換成翹另一隻，身體向前傾，興奮之情寫在臉上。「妳有查到什麼要給我嗎？」

歐馬爾從事這行至少有十年，比我還久。他正在搜查美國境內的蟄伏間諜，而我則試圖揪出管理臥底單位的人。我們一直沒有成果，他卻依然這麼熱衷，我每次都很驚訝。

「沒有，我還沒看呢。」我朝螢幕點點頭，程式仍在載入中。我再瞄到隔間牆上的一張黑白照片，釘在小孩的圖畫旁。尤里・亞科夫，臉部飽滿，表情猙獰。只要再多點幾下，我就能進到他的電腦，看到他眼睛所見，以他的方式瀏覽檔案，研讀他的文件。希望因此能證明他是俄羅斯間諜。

「妳是哪位？妳到底對我的朋友薇薇安做了什麼？」歐馬爾笑著問。

他說得沒錯。如果不是因為在星巴克排隊，我會在十點整就準時登進程式，會至少有幾分鐘的時間到處看看。我聳聳肩，手比螢幕。「我正在努力。」再向電話的方向點頭。「但不管怎樣，我們有得等了。艾菈生病，我必須去接她。」

他誇張地吐氣。「小孩子啊，太會挑時機。」

螢幕上的變化引起我的注意，我把座椅往前挪。雅典娜終於載完，每邊有紅色的橫條框，一堆文字，代表不同的控制區域和機密性，文字串越長就越機密。這次的文字可真多。

我點掉一個畫面，再另一個，每次點擊都是在做確認。確定，我知道自己正在讀取機密資料。確定，我知道要保密，否則就要長年吃牢飯。確定、確定、確定。快給我情資吧。

「這就是了。」歐馬爾說。我這才想起他也在場，便用餘光看他。他非常刻意地望著別的地方，避免看到螢幕，要給我隱私。「我有預感。」

「但願如此。」我誠實地低語。但我很緊張，這種方法好比賭博，賭得很大。我對可疑的間諜聯絡員進行側寫：教育機構、科目、學位、理財中心、去俄羅斯和國外的旅程。最後歸納了一套演算法，識別出五個最符合該模式的人，他們可能為間諜團成員。

結果前四者全是假線索，這套程式已經準備要終止。一切希望就落在尤里身上，五號嫌疑犯。這個人的電腦最難駭入，我一開始也最相信是他。

「不是他的話，」歐馬爾說。「妳還是有做到其他人沒達成的事，妳很接近了。」

把目標放在間諜聯絡員是新的方式。聯調局多年來嘗試要找出蟄伏間諜，可是他們很融入這個國家的生活，要找到根本近乎不可能。他們有小組的架構，蟄伏者因而無法與其他人接洽，只能和聯絡員溝通，而那樣的聯繫也是微乎其微。中情局則專注於對付小組首腦。那些人從莫斯科監控聯絡員，和俄羅斯的情報機構「對外情報局」有直接關係，也就是所謂的「外情局」。

「只有接近不算數。」我小聲說。「你比任何人都清楚。」

大約在我加入這個專案小組時，歐馬爾是個衝勁十足的新探員，他提出一項新方案，要落地生根的蟄伏間諜別再被「冷落」，出面投案就能換取特赦。他的理由呢？必定有幾個蟄伏者想把偽裝的身分變成真的，我們也許能從招來的人那裡獲得足夠的資訊來滲透整個間諜網。

計畫悄然展開。一個星期內，我們就有一個叫迪米崔的人投靠，說他是中階聯絡員，他說的內情印證了已有的情資——像他這樣的聯絡員負責管理五名蟄伏特務，並向小組首腦回報，一個首腦負責五名聯絡員，小組完全獨立行動。那當然引起了我們的注意。隨後卻有離譜的說詞，與我們認定為真的所有情報大相逕庭，他說完便失蹤了。事後我們稱他是「『迪』誘餌」。

計畫終止，我們就像公開承認了蟄伏間諜在美國，但我們無能，抓不到他們。聯調局高層對此很不能接受。除了那一點外，俄方也可能在幕後操縱——派雙面間諜放假消息——他們嚴厲批評並駁回歐馬爾的計畫，說：**像迪米崔那樣的人會絡繹不絕，我們處理不來**。歐馬爾曾經很有前途，現在卻停滯不前，他變成無名小卒，每天孜孜矻矻，專攻於這項不可能的任務，吃力不討好又充滿挫折。

螢幕轉變，出現一個小圖示和尤里的名字。看見目標的名字在這裡，知道我們有管道能進入他們的數位生活，閱覽他們自認是私人的資訊，我總有種快感。恰好在此刻，歐馬爾站起來。他知道我們努力的方向是針對尤里，他是聯調局裡屈指可數有去研究這個程式的探員，也是它最大的支持者，他相信我和這套演算法，比其他任何人都要有信心。可是他仍不能直接使用它。

「明天打電話給我，好嗎？」他說。

「沒問題。」我回答。他轉身，我看見背影一離開，便專注在螢幕上。我點兩下圖示，一個紅框插頁顯現，鏡像輸出尤里筆電的內容，我能在其中仔細查找。只剩幾分鐘我就得離開，但還是可以瞄一眼。

深藍色的背景，點綴著不同大小的藍色氣泡，顏色有深有淺。四排圖示整齊地在一邊，一半是資料夾。檔案名稱全是西里爾字母，我認得字母，卻看不懂——至少沒有很懂。我幾年前上過俄語入門課，之後生了路克，就再也沒回去讀。我知道一些基礎的句子，認得幾個字，只有這種程度而已。剩下的我就依賴語言學家或翻譯軟體。

我打開數個資料夾和裡面的文字檔。一頁接一頁，盡是密密麻麻的西里爾字母。一股失望襲來，我知道有這種感覺沒道理，又不是說一個俄羅斯人坐在位於莫斯科的電腦前會用英文打字記事：**派駐美國的臥底人員名單**。我知道要找的情資會被加密，我只是希望能看到某種線索，某個受保護或明顯加密過的檔案。

多年來高層的滲透行動告訴我們蟄伏間諜的身分只有聯絡員才知道，名字儲存在當地的電腦磁碟裡，不在莫斯科，因為外情局——俄國強大的對外情報機構——擔心自己組織裡有內鬼，他們寧可冒著失去蟄伏特務的風險，而不願把名單留在俄羅斯。此外，我們知道如果聯絡員有意外，小組首腦會讀取電子檔，和莫斯科聯繫，索取解密金鑰，這是多層次加密方式的一部分。我們有莫斯科拿來的密碼，只是不曾派上用場。

他們的行動極為嚴密。真有這個行動的話，我們沒攔截到，也不知道它的真正目的。他們可能只是被動地收集資訊，也可能在準備執行更險惡的陰謀。但由於我們知道行動指揮官是向俄羅斯總統普亭本人回報，我認為後者的機率比較大——而那正是使我晚上睡不著的原因。

我持續掃視，不太確定在找什麼，每個檔案晃過眼前。我突然看到一個認識的西里爾詞：**друзья**。**朋友**。末排的最後一個圖示是資料夾，我點兩下，資料夾開啟，五個JPEG圖片檔，僅此而已。我的心跳加快。五個，每位聯絡員會掌管五名蟄伏特務。我們從多個消息來源中得知，而且資料夾的名稱是「朋友」。

我點開第一張圖，是張中年男子的大頭照，外表不起眼，配戴圓框眼鏡。興奮帶來的刺激竄遍我的身體。蟄伏間諜很融入當地生活，社會中的隱形成員。這肯定會是其中一個間諜。

理智告訴我，不要太興奮，我們所有的情報都顯示蟄伏者的檔案會被加密；但直覺告訴我，這是項重大發現。

我打開第二個圖檔。一個女人，橘色頭髮，明亮的藍眼睛，大笑容。另一張大頭照，可能是另一個蟄伏者。我盯著她，試圖忽略一個念頭，卻做不到。這些只是照片而已，說明不了他們的身分，沒有首腦能用來聯繫他們的資訊。

不過有那個名稱，**朋友**，還有照片。所以尤里也許不是我期望要找到的，那個躲躲藏藏的聯絡員，那個中情局曾投入資源在找的人。但他可能是招募者嗎？這五個人一定很重要。也許是目標？

我點兩下第三張圖，一張臉出現在螢幕上，大頭照，特寫，如此熟悉，那麼不在預料之外——可是不對啊，它出現在這邊，不屬於它的地方。我對它眨眼，一次，兩次，我的腦袋在奮力理解眼前所見事物和其代表的意義。時間停了下來。冰冷的手指捧著心臟，掐下去，獨留血液在耳中呼嘯的聲音。

我正盯著老公的臉。

第二章

即使耳內轟隆，我仍聽得見腳步聲越來越近。腦中的混沌瞬間凝聚成一道命令：**把它藏起來**。我移動游標到畫面角落的X記號，點一下，麥特的臉就此從螢幕上消失。

我轉身面向隔間牆壁開放的那側，對著聲音的來源，彼得正走過來。他有沒有看到？我回頭瞥一眼螢幕，沒有照片，只有打開的資料夾，五行文字。我有及時關掉嗎？

腦中細小的聲音詢問：那又有什麼關係？我為何要隱藏它？那是麥特啊，我的老公。我是不是該跑去安全部門提問？為什麼俄方持有他的照片？一陣噁心的感覺在我肚裡翻騰。

「開會嗎？」彼得說，抬起一邊眉毛，高過他的粗框眼鏡。他站在我面前，穿著懶人鞋和熨平的卡其褲，襯衫扣得有點太靠近領口。彼得是小組裡的高級分析師，從蘇聯時代就一直做到現在，他也是我八年來的導師，沒有別人比他更瞭解俄國間諜的事宜。他安靜內斂，人人對他皆有幾分敬意。

他臉上目前沒有奇怪的表情，只有那個問題。我要去晨間會議嗎？他應該沒看見。

「不能去。」聲音不自然地高。我努力降低音調，盡量不使嗓音顫抖。「艾菈生病，我必須去接她。」

他點頭，更像是傾斜頭部而已，表情穩定，未受影響。「祝她早日康復。」他說完便轉身走開，到玻璃牆圍成的會議室。科技新創公司比中情局總部更適合那樣的隔間。我持續望著，直到確定他沒回頭看。

我轉回電腦前，螢幕上現在沒有東西。我的雙腿鬆軟，呼吸急促。麥特的臉在尤里的電腦裡。我的第一直覺是：**把它藏起來**。為什麼呢？

我聽到其他組員朝會議室緩緩前進。我的辦公桌最接近那邊，大家一定會經過我這，離眾多辦公隔間最遙遠的地方，這裡通常很安靜，只有在人們前往會議室或限制區時，才比較吵雜。限制區位在會議室再走過去的地方——分析師可以把自己關在裡頭，查看有敏感議題的極度機密文件。那些資訊非常寶貴，而且不易取得，如果俄國知道我們手上有那些資料，他們肯定會追根究柢，要殺死洩密者。

我不穩定地吸一口氣，再一口。腳步聲走近，我轉身。瑪塔走在前面，崔伊和海倫並肩小聲談話，後面是拉菲爾，還有我們的組長伯特，他的工作只有修改文書資料而已。每個人都知道彼得才是真正的上司。

我們七人團隊負責追查蟄伏間諜。真的是很奇葩的一組，因為我們和防諜中心俄羅斯分部的其他組不一樣。他們有的資訊很多，卻不知道該怎麼一一處理；我們幾乎什麼都沒有。

「要過來嗎？」瑪塔問，停在我的辦公間，一隻手放在高牆上。她說話時，薄荷糖和漱口水的味道從嘴裡飄出。她眼睛下方有眼袋，塗了一層厚厚的遮瑕膏。照這樣看來，是昨晚喝太多了，超出她的酒量。瑪塔以前是作戰官，喜歡喝威士忌和重溫出外勤時的光榮歲月，喜愛兩者的程度相同；她曾經教我如何用信用卡和髮夾開鎖。髮夾是在我的辦公包底部發現的，艾拉上芭蕾舞課時會拿來固定髮髻。

我搖頭。「小孩生病。」

「一群小病童。」

她放下手臂，繼續往前走。其他人經過，我投以微笑。**這裡一切正常**。他們全在玻璃立方體裡面時，伯特把門關上，我看回螢幕。這些檔案全是亂七八糟的西里爾字母。我顫抖著，往下看螢幕角落的時間。我三分鐘前就該離開了。

我的胃似乎不斷被扭擰拉扯。我現在不能真的離開吧？但我別無選擇。如果我沒準時接到艾菈，那會是第二次警告。三振就要出局了；學校裡的每個班級都有候補名單，他們馬上會給候補生註冊。再說，我留下來要做什麼呢？

我有確定的方法能找出麥特的照片在這裡的原因，但不是透過瀏覽更多檔案。我吞下口水，覺得不舒服，再移動游標去關閉雅典娜和電腦。我抓起包包和外套，往門口走。

他一直被當作目標。

我抵達停車處時，手指宛如冰柱，呼出的氣息是陣陣的小團白煙。

他不會是第一個。俄國的侵略性比去年更強烈。從瑪塔開始，一名有東歐口音的女人在健身房對她釋出善意，和她到奧尼爾酒吧喝酒。幾杯過後，女人唐突地問瑪塔，願不願意討論工作相關的議題來繼續她們的「友誼」。瑪塔拒絕，再也沒見過她。

崔伊是下一個。他當時還沒出櫃，總是與他的「室友」賽巴斯欽一起出席工作上的社交場合。我有天看到他身體顫抖，臉色蒼白，正要去安全部門。我後來聽到傳聞，他收到勒索包裹——數張他們兩人的親密照，要用來威脅他，如果他不同意會面，照片就要寄給他父母。

因此，認為俄方知道我是誰並不離譜。假使他們真的曉得，要得知麥特的身分便是易如反掌。我們的弱點也會很輕易被摸透。

我轉動車鑰匙，卡羅拉款的汽車發出一貫的堵塞聲。「快啊。」我咕噥，再轉一次，終於聽見引擎發動。幾秒鐘後，一股冰冷的空氣從通風口灌入。我伸手去調節溫度，設定到最溫暖的度數，我雙手握著搓揉，倒車出去。我應該先暖車，但沒有時間。時間從來就不夠。

這是麥特的車，他在我們認識前就有，要說它快不能開了根本是輕描淡寫。我懷了雙胞胎後，我們把舊車賣掉，換成多功能休旅車。麥特開那輛家庭車，因為他比較常接送小孩。

我開車沒動大腦，彷彿在恍惚之中。我往前開，肚子鬧得越凶。我不煩惱他們鎖定麥特，我擔心的是那個詞：**朋友**。那豈不是暗示他在某種程度上是共謀？

麥特是軟體工程師，不知道俄方有多複雜，他們能多狠，或是他們會如何把最小的漏洞和跡象認定為他可能有意合作的表示，他們會加以利用和扭曲，逼迫他去做更多。

我提早兩分鐘到學校，進去裡面，熱氣迎面襲來。女所長尖刻地瞥向時鐘，她的五官輪廓鮮明，臭臉一成不變。不知道她是在表示「怎麼拖這麼久才到？」，或是「妳這麼快來，顯然她下車時已經生病」。我走過去，抱歉地微笑，但不完全有歉意，因為我在內心大叫。無論艾菈生什麼病，她都是在這裡得到的，搞清楚好不好？

我沿著走廊走，小朋友的美術作品夾道——用手掌印出來的北極熊、閃閃發光的雪花、水彩彩繪手套——但我心不在焉。**朋友**。麥特是不是做了什麼使他們認為他願意合作？只需要輕微示意，或有某樣事物，甚至任何東西，他們就能利用。

我進到艾菈的教室，小椅子、櫃子、玩具箱陳列，三原色躍然入目。她在教室遠處的角落，獨自坐在亮紅色的兒童沙發上，一本打開的精裝圖畫書置於大腿。看來是和其他小孩分開。我不認得她的紫色緊身長褲，不過依稀記得麥特提到有帶她去添購新衣。他當然有，她長大得很快，衣服變得太短。

我走過去，伸出雙臂，擺出誇張的笑容。她警惕地抬頭看我。「爹地在哪？」

我心頭一震，還是堅持住笑臉。「爹地帶凱勒去看醫生，今天我接妳。」

她把書闔起來，放回書架。「好吧。」

「可以抱一個嗎？」我的手臂仍保持同樣的姿勢，儘管正在下垂。她盯著我的手片刻，走進我的懷抱。我緊緊摟住她，臉埋在她柔軟的頭髮中。「我很抱歉妳身體不舒服，小甜心。」

「媽，我沒事。」

媽？我一口氣喘不過來，我今天早上還是媽咪。拜託繼續叫我媽咪，我還沒準備好，更別說是在今天。

我面對她，擠出另一個微笑。「我們去接妳弟弟。」

艾菈坐在嬰兒室外的板凳，我到裡面去帶卻斯。我七年前第一次送路克過來，這房間到現在一樣令我心煩，相同的尿布臺、一排嬰兒床和高腳椅。

我走進去，卻斯在地上。我還沒走到他面前，其中一位年輕老師就把他捧起來緊抱，親他的臉頰。「真可愛。」她笑著對我說。我看著有股醋勁。這女的能看到他跨出第一步，她張開的雙臂會成為他第一個蹣跚步入的懷抱，而我會在辦公室工作。她跟他相處融洽，一片和諧。但話說回來，那是理所當然，因為她整天和他待在一起。

「對呀，沒錯。」我說的話聽起來很彆扭。

我幫兩個小孩穿上蓬鬆的夾克，戴好帽子——現在是三月，今天卻異常地冷——再送他們到很難容下第三個人的汽車後座。安全的好座椅都在休旅車內。

「妳早上過得怎麼樣？小甜心？」我問，邊倒車出去，並從後照鏡中看一眼艾菈。

她暫時沉默。「我是唯一沒去練瑜伽的女生。」

「真抱歉。」我說。話一出口，我就知道錯了，我該說點別的。隨後的沉默感覺很沉重。我伸手打開音響，播放兒童音樂。

我又從後照鏡看艾菈，她安靜望著窗外。我應該要再多問個問題，促使她說說今天過得如何，但我保持沉默。麥特的臉在腦海中，影像揮之不去，照片應該是近期的，也許是去年。他們監視他多久了？監視我們的時間又有多長？

學校到回家的車程很短，穿過規劃很矛盾的鄰近地區：最近濫蓋的低品質大房子和像我們家的老房子混建在一起，老房子住六個人太擠，屋齡甚至老到能成為我父母的兒時故居。華盛頓的郊區是出了名地貴，而貝塞斯達一區最糟，不過這裡有國內數一數二的好學校。

我把車停在我們整潔又方正的家，車庫容得下兩輛車。前屋主在正面加建了小門廊，和房子本身很不搭調，我以為我們會很常用，但其實不然。我們在我懷路克時買下這棟屋子，附近的學校似乎值得我們付出那樣巨額的房價。

我看著掛在前門附近的美國國旗，是麥特掛的，上一個不堪使用才換掉。他不會背叛我們的國家，我知道他不會。不過他是不是做了什麼？俄方因此認為他可能會叛國？

有一件事我很肯定，他被當成目標是因為我，還有我的工作內容。那就是我把照片藏起來的原因，不是嗎？他若是捲入麻煩，就是我的錯。我必須盡力救他出來。

我給艾菈坐在沙發上看卡通，一部接著一部看。我們通常限制只能看一集，當作晚餐後的休閒，可是她現在生病了，而且除了那張照片外，我無法專心想其他事。卻斯在小睡，她在電視前看得入神，我則去打掃廚房。我擦拭藍色的流理臺，如果我們有些錢，就會做更換。我在三個還能使用的爐子周圍刷洗爐臺的汙漬。接著整理滿是塑膠容器的壁櫥，把蓋子與相對應的容器配對，同類的再疊在一起。

下午時分，我幫小孩們穿好暖和的衣服，一起走到公車站去接路克。他用和艾莅同樣的方式迎接我。**爸爸在哪？爸爸帶凱勒去看醫生**。

我準備點心給他吃，協助他寫數學作業，題目是兩位數加法。我不知道他們已經學到兩位數，因為通常是麥特在幫忙。

艾莅比我早聽到麥特在用鑰匙開門，她從沙發上迅速跳起來，跑去前門。「爹地！」他開門時，她叫道。他用一隻手抱凱勒，另一隻提著買來的食物。他竟然可以蹲下來給她一個擁抱，問她有沒有不舒服，甚至還邊脫凱勒的外套。他臉上的笑容似乎很真實，那的確是真心的。

他站起來，緩緩走向我，吻我一下。「嗨，親愛的。」他說。他穿著牛仔褲，還有我去年聖誕節送他的棕色毛衣，領口有拉鍊，毛衣外加上夾克。他把那袋食物放到流理臺上，調整抱凱勒的姿勢。艾莅抱住他的一條腿，他把空閒的手放在她頭上，撫摸她的頭髮。

「結果怎麼樣？」我伸手要抱凱勒，有點驚訝他心甘情願移動到我懷裡。我緊緊抱他，親吻他的頭部，聞著嬰兒洗髮乳的香味。

「很好啊。」麥特說，把脫掉的夾克擺在臺子上。他走到路克面前，弄亂他的頭髮。「嘿，小子。」

路克抬頭，笑容滿面，我看得到他缺牙的地方。他在我那天下班回家前就把掉下來的牙齒放到枕頭下。「嘿，老爸，可以玩傳接球嗎？」

「要等一下，我得先跟媽媽說話。你的科學勞作動工了嗎？」

有科學勞作這回事？

「做過了。」路克說，瞄到我身上，就像他忘了我也在場。

「快老實講。」我說，聲音比我的本意還嚴厲。我和麥特的目光相接，他的眉毛稍微上揚，但他沒說什麼。

「我有『想過』科學勞作。」路克低聲說。

麥特走回來，身體倚靠臺子。「有進步，蜜斯拉提醫生很高興，心臟超音波和心電圖看起來都不錯，她希望我們三個月後回診。」

我又抱緊凱勒，終於有些好消息了。麥特開始把食物從袋子裡拿出來，有一大瓶約四公升的牛奶、一盒雞胸肉、一包冷凍蔬菜、從麵包店買來的餅乾——我總是不要他買那種，因為我們能花更少錢自己做出同樣的餅乾。他小聲哼著歌，我不認得那曲子，他很快樂。他高興時就會哼唱。

他彎身，從抽屜最底層拉出湯鍋和平底鍋，放到爐子上。我看著他，又吻一下凱勒。他為什麼這麼厲害？他為什麼有辦法成功處理所有事？

我轉身面向艾菈，她已經回到沙發上。「妳在那還好吧？」

「媽，我還好。」

我聽到麥特停下手邊的動作。「媽？」他輕聲說。我轉身，他臉上顯露關切之意。

我聳肩，不過他一定能從我眼中看到心裡的創傷。「八成就是今天吧，該來的還是會來。」

他放下手裡的盒裝米，抱我一下。情緒如不斷在我心中築高的牆壁，他這麼一抱，高牆瞬間搖搖欲墜。我聽見他的心跳，感覺到他的體溫。**到底怎麼了？**我想問。**你為什麼不告訴我？**

我嚥下口水，深呼吸一下，退開來。「要我幫忙準備晚餐嗎？」

「我來就好。」他轉身，調節爐火大小，傾身從流理臺上的金屬架抓起一瓶酒，拔起瓶塞，從櫥櫃拿出一個玻璃杯，小心翼翼地添半杯酒，遞給我。「小酌一下吧。」

要是你知道我有多需要喝一杯的原因就好了。我對他稍稍微笑，啜一口。

我帶小孩去洗手，扣好寶寶們兒童餐椅的安全帶，他們分別在桌子兩端。麥特把炒好的菜撈起來，分配到碗裡，再擺在我們面前的桌上。他在和路克聊天，而我表現出正確的表情，好像也在參與對話，但我其實無法專心。他今天看起來很高興。他最近是不是比平常更開心？

在腦海中，我看到那張照片，資料夾名稱：**朋友**。他不會同意做任何事，對吧？但我們在談的可是俄羅斯啊。他僅需給他們細小的窗口或是一絲暗示，表達他『也許』會考慮去做，他們就會火力全開而來。

腎上腺素在我體內奔流，好似對他不忠，那個念頭根本就不該出現，不過我還是那樣想。而且我們的確需要錢，如果他認為是在幫忙提供其他的收入來源呢？我努力回想上一次我們為了錢的事在爭論。他隔天買了張威力球彩券回來，壓在冰箱磁性白板的一角下面，在板上寫：**我很抱歉**。旁邊一個小笑臉。

如果他們選中他，那對他來說會不會就像是中獎一樣？如果他根本不知道自己被選到呢？如果他們騙他，使他認為那是在執行完全合法的副業，好打平我們的收支呢？

天啊，所有事情歸結到金錢，我很討厭那樣。

假如我知情，我會要他保持耐心，事情會好轉。而我們現在是入不敷出，艾菈快要讀幼稚園，雙胞胎不久也要離開嬰兒房；我們計畫要存些錢去布置兒童房，明年的狀況會好轉，好很多。我們之前就知道今年會比較辛苦。

他正在和艾菈說話，她甜美的小嗓音貫穿我腦中的混沌。「我是唯一沒去練瑜伽的女生。」她說。她在車上跟我說過同樣的話。

麥特咬一口他的食物，仔細咀嚼，從頭到尾看著她。我屏住呼吸，等待他的回應。他終於吞下那口食物。「妳覺得怎麼樣？」

她稍微撇過頭。「很好啊，我在聽故事時間坐到最前面。」手中的叉子停在半空中，我盯著她看。她也不在意，覺得沒必要道歉。麥特為什麼總能找到合適的字眼？又知道該說什麼？

卻斯正用沾著食物的胖小手把殘餘的晚餐掃到地上，凱勒笑起來，雙手捶打托盤，調味醬飛了出去。我和麥特同時把椅子往後推，去拿衛生紙擦拭沾滿醬汁與食物的臉和手。聯合清理是熟練的例行公事。

路克和艾菈被准許離開餐桌，他們直奔起居室。把雙胞胎清理乾淨後，我們先帶他們到起居室，再開始打掃廚房。我正把剩菜舀到塑膠容器裡，做到一半就停下來，去倒一杯酒。麥特在擦拭廚房的桌子，瞥見我的動作，他一臉疑惑。

「辛苦的一天？」

「有點難熬。」我回答，試著假想我昨天會如何回答那個問題。我會說多少話？我不會告訴麥特機密資訊，也許會說關於同事的笑話，拐彎抹角地講今天的問題，像是有大量的資訊要分析。但那些只是片段，沒有俄方會在乎的訊息，他們不會付錢買。

廚房整理乾淨後，我把最後的衛生紙丟進垃圾桶，重重坐回我餐桌前的椅子，瞪著空白的牆壁。我們搬進這個地方有多少年了，牆上到現在仍然沒有裝飾。起居室裡傳來電視機聲，正在播路克喜歡看的巨輪改裝車節目，音樂是其中一個雙胞胎的玩具會發出的淡淡旋律。

麥特走過來，拉出他的椅子坐下，看著我，表情顯得很關心，等我說話。我得開口，我必須知道。另一個選項是直接找彼得，去安全部門，告訴他們我發現了什麼，他們就會著手調查我的先生。

這件事可能很清白，必定有個好解釋。他們還沒跟他接洽，有聯繫過了，只是他沒意識到。他沒同意任何事，他當然不會同意。我喝光玻璃杯中剩下的酒，手顫抖著把杯子放回桌上。

我凝視著他，不知道要說什麼。我最好在這幾個小時內能想出什麼啦。

他的表情看上去完全欣然接受，必定知道是件大事。他絕對能從我的臉讀心，卻好像不緊張，沒有特別的神情。看起來就像是麥特。

「你幫俄國工作多久了？」我講出的字詞未經修飾和思考，可是已經說出口，於是仔細注視他的臉，因為他表情的變化勝過話語。他的情緒會不會直接表露出來？是困惑？憤慨？還是羞恥？

沒有表情，他臉上完全沒有情緒，毫無改變。恐懼如雷劈下，貫穿我全身。

他淡定地看著我，沉默了有點久才勉強回答：「二十二年。」

第三章

腳下的地板彷彿塌陷，我墜落、飄蕩、懸浮於某個空間，看著自己，眼見事情發展，卻沒有參與其中，因為那不是真實的。我有耳鳴，聽見尖細的怪異聲音。

我沒預料他會說出肯定的答案。我指責他可能犯下彌天大罪時，還以為他會不完全承認。他會說：**我和某人見過一次面，但我發誓，小薇，我沒替他們賣力。**或是義憤填膺。**妳怎麼可以那樣想？**

我萬萬沒想到他會給我肯定的答案。

二十二年。我專心計算，因為數字是明確且具體的東西。三十七減二十二，他當時是十五歲，讀西雅圖高中。

那沒道理啊。

他十五歲在打棒球，是次要代表隊的一員，還在學校樂隊當喇叭手，修剪鄰居的草坪賺外快。

我不理解。

二十二年。

我按壓太陽穴，腦裡的嗡鳴聲不止，像是有什麼東西卡在裡頭，也許是對現實的認知吧，只是現實如此可怕，我的腦袋承受不住，無法確認它的真實性，因為我的整個世界將因此崩塌。

二十二年。

演算法應該要引領我找到一個俄羅斯特務，專職聯繫在美國的蟄伏者。

二十二年。

以前情報書裡的一條資訊閃過腦海，提到有一名熟悉行動計畫的外情局人員。

他們吸收的小孩年僅十五歲。

我閉上眼睛，更用力按太陽穴。

麥特不是表面上的那個人。

我的老公是長期潛伏的俄羅斯間諜。

偶遇，我總認為我們相遇的方式很湊巧，像是電影裡才有的情節。

那天是七月的某個週一早上，我搬到華盛頓特區。我清晨就從維吉尼亞州的夏洛特鎮啟程，所有的家當全塞進我的雅歌款房車。我在一棟老舊的磚砌建築前併排臨停，打著危險警告燈，快散掉的逃生梯圍繞大樓，聞得出來國家動物園在不遠處，這裡就是我的新公寓。我從車子搬東西到門口搬了兩次，那時是第三趟，我正努力運送一個大紙箱穿越人行道，卻撞到什麼東西。

是麥特。他穿著牛仔褲和淡藍色的襯衫，袖子捲至手肘，而我才剛剛撞翻他的咖啡，淋得他全身。

「喔，天啊。」我說，趕緊把箱子放在人行道。他一隻手拿著滴滴答答的咖啡杯，塑膠杯蓋在他腳邊，他用著另一隻手，滴狀的咖啡四濺。他的表情不悅，好像很痛苦。幾大塊棕色汙漬濡溼他的襯衫正面。「對不起。」

我無奈地站起來，向他伸出手，好似我空出的雙手在這種情況下能幫點忙。

他又多甩幾次手臂，看著我。他笑了，笑容迷人難擋，我的心臟暫時停止跳動。他的白色牙齒完美，熱切的棕色眼睛熠熠。「沒關係。」

「我去拿些衛生紙給你，就在箱子裡某個地方……」

「不用啦。」

「還是要一件新衣服？我可能有件T恤你能穿……」

他低頭看看自己的襯衫，沉默片刻，似乎在考慮。「真的沒關係，不過還是謝謝妳。」他對我微笑後，逕自走開。我站在人行道中間，望著他離去，看他會不會改變主意而回頭，失落感湧來，我有股強烈的衝動，想和他多說點話。

我後來就以「一見鍾情」來描述這段巧遇。

我整個上午無法不去想他。那雙眼睛，那笑容。當天下午稍晚，搬家完畢，我正探索新的周遭環境，看到他站在小書店外的攤子翻閱書籍。是同個人，但衣服換了——這次是白襯衫。他完全沉浸在書中。我此刻的感覺難以言喻——興奮、腎上腺素、奇異的慰藉融合在一起。我畢竟有第二次機會。我深吸一口氣，走過去，站到他身旁。

「嗨。」我笑著說。

他抬頭看我，面無表情，後來才恍然大悟。他也以笑容回應，露出那些漂亮的白色牙齒。「喔，妳好啊。」

「我這次沒有箱子了。」我說完就想躲起來。這是我能想出最好的開場白嗎？

他臉上仍掛著微笑，我清清喉嚨。這是我第一次這麼做。我向隔壁咖啡廳的方向點點頭。「能請你喝杯咖啡嗎？我欠你一杯。」

他看看咖啡廳的遮雨篷，再看著我，表情充滿戒心。**喔，天啊，他有女朋友**。我心想。**不該問的，多尷尬呀**。

「還是襯衫？我也欠你一件。」我微笑，輕鬆愉快地說，當在開玩笑。**說得好，小薇，妳給了他臺階下，他對這個邀約可以一笑置之**。

他撇一下頭，說出令我鬆口氣又期待的話，我簡直是欣喜若狂。「喝咖啡好了。」

我們坐在咖啡廳後側的角落，直至黃昏降臨於城市。我們暢談無礙，沒有間歐。我們有很多共通點：都是獨生子女和不參與教會活動的天主教徒；對政治冷感，所在城市卻是政治要地；在有限的經費下自己行遍歐洲；媽媽是老師；小時候養過黃金獵犬。幾乎太相像了，相遇似乎是命中註定。他風趣、迷人、聰明又有教養——而且超帥！

我們的咖啡早已喝盡，服務生正在擦拭旁邊的桌子，他看著我，表情無比緊張，問他可否帶我去吃晚餐。

我們去一家在轉角的義大利小餐館，吃了巨無霸分量的招牌義大利麵，喝了一大瓶酒，還叫了我們兩人都吃不下但還是請他們送來的甜點，以此做為留下來不早走的藉口。我們有說不完的話。

我們聊到餐館打烊，他牽我的手，陪我走回家，我從未有過這樣溫暖的感覺，如此輕鬆又愉快。他於大樓外的人行道上給我一個晚安吻，就在我當天撞到他的相同地點。那晚，我迷濛入睡前，已知道自己遇見了未來的結婚對象，我要嫁給他。

「小薇。」

我眨眨眼，回憶退去。起居室內飄出怪物卡車的主題旋律，嬰兒咿呀，塑膠玩具互擊。

「小薇，看著我。」

他不再沒有表情，我現在看到了恐懼，他前額緊蹙，出現擔心時才會有的皺紋，脈絡比以往還深。

他的身體向前越過桌子，一隻手放在我手上。我挪開，握緊雙手在大腿處。他看似真的很害怕。「我愛妳。」

我無法繼續看著他，不忍見到他情感四溢的眼睛。我低頭盯著桌子，紅色麥克筆在那留下了一小塊汙漬，我瞪著它。墨水在很久以前執行美術創作時滲透到木紋裡。我為什麼從沒注意到？

「我不會改變對妳的感覺，我發誓，小薇，妳和孩子們是我的一切。」

孩子們，喔，天啊，孩子們。我要怎麼告訴他們？即使從這裡看不到，我仍抬頭朝起居室看。我聽到雙胞胎在玩，老大和老二沒發出聲音，無疑是專心在看節目。

「你是誰？」我小聲說。雖然沒刻意要壓低音量，話語就是那樣出口，聲音好似不受掌控。

「是我啊，小薇，我發誓，妳瞭解我的啊。」

「你是誰？」我又說一遍，聲音嘶啞。

他看著我，雙眼深邃，眉頭深鎖。我盯著他，試著要解讀他的眼神，但不確定行不行，我曾經理解過嗎？

「我出生在伏爾加格勒市。」他低聲且平靜地說。「我的名字是亞歷山大·連科夫。」

亞歷山大・連科夫。這不是真的，我一定是在作夢，這是電影或是小說，不是我的人生。我又盯著桌子，一個小孩曾用叉子在桌面戳出纍纍痕跡。

「我的父母是米哈伊爾和娜塔莉亞。」

米哈伊爾和娜塔莉亞。我的公婆和孩子們的爺爺奶奶不是蓋瑞和芭巴。我盯著桌面微小的裂縫。

「他們在我十三歲時死於車禍，我沒有其他家人，於是接受政府看管，幾個月後就住到莫斯科。我當時不清楚狀況，但我被安置在一個外情局的專案裡。」

想到麥特以前是個擔心受怕的孤兒，我心生同情，背叛的感覺卻迅速把憐憫之心壓下去。我的手握得更緊。

「我接受整整兩年的英語環境教育，來學習英文。十五歲時被正式徵召，他們給我一個新身分。」

「麥修・米勒。」我再次低語。

他點頭，身體往前靠，眼神炯然。「我沒有選擇餘地，小薇。」

我低頭看左手的婚戒，回想起初次見面的對話，我們發現雙方有很多共通點，似乎很真實，結果全是假的。他創造了一個不存在的童年。

一切驟然成為謊話，我的人生是場騙局。

「只有我的身分是偽造的，其他都不假。」他開口說話，彷彿能讀我的心。「我的感情是真的，沒有騙妳。」

左手的鑽石會反光，我輪流看每道切面。我隱約聽到起居室有新的聲音，音量更大。路克和艾菈在爭吵。我抬頭，目光從戒指移開，而麥特注視著我，但他伸長脖子一些，也在聽小孩的動靜。

「你們兩個想辦法解決問題。」他喊道，眼睛還是盯著我。

我們凝視對方，同時聆聽小孩的聲音，他們越吵越烈，麥特從桌前離開，走進去調停。我只聽到零星片段，兩個小孩子爭辯著要麥特站在自己這邊，他則訓誡他們要學會妥協。我有點迷茫，也許是因為喝了酒。

麥特回來，抱著凱勒坐下。凱勒對我笑，含可愛的拳頭到嘴裡。我擠不出一絲笑容，所以我看回麥特的臉。

「誰是真正的麥修・米勒？」我問時便想到深藏在我們防火保險箱裡的出生證明、社會安全卡、護照。

「我不知道。」

「那芭巴和蓋瑞呢？」我說道，想像著他們兩個。一位像家庭主婦的女人，穿的淡色上衣就像我奶奶會穿的衣服。一名肚子突出腰帶的男人，總把襯衫紮進去，每次都穿白襪子。

「跟我一樣的人。」他說。

卻斯哭起來，我們出奇地很樂意被干擾。我從桌前站起來，走去起居室。他在地上，路克和艾菈坐在附近的沙發，一顆小藍球卡在下面。我彎下去撿球，一手抱起他在髖關節處。他現在比較安靜了，只有點嗚咽，球緊握在他手裡。

我腦袋一團亂。我怎麼會這麼容易上當？更別說是芭巴和蓋瑞騙我。之前一定有什麼蹊蹺，因為我直到婚禮才見到他們。結婚後我們只去過西雅圖一次，他們也還沒來看我們。這肯定有原因，當時還覺得那些理由很有道理，現在卻顯得不堪一擊。芭巴不敢搭飛機，我們沒有足夠的假，小孩一個接一個出生，誰想冒險要有哭鬧的寶寶在國內航班登機？

我們經常見我爸媽，卻沒怎麼看到他父母，我因此感到內疚，甚至跟他道歉。「人生總有不順的時候啊。」他笑著說。那個微笑當然有點悲傷，但他似乎不怎麼困擾。我建議開視訊聊天，可是他們對新科技有點感冒，覺得每隔幾星期講講電話就好。麥特好像也無所謂。

我從沒去堅持。我沒那麼做難道是因為自己暗中高興？不需要輪流去雙方家裡過聖誕節，不用為了全家要定期在國內飛來飛去而有吃緊的預算，也很慶幸沒有霸道的公婆，甚至很高興麥特的愛沒有太分散，他的人生重心可以擺在我和小孩身上。

我走回廚房，於桌前坐下，卻斯在腿上。「那些參加我們婚禮的人又是誰？」至少有二十幾個其他親戚出席，有阿姨、叔叔、表兄弟。

「都跟我一樣。」

不可能。我搖頭，好像可以搖出頭緒，把全部這些錯綜的片段事實變得有條不紊、有道理。我見過的蟄伏間諜有二十五個以上。俄國派了多少個來這？比我們想像的還多。

「迪誘餌」。忽然間，我只想到他。他說在美國的蟄伏間諜超過二十幾組，其他很多資訊卻很沒道理，我們因此相信他是敵方的誘餌。他說聯絡員任何時候隨身攜帶蟄伏者的名單，然而我們知道的是名單以電子檔儲存。他提供的解密金鑰與我們從其他管道拿到的不符。更離譜的是，他說蟄伏間諜已滲透美國政府，正慢慢往高層攀，而且有二十幾個以上的行動小組潛伏在美國。但我們認為的組數卻寥寥無幾。

那項聲稱終究不那麼離譜，是吧？我又瞭解到另一件事。

「你是個間諜。」我悄悄地說。我之前一直專注於謊言，他用假身分欺騙我，卻沒完全理解到顯而易見的事實。

「我不想做間諜，我真的只想當從西雅圖來的麥修·米勒，不受他們操控。」

我的胸口沉重，好像呼吸困難。

「但我被困住了。」他看上去如此真誠，楚楚可憐。他當然被困住了，無法隨時退出，他們投資太多資源在他身上。

卻斯在我腿上扭動，奮力想掙脫。我把他放到地上，他四肢並用地爬開，快樂的小尖叫聲尾隨其後。

「你欺騙我。」

「我沒有選擇餘地，妳和所有人都應該明白——」

「你敢說就試試看。」我這樣說，因為我知道他下面要講什麼。

我想起很久以前的我們，地點是咖啡廳角落裡的小桌子，大杯子擺在我們面前。「妳做什麼工作？」他問。

「研究所剛畢業。」我希望那樣說就夠了，卻知道行不通。

「已經找到工作了嗎？」

我點頭，喝一小口咖啡，就此打住。

「是什麼樣的工作？」他繼續問。

我低頭看著杯子，一小團蒸汽飄升。「小公司的顧問。」我說。謊言嘗來苦澀，但他是個剛遇見的人，我不打算告訴一個陌生人中情局已經聘用我。「那你呢？」我說，幸運地，話題轉至軟體工程。

「那不一樣。」我現在開口。「你有十年的時間，十年耶。」

「我知道。」他懊悔地說。

凱勒此刻也扭動起來，邊動邊朝我笑，一定不知道為什麼我不對他笑。他向我伸出雙臂，當我要碰觸到他時，麥特將他抱起，越過桌子放到我腿上，他顯得相當平靜。

「你有做那種事嗎？假裝是別人的親戚？」我問，不知道那有什麼重要的，或是我為什麼要那樣問，明明還有很多好問的。

他搖頭。「他們不會希望我冒險。」

他們當然不會，他很重要，是吧？因為他娶了我，而我為中情局工作。

天哪，俄羅斯真的從他身上中大獎了，他們必定很激動。深藏不露的蟄伏間諜娶到中情局防諜分析師是有多幸運？

一股寒顫如觸電般貫通我的身體。

我回想在相遇後過了幾個星期，在我公寓的工作室角落裡有張折疊桌，我們彼此對坐，披薩在面前的紙盤。「我沒有對你完全說實話。」我邊說，邊緊張地擺弄手指，擔心他會對我的不誠實有什麼反應，但很欣慰能消除之間的隔閡，從此就永遠不用再去騙這個男人。「我為中情局工作。」我還清晰記得他的臉，起初沒有表情，像是不感到驚訝。他的眼中隨後閃爍，我還認為他反應有點慢半拍。

其實根本沒那回事，對吧？他老早就知道。

胸口緊繃，我閉上眼睛，看見自己在研究所的禮堂，中情局的招聘人員在臺上演講。我意識到這就是人生大志，能改變世界，報效祖國，光宗耀祖。回憶快轉，跳過申請程序、背景調查、一連串的測驗，到了這一天，一年後，就在我快要放棄之際，我收到一封信，有政府的通用回函地址，是張普通的白紙，沒有信頭，只有到任日期、工資、指示，還有分發到的部門：防諜中心。

那是我搬到華盛頓並遇見麥特的兩個星期前。

此時，我的呼吸加劇。我在記憶中回到了那間咖啡廳，坐在那個角落，重溫我們初次的談話，發現我們有多麼相似。他不只是一搭一唱，邊附和邊建立起角色人格。他「先」說自己出生在天主教家庭，媽媽是老師，他小時候養過一隻黃金獵犬。他已經知道我的背景。

我舉起一隻手到嘴邊，隱約知道手在顫抖。

俄方不是幸運，他們是計畫縝密，刻意安排一切，根本不是偶然。

因為我是他的目標。

第四章

麥特再次俯身，眉頭皺得更緊，眼睛睜大。我相信他看得出我在想什麼，他知道我才剛恍然大悟。「我發誓，我對妳和孩子們是真心誠意，是真的，小薇。」

我修過測謊的課，隱約曉得他沒有任何說謊的跡象，他在說實話。

然而，他是否也接受過相同的訓練？可能還不僅那樣。他會不會知道如何很有說服力地騙人？

他不是已經騙了二十二年？

凱勒在嚼我的手指，鋒利的小牙齒嵌入我的皮膚，我反常地接受疼痛，不去阻止，因為現在感覺唯一真實的就只有痛楚。

「我們相遇的那天……」我無法說下去，不願結束這個念頭，問想問的事，而答案已在我腦海深處，太沉重了。

他稍待一下才做出回應。「我整個早上都在看妳。當妳搬那個箱子時，我走到妳面前。」他看起來愧疚地說，至少表面上很愧疚。

我想到自己告訴別人多少次我們初次相遇的經過，如何在每個適當的地方發笑，如何用各自的觀點切入話題。他又跟別人提過了多少次？

這全是場騙局。

「妳是我的目標。」他說。我暫時不能呼吸。他說出口的原因——證明他在說實話，一定要有證明。但那豈不是為人妻的我在說話？身為防諜分析師的我則說，他只是在陳述我已知道的事實。最老套的伎倆，盡量使自己看起來比實際上更可信。

「但我後來愛上妳。」他說。「深深地愛上妳。」

他看似很真誠。他當然愛我，誰會和不愛的人結婚十年還待在一起？我搖頭，不知道該作何感想，更無法去忠考他可能真的「不」愛我。

「起初，我很難相信自己有多幸運，之後才意識到這有多糟糕，我們的關係是建立在謊言上，不能說出去，假如我說了，一切都會毀掉——」

他突然停下來，注意瞧我身後一個地方。我轉頭，路克安靜地站在門口。不知道他在那多久，聽到了什麼。他看看麥特，再看我，眼神嚴肅，多像他爸的雙眼。

「你們在吵架？」他小聲問。

「沒有，小甜心。」我回答，雖然我的腦袋還不能完全理解原因，心卻為他而碎。「大人在談事情而已。」

他一語不發，只是凝視我們，我第一次發現自己看不懂他的表情，猜不出他在想什麼。他是麥特的兒子，那項事實永遠不會變。也許我永遠不會知道麥特在想什麼，或他是不是在對我說實話。我感到不安，我的一生宛如正從指間流逝，抓不住，無力阻止。

「爸，我們能玩傳接球嗎？」他問。

「現在不行，小子，我在和媽媽說話。」

「但你答應過。」

「小子，我——」

「快去。」我打斷他的話，我此刻需要他去。他離開，我就可以思考。我鎮靜地瞪著他，低聲補充道：「你可不想『騙』他。」

他顯得很受傷。但那是我的用意，對吧？傷害他。那跟我受的傷比起來根本不算什麼。

我靜靜瞪回去，突然對他生氣，非常憤怒。他背叛了我對他的信任，欺騙我十年之久。

他欲言又止，仍有受傷的神情，一聲不吭地站起來，繞過桌子，到我的座位旁。我繼續直盯著前方的牆壁，他在旁邊猶豫一下，才把一隻手放到我肩膀。他的觸碰引起我一陣顫抖。

「我們會再全盤討論。」他說，手又多停留在我肩上片刻才放下，跟著路克離開。我仍坐著，直盯著前方，聽他們穿上外套，拿好手套和球，走去外頭。門關上後，我起身，一隻手抱凱勒，走到水槽，從窗戶看他們，爸爸和兒子在後院來回丟棒球，黃昏的光線籠罩。完美的美國生活寫照，只是其中一人不是美國人。

我猛然醒悟，還得抓住水槽邊緣，以防摔倒。這不僅是背叛，更無法用打一架或好好談完就了事，這是不能解決的問題啊。我必須上報，他是俄國間諜，我得揭發他。憤怒似乎融化成絕望的河流。

我的目光移至在流理臺上的手機，裡頭有與麥特互傳的無數訊息和家人的生活照。我應該要拿起它，馬上打給中情局的安全部門，還有聯調局的歐馬爾。

我看回外頭，他緩慢向後曲臂，球飛出去，微笑著看路克。如此愜意，很溫馨。可是這樣不對，全是錯的，因為蟄伏間諜會跑走，他們會在政府能攔阻前就上機回鄉。

但麥特沒有逃跑，也不去其他地方。

凱勒打個哈欠，我把他抱到懷裡，他的頭就倚靠我的胸口。他依偎入懷，微微嘆氣。

我繼續從窗口觀看麥特，他彎曲手臂，示範給路克看如何保持腿部放鬆且有跳躍力。他看似完全正常。

他終於回頭瞄一眼家裡，從廚房的窗戶直視我，好像知道我會在那裡。我和他四目相視，直到他轉身回去玩遊戲為止。我又看看手機，他知道我獨自一人在這，伸手就能打電話。蟄伏間諜不會允許這種情況發生，他們會保護自己。這更加證實了他是麥特，我的丈夫，我愛的男人，他永不逃跑。

我們會再全盤討論。他的字詞在我腦中響著，那不就是我需要的嗎？我聽完他要說的話，就必須上報。

我不面向手機，不能拿起來，時候未到，我得先和他談過才行。

他不也理解那點？

我有想法浮現，徘徊不去：他很瞭解我，比任何人都清楚。如果他不逃跑是因為知道我現在不會打電話去報案呢？

我嚇呆了，這不可能。

我搖頭，走出廚房，遠離窗戶和手機，步入起居室。艾菈拿了著色書縮在沙發一角，蠟筆散在靠墊間。我把凱勒放地上，到他的玩具一旁，我於沙發上坐下，到她身邊。我摸她的額頭，現在更溫熱。她揮開我的手，我抱住她。

「別這樣，媽。」她敷衍地試著推開我，停下來，默許我的行為，蠟筆停在半空中。

我親一下她的頭頂，頭髮聞起來像嬰兒洗髮乳。她之前的話還在我腦裡。**爹地在哪裡？**應該還有另一句，她沒說過，但我能想像得到她未來可能會說。**爹地為什**

麼要離開？

凱勒自己在地上玩，用分類積木盒的蓋子敲打底座，製造出穩定的節奏。卻斯爬過去，咬起成疊的一個杯子。他們年紀太小了，不會記得我們現在正常的生活吧？艾菈在塗鴉，手裡緊握多支粗蠟筆，臉上有熱切的專注神情。見這般情景，淚水刺痛我的眼皮。天啊，我多希望自己能保護他們免於這些紛擾。

我聽見後門被打開，麥特和路克在談少棒聯盟的事講到一半。麥特今年想擔任教練，但可能要打消主意了。我在淚水湧出前站起來。

「嗨。」他走進來對我說，表現得有些遲疑且不確定。

「我帶雙胞胎去洗澡。」我避開他的目光說。我抱起他們，兩手臂裡各一個，我背對麥特，帶他們到浴室，放水，倒入一些嬰兒泡泡浴露。當我幫他們脫掉衣物和尿布時，水漸漸漲滿。我先放卻斯到水中，其次是凱勒。我心不在焉地用毛巾抹過他們柔嫩的皮膚，擦拭肥肥的大腿和屁股、胖嘟嘟的臉頰、雙下巴。他們是早產寶寶，我好像昨天才生出這兩個幼小的新生兒，我們還帶他們到醫生那去量體重。時間怎麼過得如此飛快？

麥特講故事的聲音從起居室飄過來，是個我曾讀給小孩聽的故事，可是現在想不起來。我聽到艾菈在笑。

我跪著，看雙胞胎玩，卻斯抓住浴缸邊緣，撐住自己在水面上，興高采烈地笑。凱勒則靜靜坐著，小手反覆拍水，對濺起的水花著迷而驚訝。兩個大人都在家時，才給他們洗澡，我們其中一個可以專心顧嬰兒，另一人帶其他小孩。沒有麥特在會有困難。

所有事都會變得難上加難。

我用毛巾擦乾雙胞胎，幫他們穿好睡衣，聽見麥特在隔壁房間要艾菈準備睡覺。

「我還沒洗澡耶。」她說。

「今晚不用洗了，公主。」他說。

「但我想啊。」

她竟然想洗澡？「明天晚上再洗吧。」他說。

明天晚上。他明天晚上還會在嗎？我試著想像自己帶所有小孩去洗澡，洗艾菈時，雙胞胎可能會莫名地覺得好玩，再獨自一人帶他們去睡覺。這個念頭令我不知所措。

我把凱勒放入一張嬰兒床，卻斯到另一張，並親他們的臉頰，香甜的氣味襲來。我打開夜燈，關掉大燈，步入艾菈的房間，這裡將會以陽光為布置的主題。我心中本來已有藍圖，要有壁畫、彩繪的天花板風扇、一些作品。但工作忙了起來。這裡現在是個黃色的房間，有光禿禿的黃牆和一小塊黃地毯。這是我目前能做的。

她躺進單人床，麥特坐在她身邊，斜斜拿著精裝圖畫書，她也一起看。那是關於公主當消防員的故事，她過去一週半都挑同本書。

她轉過來看我，眼皮沉重。我對她微笑，站在門口看他們。麥特發出平常會裝的古怪腔調，艾菈咯咯笑，高亢的小笑聲。一切如此正常，看了好傷心。她不知情，不知道所有事將要改變。

麥特念完故事，給她晚安吻，他站起身時，盯著我良久。我走到她床邊跪下，親她的額頭，嘴脣感到很溫熱。「好好睡，小甜心。」

她的小手臂環抱我的脖子，把我拉過去。「媽咪我愛妳。」

媽咪。我也許因此會癱軟融化，情緒可能要崩潰，幾乎無法控制。「我也愛妳，甜心。」

我關燈，來到走廊，麥特在路克房門口附近。「他提早上床，我給他額外半小時閱讀。」他小聲說。「我們可以利用那個時間談談。」

我點頭，經過他，走入路克的藍色系房間，滿是棒球和足球。他坐在床上，旁邊一疊書，他長得好快。我吻他的頭，胸口又一陣拉扯。他會最難受吧？所有小孩裡就屬他最為難。

我走回起居室，房子一轉眼不再混亂，靜得很詭異。麥特在廚房的水槽前洗碗。我把色彩鮮豔的各式塑膠玩具撿起來，放回箱子裡，拆開艾菈火車玩具組的一塊塊木製軌道。我們現在獨處了，只有我們兩人，可以談談。

那很重要嗎？不管他說什麼，我都必須上報他的事。我內心深處明白那點，但不全然相信，我還甚至認為有辦法解決。

我抬頭看他，仍在水槽那邊，正用抹布擦乾平底鍋。我停止拆解軌道，跪坐著，竟不知要從哪說起。「你給他們什麼消息？」我最後問道。

他停下雙手，抬頭看。「沒什麼重要的，就家裡氣氛，妳工作壓力大不大，心情愉不愉快那種事。」

「一定不止那些。」我回想過去幾年有沒有說出不該說的話，想到了同事，心中一沉。「天啊，瑪塔和崔伊，你害他們被盯上，是嗎？『我們』害他們被盯上。」

他一臉驚愕，而後轉為困惑。「不是。」

我絞盡腦汁思考對他說過的話。瑪塔在辦公室總是最先說要休閒一下，不過是尷尬的那種：十幾個人下午坐在會議室裡半小時，吃很多包洋芋片，有時候則是一盤餅乾和幾瓶酒。她往往會帶兩瓶，半數辦公室裡的人都不喝，只有她會用小塑膠杯續杯，一整天下來，瓶中還是滴酒不剩。不僅如此，她還有威士忌在她底層的抽屜——我連那件事也有告訴他。我還有次看到她倒威士忌進咖啡裡。

也講過崔伊，我清楚記得幾年前的談話。「他叫賽巴斯欽『室友』。」我對麥特說，邊在空中比引號，翻白眼。「他為什麼不承認算了？我們又沒有人會在意。」

「我私底下告訴過你那些事。」我此刻低語，感受到強烈的背叛。

「小薇，我發誓，我從沒透露一個字。」

「他們被盯上了，麥特。我該相信那是巧合嗎？」

「聽著，我不知道那些事，但我保證自己從沒講到他們。」

我瞪他，他似乎很真誠，可是我不知道該相信什麼。我搖頭，低頭看火車軌道，繼續拆解。他回去把碗盤擦乾，歸位到櫥櫃。

我們沉默了幾分鐘，他再次開口。「我說的是真話，小薇。我沒有告訴他們任何有用的資訊，他們好像也無所謂，應該是認為我的行動算成功了。」

「因為你娶了我。」

「是啊。」他看起來很尷尬。

我扔最後一截軌道進箱，關上蓋子，把箱子滑到靠牆處。我們的起居室裡那樣擺置，充滿玩具的透明塑膠箱靠牆疊放。「你效忠……俄國嗎？」這句話從我嘴裡說出很怪。

「我效忠於妳。」

我想到我們的美國國旗掛在外面，國慶日去遊行，揮舞仙女棒慶祝，麥特脫帽，手放胸口，在棒球賽時對嘴唱國歌。他曾告訴路克我們多麼幸運，生活在世界上最偉大的國家。「俄國還是美國？」

「美國，當然是美國。妳瞭解我，小薇，妳知道我相信什麼。」

「我知道嗎？」

「我那時是小孩，一個孤兒，我別無選擇。」

「總有別的選擇。」

「在俄國沒有。」

我小聲說：「你曾效忠於俄國。」

「當然，我一開始對自己在做的事很有信心，我以前是俄國人，遭到洗腦。但住在這裡……看到真相後……」

我瞥見玩具廚房後面有個兒童吸式水瓶，伸手去拿。「你為什麼不告訴我？」

「我怎麼說得出口？」

「你有十年的時間，在十年中挑任何一天講。**小薇，我有件事要告訴妳**。你不妨直說。」

他走過來，坐在沙發的扶手，抹布掛於肩膀。「我有想過啊，天啊，小薇，妳以為我不想嗎？我好幾次都想告訴妳。說了後又怎樣？我會看到妳的眼神，妳現在的這種眼神，遭到背叛，受創傷。我害怕那樣，嚇壞了。妳的話會怎麼做？帶小孩逃跑？我不能失去妳，不能失去小孩，妳和孩子們是……」他的聲音嘶啞。「……我的所有，我的一切。」

我沉默無語。最後，他再次開口：「我愛妳，薇薇安。」我瞪著他，那臉上的表情似乎很誠懇，而我在腦海裡則是回到十年前，我們相遇後又過了一個月，整個月幾乎天天見到對方，他在天黑後陪我走回家，我們在我公寓外的大街上，夾道的樹木在微風中沙沙作響，路燈的柔光照耀，他摟著我的腰，我們的步伐緩慢一致。他在笑我剛說的事，我至今早已忘記當時說了什麼。

「我愛妳，小薇。」他說完就安靜下來，我們默默不語，夜晚忽然寂靜。他的臉頰漲起顏色，他本來不打算講，卻脫口而出，他顯得更加溫柔，因為那是未經思考就衝出口的話，必定不假吧。

我肯定他會找臺階下。**我愛妳的笑話，小薇。我愛和妳待在一起**。我以為他會用那類的說詞，但他沒有。他停下來，面對我，把我拉近。「我愛妳，薇薇安，我是認真的。」

我現在往下看，手中緊抓著水瓶，指關節用力到發白。說出接下來的話，我幾乎窒息。「你怎麼可以把小孩捲進來？」

「因為我想和妳一起生活，希望妳得到夢想過的一切。」

「但你一定知道有天——」

「不對。」他用堅定的聲音打斷我。「我不知道，我真的相信能撐到妳退休。我也退休後就能重獲自由。」

我不說話，他也沉默，整間房子靜得嚇人。

「他們可能會讓我留下。」他輕聲說。「這有先例，我也許能安享天年，好好死去，沒有人會知道我的身分。」

可能會、也許能。那幾個字很刺耳。他知道我們不能假裝這沒發生，要我當作不知情。他知道我必須上報。

他給我無力的微笑。「只可惜妳太盡職了。」

那句話使我的胃翻攪。假如我沒執著於繼續推展那個演算法，這一切也不會發生。我拿水瓶到廚房，扭開瓶蓋，把它們置於洗碗機頂部的架子。他默默看著我。我關上洗碗機，靠在流理臺邊。

他走進廚房，站在我身後，躊躇不前，好像不知道我會做什麼，或我會有何反應。我自己也不知道，但我沒有動作。他走近一步，手放在我肩上，向下滑到我的臀部，把我拉過去抱著，而我沒有反抗，身體在熟悉的懷抱中癱軟，我抱緊他，闔上眼睛，兩眼各流下一滴淚。

在記憶裡，回到公寓外的那條街，我傾身吻著他，身體緊貼他，想要更多。我們急忙進到大樓，上樓梯。我感受他的撫摸，望入他充滿渴望的眼睛。之後，我們躺在凌亂的床單上，身體交織。我在他懷裡醒來，看著他睜開眼，我被攬入懷中，笑容在他臉上緩緩展開。那必定都是真的沒錯。

「那我現在該怎麼辦？」我悄聲說。那其實是個反問句，用來問我最要好的朋友，我總是求助於他，依靠他，我的伴侶，我的支柱。

那句話或許是條救生索。**協助我走出這處境，告訴我該怎樣做才能使這一切消失。**

「妳只有一件事可做。」他的頭靠在我的肩頸之間，我感到他的鬍碴，身體一陣顫抖。「揭發我。」

第五章

那幾個字起初不太真實，他理應要說服我別報案才對。但此時只有寂靜，空洞填滿應該有對話的地方，而我在邊緣擺盪欲墜，即將失去一切。

我瞬間有種改變，就像切下開關。我轉身面對他，他不退縮，還是離我很近，近得我能聞到他的氣味，感受到他的體溫。「總有別的選擇。」我說。他不應該承認失敗並服輸。

他退開，冷空氣灌入他站立之處。他走去櫥櫃，拿出一個酒杯，放在我的玻璃杯旁。我凝視他，試著理出頭緒。他將酒分別倒入兩個杯子，把我的遞過來。「並沒有。」

「總有——」

「沒有，小薇，相信我，我全部想過了。」他拿起酒杯，長啜一口。「我有很多時間去思考，如果這一天真的來了，我要怎麼做。」

我往下看著自己的酒杯，不應該喝，我需要盡可能保持清醒。不過，用喝酒來忘記所有事情似乎是個誘人的好主意。

「妳還想知道什麼？」他小聲問。他已經進到下個階段，認為談話的部分完成了。揭發他，那是我該做的事。他沒有計畫，沒有讓我們擺脫這件事的方法。

我不認為談完了，根本就沒有。我固執地搖頭，思考他的問題，我還想知道什麼？**我想知道：你是否對我完全誠實？我能不能百分之百信任你？我們真的在同一陣線嗎？**我抬頭，四目相對。「一切。」

他點頭，好像早預料我會那樣回答。他旋轉杯中的酒，放下杯子，斜靠著流理臺。「我有個聯絡員，他的名字是尤里．亞科夫。」

我保持表情冷淡。「跟我說說他怎麼樣。」

「他會來往俄羅斯和美國兩地，他是這個行動中我唯一知道的人，任務內容是高度保密——」

「你們怎麼溝通？」

「祕密投置情報。」

「在哪？」

「華盛頓西北區，靠近我們以前的家。」

「確切在哪？」

「妳知道街角半圓形屋頂的銀行嗎？旁邊有個小庭園，兩張長板凳，右邊、面對門口的那張，投置點就在板凳下，靠右側。」

非常具體，而且並非全是我知道的消息。這是新的，很有價值。「你們多常見面？」

「每當其中一人發出信號時。」

「平均多久一次？」

「每隔兩、三個月。」

兩、三個月？喉嚨腫脹，我吞下口水。我們一直假定聯絡員大部分時間在俄羅斯，很少在美國和蟄伏間諜會面——估計是一年或兩年一次——也有可能是在另個國家。尤里旅行到美國的紀錄不多，只有幾次短暫停留。那意味著他在這裡是用假身分，對吧？

「你們怎麼發送信號？」我問。

「用粉筆在板凳上做記號，就像電影裡演的那樣。」他露出微弱的笑容。

我可以繼續追問，看是不是特殊粉筆，確切畫在哪個地方，記號是什麼樣子。那樣就會有足夠的信息來誘出尤里現身，進而找到他，再逮捕他。

而以中情局分析師的角度來說：**他會騙我，指示我做出特殊信號，表示他身分已曝光，要確保尤里會銷聲匿跡**。我的喉嚨收緊。

「你留下什麼？去拿什麼？」

「加密的隨身碟。」

「要怎麼解密？」

「妳知道我們樓梯後面的儲藏室嗎？那裡有塊假地板，一臺筆電在裡面。」

回答得很快，沒有欺騙的跡象。我試著忽略筆電就藏在我們家這件事，思考下面要問什麼。「而你沒告訴他任何我說過的事？」

他搖頭。「是真的，小薇，我沒說。」

「你沒提過瑪塔或崔伊？」

「沒有。」

我低頭看著酒，我相信他，真的相信，但不知道那有沒有道理。我又抬頭。「告訴我你知道的任務內容。」

「妳知道的可能比我還多，真的，有階層制度，都是獨立行動。我只知道尤里，除此之外就不清楚。」

我搖動杯中的酒，看著液體沾黏杯壁，想像自己坐在辦公桌，想到缺失的情報，還有我一直希望知道的事。我又抬頭。「你怎麼聯繫莫斯科？如果尤里出事，你會和誰聯絡？用什麼方式？」

「我至少一年內不會行動，有嚴格規定不能主動聯絡，那是為了自身安全著想，也為了防範外情局有內奸之類的。我只能乾等，直到有人接替尤里的位置來聯絡我。」

那就是我擔心的答案，一種組織規劃，讓聯絡員和小組首腦不太可能被找到。可是他說的另一件事使我耿耿於懷，新資訊：**一年**。

「一年後會怎樣？」

「我會回復聯繫。」

「什麼方式？」

「有個電郵地址，我會去另一州，建立新帳戶……很多處理程序要遵循。」

他說得有道理，我總在想，如果替補上來的聯絡員無法取得五名特務的名字會怎麼樣，原來蟄伏者會自己重新接洽。

「對不起，我不知道其他事，應該是刻意的，為了防止有人變節時，行動不受影響……」聲音轉弱，他聳聳肩，一臉無奈。

我當然知道那是故意的。我預料他可能知道多少資訊，他就毫不猶豫真的給了那麼多，感覺沒有欺瞞。

他喝完杯中剩下的酒，玻璃杯放在臺子上。「還有別的問題嗎？」

他臉上有打敗仗的神情，一副無力幫忙的樣子。麥特從來不會無能為力，他是萬能的人，能處理任何事，解決所有問題。我搖頭。「不知道。」

他久久盯著我，視線再落到地上，他聳肩。「那我們去睡點覺吧。」

我跟著他回臥室，我們上樓梯的腳步比平時還沉重。我想到藏在我們儲藏室的筆電，外情局的筆電就在我家，而我的丈夫用它來和俄國聯絡員交換祕密情報。

在我們的房間裡，麥特往衣櫃走，我則朝另一個方向到浴室，關上門，靜靜站立，第一次獨處，身體沉到地上，背靠著門坐下。我精疲力竭，疲憊不堪，難以承受事實。眼淚應要湧出，內心的情緒即將宣洩，但那沒有發生。我只是眨眨眼，放空，心神痲木。

我最後起身，刷牙洗臉，走出浴室，要把狹窄的空間讓給麥特去準備就寢。不過我走出來時，沒看見他，不在衣櫃旁或床上。他在哪裡？我沿走廊過去，他站在路克的房門口。只見他的面孔，但那樣也夠了。淚水在他雙頰上流淌。

我心中深深一震，因為我認識他十年，這是第一次見到他哭。

我們靜躺在床上。我聆聽麥特的呼吸，平穩而急促，我知道他還醒著。我眨眼，進入黑暗中，努力要把想法訴諸文字。一定有別種方法，揭發他不會是唯一的選項。

我側躺，面對他。走廊的夜燈夠亮，我看得到他的臉。「你可以退出。」

他朝我的方向轉頭。「妳知道我不能那樣做。」

「為什麼？也許你——」

「他們八成會殺了我，或至少毀掉我。」

我仔細觀察他的臉和額頭的皺紋，還有好似在思考的眼睛。他正考慮我的建議，分析可能的後果。

他轉回頭，仰望天花板。「麥修・米勒因為外情局才存在。如果他們拿走我的身分，我要去哪裡？該如何生活？」

我轉為平躺，也望著天花板。「我們可以去聯調局。」去找我們的朋友歐馬爾，他曾希望蟄伏間諜出面投案，交換信息以獲得赦免。

「跟他們說什麼？」

「告訴他們你是誰，奉送情報，談條件。」我的話即使說出口，還是沒意義。聯調局迅速且徹底拒絕接受歐馬爾的計畫。說不準他們會不會同意。

「我沒有足夠的情報能給他們，無法談條件。」

「那去中情局，你可以當雙面間諜。」

「現在？看看這個時間點。沉默二十年，被妳抓到後才要自願當雙面間諜？他們永遠不會相信我是真心投靠。」他轉身面對我。「而且，我不會那樣做。只是我一個人就無所謂，但我不要妳和小孩有危險。那樣風險太大。」

我的心在痛。「那我辭職好了，如果你不是娶一個中情局人員——」

「他們知道妳不會辭職，也清楚我們的財務狀況。」

奇怪的感覺在我體內旋繞，俄國人知道我們的生活種種和弱點，瞭解我們受困其中。我努力不去想，把重點放在眼前的問題。「那我就讓自己被開除。」

「他們會看穿妳的伎倆。就算妳丟了工作，下一步呢？他們命令我離開妳怎麼辦？」

房門被打開一個小縫，發出聲響，我抬頭看到艾菈站在那邊，走廊的燈光籠罩她，破爛的毛絨龍玩偶在她懷裡。「我能跟你們睡嗎？」她問完就吸鼻涕，希望麥特會回答，我卻是那個回應的人。

「當然啊，小甜心。」當然可以，她不是在生病嗎？而且我一直專注於麥特，沒怎麼理會或安慰她。

她爬上來，滑到我們之間躺好，被子拉到下巴，也調整至龍玩偶的下顎。房間再次靜下來。我盯著天花板，與我的恐懼獨處。我知道麥特也在做同樣的動作。我們此刻哪能睡得著？

我感到旁邊有艾菈的體溫，她呼吸漸慢，變得輕柔。我查看她，小嘴巴張開，細順的頭髮垂在臉蛋周圍。她在睡夢中發出細微的聲音，輕輕嘆息。我看回天花板，不忍說出那句話，但還是得說：「如果大家都去俄羅斯呢？」我耳語。

「我不能那樣對妳和孩子們。」他低聲回答。「妳永遠不會再見到妳爸媽，你們沒人會俄語。那裡的教育……和機會……還有凱勒、醫療、手術……他的生活會完全不一樣。」

我們又陷入沉默。無助的眼淚刺痛我的眼睛。為什麼沒有其他辦法？這怎麼會是我們唯一的選擇？

「他們可能會展開調查。」他最後說道。我翻回側躺，我再次面對他，越過中間的艾菈看他。他也轉過來面向我。「當妳告訴安全部門，他們會監聽我的通聯紀錄，不知道要持續多久，但我們之後就不能再提任何一個字，不論在哪裡或什麼時候。」

我想像家裡遭到竊聽，整間的特務人員在聽我們說給小孩和對方的每個字句。所有對話會記錄成逐字稿，像我這樣的分析師就去字字鑽研。會持續多久？幾週？搞不好是幾個月？

「永遠不要承認妳告訴過我。」他繼續說。「妳需要陪在小孩身邊。」

雅典娜的警告視窗在腦中閃現，我同意其中的保密協議。那是機密資訊，高度機密的情報，而我說了出去。

「答應我，妳不會承認。」他急迫地說。

喉嚨緊得難過。「我答應你。」我耳語。

我看到他臉上的寬慰。「對妳發誓，我也永遠不說，小薇，絕不會那樣對妳。」

麥特睡著了。我不知要怎麼入睡，因為我辦不到。我看著綠色的螢光時間變動，我終於受不了，下樓去，一片漆黑，凝重的沉默似乎荒涼。我打開電視，閃爍的藍光充斥整個空間，我轉到一些愚蠢的真人秀，比基尼女郎和打赤膊的男子喝酒鬧事。我發覺自己一個字也沒聽進去，於是把電視關掉，黑暗再度返回。

我們都知道，我必須告發他，那是唯一的方法。我試著想像自己那樣做，與安全部門的人、彼得或伯特坐下來，告訴他們我的發現。聽起來像是不可能的背叛，那是麥特，我一生的摯愛。再來就是我們的小孩，我想像要告訴他們麥特離開，在監獄裡，因為他說謊，使用假身分。他們長大後會得知事情真相：他被帶走，他們從小沒有父親，全是我一手造成的。

我聽到麥特六點半的鬧鐘，一分鐘後有淋浴聲，就和其他早晨一樣，一切彷彿在夢中。我上樓換衣服，穿上我最喜歡的長褲套裝，化點妝打扮，梳好頭髮。麥特洗澡出來，腰間圍著毛巾，親吻我的頭，那是他每天早上的習慣。我聞到他的肥皂味，他往衣櫃走，我從鏡中看他。

「艾菈在發燒。」他說。

我走到床邊，手放在她額頭。「對，沒錯。」我心生內疚，因為沒想到要去查看她。

「我會在家工作。妳能在上班途中載雙胞胎去托兒所嗎？」

「沒問題。」

我從鏡中看他，覺得不安，這或許只是場夢境。我們的生活即將四分五裂，他怎能表現得好像沒事？

之後的早上就進入我們平常的混亂。我們幫雙胞胎和路克穿好衣服，確定他們吃飽，那是我們兩人的例行公事。我發現自己盯著他，比平常還久，好像他會隨時變成另一個人。不過他沒有變，他是麥特，我愛的人。

我把艾菈帶下樓到沙發上，蓋好毯子，她的蠟筆和著色書在一旁。我親她和路克並說再見。我抱起凱勒，麥特抱卻斯，我們無言地把雙胞胎放到汽車座椅。幫他們繫好安全帶後，我們尷尬地站在車道上，只有我們兩人。

我要放手一搏了嗎？沒有別的選擇。我希望能想出其他方式，帶我們走出困境，但目前就是沒有。我得對他說點話，卻不知道講什麼。

他悲傷地對我微笑，好像曉得我的想法。「沒關係的，小薇。」

「我想不到別的方式。」我沉重地說，充滿歉意。「我昨晚徹底思考過了……」

「我知道。」

「只有我和你的話，去──那裡──就是一種可能，但小孩子，特別是凱勒……」

「我知道，沒關係，小薇，真的。」他猶豫一下，看似想說些什麼，張開嘴，又闔上。

「你想說什麼？」

「只是……」聲音轉小，他搓揉雙手。「我們手頭會很緊。」他最後開口說，哽咽一聲。我被嚇到了，因為麥特平常並不會像這樣失去控制。我走向他，摟住他的腰，臉頰貼在他的胸口。他抱住我，擁抱總會產生安全感，像家一樣。「老天，對不起，小薇，我做了什麼？這會怎麼影響小孩？」

我不知該如何回應，即便知道，嘴巴仍會像現在一樣不聽使喚。

他退開，深吸一口氣。「我希望這些事全沒發生過。」一滴淚滑下臉頰。「不管妳發現什麼，但願我能使它消失。」

「我也希望如此。」我低語，看著他的淚痕一路落至下巴。我心裡還有別件事，我必須說，但不知如何啟齒。最後，我把話逼出口：「你其實可以離開。」我不禁覺得到這地步古怪又難過，十年了，四個小孩，生活在一起。而此時在車道上告別？

他不敢置信地看著我，黯然搖搖頭。「那裡沒有我的棲身之處。」

「我會明白的。」

他的手放在我肩膀。「我的人生在這裡。」他看起來很真誠地說。

「不過，你改變主意的話……至少找個保母來……」

他放下手臂，像隻受傷的動物。我甚至不確定自己為什麼那樣講，也不是說我真的認為他會留艾菈一個人在家。

我不知道還要對他說什麼。就算知道，也沒把握說出後情緒不崩潰。我於是移開目光，上車，轉動鑰匙，第一次嘗試引擎就發動，真稀奇。我倒車出去，望著他看我，車子沿車道行駛，遠離我熟知的生活，離開那個我們一起建立的人生。直到此刻我才哭起來。

源源不斷的車流通過由武裝人員駐守的檢查站，用顏色分區的停車場越停越滿，成千上萬的人在總部工作。我從遙遠的車位茫然地走向辦公室，失魂落魄，腳步沉重。其他人從兩側寬闊的水泥走道緩緩經過身旁。我往右邊看細心照料的景觀，有各種五顏六色的植物，假裝沒事總比去思考下一步好。

穿過自動門進入大廳，暖氣迎來，我專心看著掛在中庭橫梁上的巨大美國國旗，看來今天是凶多吉少又可笑。我將背叛深愛的男人，因為我沒得選，那是我的國旗、我的國家，不是他的。

保全人員一如既往地在閘門處看望、觀察。羅恩通常早上會在，即使我對他微笑，他也從來不笑，而莫莉總看起來百無聊賴。人們在排隊，等待掃描識別證和輸入密碼。我加入隊伍，拿掉帽子及手套，理順頭髮。我為什麼覺得緊張？像在做壞事一樣。這說不通，毫無道理。

我開車時決定要先去告訴彼得。在跟安全部門說之前，我需要練習把話講出口，因為我仍然無法想像自己那樣做。**我發現我先生的照片……**不知道要怎麼做才不會崩潰。

我從長廊走到庫房——上鎖的區域，我們的小隔間和辦公室就在庫房大門後，好像通常都會有那樣的門。另一張識別證，另一組密碼。我經過祕書派翠西亞，路過各個經理的辦公室，穿越一排排小隔間，回到自己的辦公桌。我曾努力把這裡布置得像個家：蠟筆畫、小孩子和麥特的照片。我的生活以圖釘固定，展示在這裡。

登入電腦又要用另一組密碼，我在等系統認證時，邊泡一壺咖啡。電腦比咖啡更快準備好，我打開雅典娜，輸入更多密碼，把咖啡倒進「媽媽杯」，麥特上一個母親節送我的，杯上的圖片是我們的小孩，而且那張照片很難得，他們四人同時看鏡頭，其中三個還露出笑容。花了我們十分鐘才拍成，我當時發出可笑的怪聲，麥特跳上跳下，在我身後揮舞手臂，我們肯定看起來像兩個瘋子。

雅典娜載入，我點擊警告視窗。昨天告訴麥特，我已違背了那些條款。他的話自動浮現：**對妳發誓，我永遠不說**。他不會說，對嗎？其他話也出現：**我效忠於妳**。我相信那句話，真的相信。

我回到尤里的電腦，與昨天一樣，有相同的藍色背景和氣泡，同樣的四排圖示。我凝視最後一個圖示：**朋友**。庫房內很安靜，我掃視周遭，沒有人在附近。我點兩下，資料夾開啟，五張圖像表列出來。我打開第一張，戴圓框眼鏡的同個人。

第二張，橘髮女。我的眼睛停留在第三個檔案，麥特的照片，但我不點擊，不可以打開。我跳到下一個，第四張，皮膚蒼白的金髮女人。第五張，刺蝟頭的年輕小夥子。我關掉它和整個資料夾，盯著螢幕、藍色氣泡、「朋友」資料夾的圖示。所有蟄伏間諜在同個地方，怎麼可能？

我移動目光到螢幕右上方的兩個按鈕：操作、閱覽。「閱覽」鈕的周圍亮著，此模式建立目標電腦螢幕的鏡像，不能介入修改，分析師只允許使用這種模式。但「操作」鈕吸引我過去，我目不轉睛地盯著。

我聽見背後有聲音，於是轉過去，彼得站在眼前。即使他沒辦法看到我的視線落在哪，注意力集中在何處，也無法知道我腦子裡在想什麼，我仍感到緊張。他瞥一眼電腦螢幕，我的腎上腺素遽升。資料夾就在那邊，不過那只是個資料夾而已，他也只是瞥一眼，目光又回到我身上。「妳的女兒還好嗎？」他問。

「在發燒，但沒其他症狀。」我盡量使自己聽起來平靜。「麥特今天在家陪她。」說到麥特，我吞下口水。

「蒂娜昨天有來。」他說。「她要找妳。」

「為什麼？」我回得很快，太快了。蒂娜是防諜中心的負責人，個性剛烈嚴肅，鐵石心腸。

彼得的臉閃現困惑。「她知道我們進入那臺筆電，想知道我們發現什麼。」

「但我還沒有時間——」

「我告訴她了，別擔心，會議已經延後到明天早上，她只是想知道有沒有可用的資訊。」

「可是——」

「十分鐘而已，今天去裡面翻一翻，我相信妳會找到東西。」

例如五名蟄伏間諜的照片嗎？而其中一人是我的丈夫？「好的。」

他遲疑。「要幫忙嗎？我也可以看一眼。」

「不用。」我又說得太快、太猛。「沒關係，別擔心。你自己有很多事，我會想辦法拿出一些東西給她。」

彼得點點頭，臉上卻顯露奇怪的神情，他不確定，又猶豫一下。「妳還好嗎？薇薇安。」

我對他眨眼，知道自己要說什麼。我不得不這樣做，無法選擇。「我需要和你談談，私下談。」說出時，胃部不舒服，但我得在變得慌張前撐過去。

「等我十分鐘，好了叫妳。」

我點頭，看著他走回辦公室。開始了，倒數十分鐘，我的世界將在十分鐘後改變，所有事情會不一樣，我所擁有的生活即將結束。

我回到螢幕上，看到那個「朋友」資料夾，不忍再看下去，目光於是越過遠處的隔間牆和家人的照片，我此時不能看那些，不然可能會支持不住。我的視線最後落在一張圖表，它在那好幾年，我視而不見。那是培訓課程的講義，主題是嚴謹分析。我多年來首次回去瀏覽，能暫時脫離現實。**考慮第二和第三層次的影響……思考意想不到的可能後果……**

他今天早上在車道講的話：**我們手頭會很緊**。我們會沒薪水。我已考慮過那點，可能只有老大能去學校，必須請廉價保母照顧其他三個，給陌生人顧小孩和載他們到處走，我還得克制自己的恐懼。

但我現在理解了，我也會丟飯碗。嫁給俄國間諜，蒂娜絕對不會留我，我的安全級別也不保，身家紀錄會被畫上一撇。麥特沒錢領是一回事，我也沒薪水的話，我們是要如何活下去？

我的老天，我們會沒健保，凱勒呢？他要如何得到需要的醫療照護？

我想到麥特情緒崩盤。**這會怎麼影響小孩？**未來驟然出現在我眼前，這肯定是新聞大事，我的孩子，沒有父親，沒有錢，熟悉的事物全遭剝奪，臭名將隨他們長大，還有恥辱和猜疑，因為畢竟他們是父親的骨肉、叛徒、兒女。

我在恐懼中無法動彈，這不該發生。只要我沒有無意間找到照片，沒想出那個該死的演算法，不潛入尤里的筆電，我就不會知道麥特的身分，沒有人會曉得。他的話在我腦中迴響：**只可惜妳太盡職了**。

我看回螢幕上方的按鈕：操作、閱覽。不能這樣做吧？但我還是移動游標到那邊，箭頭停在「操作」鈕上，我點擊，螢幕邊框由紅轉綠，愧疚即將壓垮我。我想到第一天就任，高舉右手宣誓。

……支持及捍衛美利堅合眾國憲法及法律，對抗所有內憂外患……

但麥特不是敵人或壞人，他是個好人、正直的人，小時候被利用，受困於無法掌控的情況。他還沒做錯任何事，也沒危害到我們的國家。他不會，我知道他不會做。

我將游標移到資料夾，點右鍵，引導箭頭到下面的「刪除」選項。我猶豫不決，手在顫抖。

時間，我需要更多時間去思考，理清楚事情，想出解決方案。一定能解決，有辦法脫身，回到以前美好的狀況。閉上眼，我與麥特在壇前，四目相視，我道出結婚誓詞。

……休戚與共……

我答應一生一世要忠於他。腦中又聽見他昨晚的話：**對妳發誓，我永遠不說，小薇，絕不會那樣對妳**。他不會，對吧？而我呢？正要對他做出那樣的事。

小孩的影像顯現，每個人的臉蛋都天真快樂。這件事將摧毀他們。

另一個我們婚禮當天的回憶重現，我們在跳第一支舞，麥特於我耳邊低語，這些年來，他的話從來就說不通，此刻卻豁然開朗。

睜開眼，我立刻想起那字詞。我看到「刪除」醒目地顯示在螢幕上，游標仍在上方。更多字句浮出，我甚至不知道那些是他的話，還是我的，也不知是否重要。

我希望這些事全沒發生過。

但願我能使它消失。

我點下去。

第六章

資料夾不見了。

我屏息望著螢幕等待，但沒別的事發生。資料夾就此消失，這段風波像不曾發生過。這不止是我要的嗎？

我再次呼吸，短促地吐納，移動游標到螢幕上方的「閱覽」鈕，點擊，邊框變回紅色。

仍看不見資料夾。

我持續盯著它該在的位置，幾秒鐘前還在那裡。同樣的藍色氣泡在背景中，最後一排少了個圖示。我聽到幾排隔間之外的電話響起；附近的人用鍵盤打字；天花板上吊著電視，一位二十四小時新聞臺的主播在播報。

喔，天哪，我剛剛做了什麼？恐慌侵襲而來。我從目標的電腦中把檔案刪掉。切換到操作模式，侵犯作戰策略單位的職權——我可能因此要捲鋪蓋走人。我到底在想什麼？

我的目光移至左上角，那裡的圖示很眼熟，有回收標誌。在資源回收筒裡，是吧？我沒有擺脫它，沒有完全刪掉。我點兩下圖示，「朋友」資料夾連同檔案還在裡面。

我再看向按鈕：操作、閱覽。我能還原它，假裝沒刪除過。或完全刪除，不要半途而廢。無論怎麼選，我必須做點事，不能光坐在這裡。

我想完全刪除，也需要那樣做。我下手的理由是保護麥特和家人。我往身後看一眼，沒有人。我點擊「操作」，移動游標，點一下「刪除」，馬上切回閱覽模式。

不見蹤影，我盯著已清空的資源回收筒，絞盡腦汁要想起刪掉檔案的內容。它還在某處，檔案救援軟體能找回。我需要用其他東西覆寫過去，像是——

叮，小白框從螢幕中央跳出。我大吃一驚。這意思是我被抓到，被人發現了。但在小方框中只是彼得的臉，他打的字：**過來吧**。

我嚇得腿軟，原來只是彼得而已，我甚至忘了有問過他可不可以談。我關閉方框，鎖定電腦，雙手在抖，往他的辦公室走。

要說什麼好？我想起上次的對話：**我需要和你談談，私下談**。喔，這很糟。究竟要說什麼？

門微開，他背對我在電腦前。我快速敲幾下門，他旋轉椅子，面向我。「進來吧。」

我推開門，他的辦公室很小——其實所有辦公室都不大——只有跟我一樣的組裝式灰色辦公桌，外加一張小圓桌，上頭放滿疊疊紙張。我坐到小桌旁的椅子。

他翹起腳，眼睛越過鏡框上方打量我。看得出來他在等我開口，我的嘴巴乾澀。不是在進門前就該想好要說什麼了嗎？我腦袋不斷在轉。部屬通常會私下告訴上司什麼事？

「怎麼回事？」他終於問。

我該說的話已至舌尖，想了整個早上：**我發現我先生的照片**。但即使講得出口，現在也已經太遲了。

我看著覆蓋牆壁的多張俄羅斯大地圖，包括行政區域圖、道路圖、地形圖。我凝視最大的一張，上頭印著俄國的地形等高線。我定睛在烏克蘭和哈薩克之間的一小塊土地，伏爾加格勒市。

「我家裡出了狀況。」我說，看不太清楚地圖上的字母。不知道要朝哪個方向說，我沒有計畫。

他輕輕吐氣。「喔，薇薇安。」我看過去，他的眼睛充滿關心和同情。「我明白。」

我一時之間無法會意，但理解後就深感內疚。我看到他身後辦公桌上好幾幅鑲框照片，全是同個女人。泛黃的照片，她穿白蕾絲裙；偷拍照，她正打開禮物，蓬鬆的毛衣和頭髮，樂不可支的表情；近照，她和彼得合影，背景群山矗立，兩人看來很舒坦、放鬆、開心。

我嚥下口水，看回彼得。「她還好嗎？凱瑟琳怎麼樣了？」

他看往別處。凱瑟琳罹患乳癌，去年檢查出是第三期。我仍記得他告訴我們的那天，在會議室裡，小組會議上，我們愣住了，一片沉默，因為我們看著那堅忍不拔的彼得現場痛哭。

她不久就進入臨床試驗，彼得從沒多談，但她似乎在與癌症抗戰。他幾個星期前離開工作崗位一陣子——那完全不像他會做的事——回來後臉色蒼白又疲憊，告訴我們她不再接受臨床試驗了。這次沒有淚水，不過有同樣的沉默。我們知道那是什麼意思，治療沒效，她快走到人生盡頭，抵達終點只是早晚的問題。

「她是鬥士。」他回答，眼神卻說這場戰鬥不是她能贏的。他的下巴緊縮。「妳的小兒子也是。」

我先是有點困惑，而後頓時理解。他知道凱勒昨天去看心臟科醫生，他可能認為狀況不好。我應該要糾正他，卻沒說，只低頭看自己的腿，點點頭，胃不是很舒服。

「如果我能幫什麼忙……」他說。

「謝謝。」

一陣尷尬的停頓後，他說：「回家吧，為什麼不回去？好好去面對。」

我抬頭。「不行，我沒有假——」

「妳有幾年超時工作？」

我淺笑。「很多。」

「今天就先回去吧。」

我正要拒絕，心裡卻猶豫起來。我是在擔心什麼？因為「這件事」丟飯碗？因為「這件事」而無法通過下次測謊機的測試？些許緊張感從身體漸漸散去。這正是我需要的，離開這裡，理清頭緒，試著找出下一步該怎麼做。「謝謝你，彼得。」

「我會為妳禱告。」我起身要離開時，他神情沉痛地輕聲說。「賜予妳力量。」

我走回自己的辦公桌，海倫和拉菲爾把椅子滑到靠近我隔間的走道，正談得起勁。現在沒辦法處理檔案的事，他們會看到。

明天，等明天再解決。

我猶豫一下，登出電腦，拿好包包和外套，躊躇不前，看著螢幕，等它變黑。等待時，我的視線飄移至辦公桌的角落，那裡擺著我和麥特婚禮當天的照片，我很激動，有股奇怪的強烈感覺，像是我們躲過一顆子彈，我卻莫名地在流血。

相遇後過了半年，終於要去麥特老家，拜訪他父母，看看他長大的地方和他的高中，見他兒時的朋友。我已經累積一週的假，麥特訂了票，至少他自己說有訂。我很高興能去，興奮不已。

他才見過我的父母，我們一起在夏洛特鎮過聖誕節，狀況比我期待的要好太多。爸媽喜愛他，我看到他和他們作伴，就更愛他，無疑想嫁給他。不過，要訂婚好像沒那麼快。我還沒見過他父母，沒見到他們之前，我不可能跟他訂婚。那似乎不太對，我也跟他說過，起碼我自認有講。

一月，我們人在機場，寒冷的一天，我穿著苦思好幾個小時挑的服裝，長褲和開襟衫，可愛但保守，想留給未來可能成為我公婆的人好印象。我們排在繞來繞去的安檢隊伍裡，黑色行李箱拖著走。麥特很安靜，神情緊張，也連帶使我有一樣的感覺，因為我完全不希望他擔心見爸媽這回事，以免他重新考慮我們要不要進入下個階段。

我靠近隊伍前頭才想起來我的登機證還在他那，他在我們離開前印的。「喔！」我說。「可以把登機證給我嗎？」

他遞給我一張摺起來的紙，兩眼直視我，故意裝得沒有表情。

他的臉令我感到更局促不安。「謝謝。」我說完便不看他，低頭檢查登機證，要確定那是我的，不是他的，因為他交給我時沒有看。我看見名字，薇薇安・葛蕾，還有三個字母，粗體大字，不該出現在那裡啊。HNL。

不是西雅圖機場的代碼，我知道不是。我盯著字母，試圖理解，嘗試想出是怎麼回事。

「檀香山。」麥特說，摟著我的腰。

「什麼？」我轉過去面對他。

他笑嘻嘻的。「好啦，其實是茂宜島，我們到檀香山轉機。」

「茂宜島？」

他輕輕向前推我，我眨眼張望，原來是輪到我過安檢。運輸安全管理局的人員剛剛在給我不耐煩的眼色。我把登機證交出去，掏出駕照，胡亂摸索，臉頰發熱，滿腹疑團。他在登機證上蓋章，我走到輸送帶前，脫起鞋子。麥特走到我身後，先把我的行李箱抬到輸送帶上，再放他的。我再次感覺到他摟著我，他的臉頰貼過來。

「妳覺得呢？」他說，溫熱的氣息吹到我耳朵，聽得出他話裡的笑意。

我覺得呢？我想去西雅圖，見他爸媽，看他的故鄉。「但你的家人呢？」

我通過金屬探測門，他跟在後面。我的行李運到輸送帶盡頭時，我們又並肩站著。

「我不能讓妳把所有假用在西雅圖。」他說。

我該說什麼？說我寧願去西雅圖？那我無異是不領情？他送我一趟茂宜島之旅。去茂宜島，而不去見他家人。

可是，難道他不知道見他家人有多重要嗎？而現在我們不是得等我累積更多假，幾個月後再安排去西雅圖？

他把我們的行李拿下來到地上。「我重新整理過妳的行李。」他說，拉起把手，將它轉過來面對我。「都換成涼爽的衣服了，很多泳衣。」他微笑，拉我過去，面對面貼著身體。「當然，我希望我們有更多時間是一絲不掛。」他的眼神雀躍。

「我不知道該說什麼。」我終於說道，卻在心裡大叫：**現在要改機票是不是太晚了？**

笑容從他臉上消失，雙臂放下到身旁。「喔。」他說，一個音節而已。我好內疚，看他為我做了什麼。

「我只是……真的很期待見你爸媽。」

他垂頭喪氣。「對不起，真的很抱歉，我以為這樣會……我還以為……」他快速搖搖頭。「走吧，我們去看還能不能改機票——」

我抓住他的手。「等等。」我甚至不知道為什麼要叫住他，也不清楚要說什麼。我只是討厭看到他此刻的表情，討厭我給他有那種感覺。

「不，妳是對的，我不該這樣做。我只是希望一切完美，因為我要向妳——」他突然停下，羞紅了臉。

向妳求婚。我幾乎能聽到後半句，那必定就是接下來要發生的事。我的心臟彷彿停止跳動，我盯著他，他一臉驚恐，面頰紅透無比。

喔，我的天啊，他要娶我。我們去夏威夷是因為他有完美的求婚計畫。沙灘、異國風情的地點，夫復何求？而我已經毀掉那些了。

「現在就問我。」不經大腦，此話脫口而出。但一說出來，就還滿有道理。旅程本來會尷尬透頂，挽救的唯一方法即是改變這趟旅行的目的，先處理掉顯而易見的問題。

「什麼？」他低語。

「問我。」我更有信心地說。

「在這裡？」他不敢置信。

我看著將要結婚的對象，我深愛的人。在哪訂婚有差嗎？我點頭。

他不再尷尬，反露出半個微笑，驚喜交加。我知道這決定是正確的，還是能補救。

他抓住我另一隻手。「薇薇安，我愛妳勝過一切，我似乎不值得妳對我這麼好，但妳帶給我無窮的快樂。」

淚水泉湧，這是我的未來，我將和這個人一起過下半輩子。

「我想和妳共度餘生。」他放下我的一隻手，伸進口袋，掏出一枚戒指。只有戒指，沒有外面的盒子。他一定是把戒指拿出來，連同皮夾及鑰匙一起放在安檢時的置物盒內，而我絲毫沒發覺。他單膝跪下，遞出戒指，臉龐充滿希望，又如此脆弱。「妳願意嫁給我嗎？」

「當然願意。」我低聲說。他幫我戴上戒指，臉龐流露出寬慰和幸福。身邊的人群爆出掌聲，我現在才發現有人圍觀。我笑了，欣喜若狂，在機場裡當眾擁抱麥特，親吻他。看看我手上的戒指，鑽石在日光燈下閃爍。我當下完全不在意自己不知道他的過去，因為未來才是最重要的。

我把車停進車庫，腦袋是一團亂。我做了正確的事，對嗎？那是衝動下的行為，明天要把尾巴收乾淨，永久刪除檔案。但擺脫所有這些是對的，為了要保留我們完整的生活。

只不過，我真的應該三思而後行，而現在最起碼要想想可能的後果。可是我的腦袋不願思考下去，好似知道自己不能正視導出的結論。

我進屋，從廚房門口看到麥特。他朝我看來，手拿抹布，正擦乾雙手。他看起來氣定神閒，非常平靜，不像個已經曝光的人，不認為我剛剛告發他。這裡看起來很正常，起居室裡有電視聲，在播放動物娃娃活蹦亂跳的節目。

「妳提早回來了。」他說。

但我們不是有談到為了我的人身安全要保持正常？他可能假設現在有人在竊

聽。我脫掉外套，掛到門邊的鉤子，放下包包到一旁的地上，向他靠近一步。「我做不到。」我輕聲說。

抹布靜止，一下子後他才說：「什麼意思？」

「我做不到，不能告發你。」

他折疊抹布，放到流理臺上。「小薇，我們談過了，妳必須照做。」

我搖頭。「不用，我處理掉了。」

他狠狠盯著我，令我毛骨悚然。「處理掉什麼？」

「跟你有關的那樣……東西……」

「妳做了什麼？」

「我讓它全部消失。」恐慌蔓延到我的聲音，但檔案其實還沒完全消失。我能做得到嗎？

他的眼睛熠然。「妳做了什麼？薇薇安？」

我做了什麼？喔，天啊。

他用手梳過頭髮，再摀住嘴巴。「妳應該要揭發我。」他鎮靜地說。

「做不到。」我以同樣平靜的語調說。而那不就是事實嗎？在我內心深處，揭發他是正確的事，唯一該做的事，但到了準備實際執行的時候，想到報案後我便無法阻止，還會摧毀我們所有人，我就做不到。

他搖頭。「像這樣的事，不會憑空消失。」他朝我跨出一步。「事情最後仍會曝光，他們會找出妳做了什麼。」

我的心臟像是被人揪住。他們查不到，沒有人能。

「我本來需要妳陪在小孩身邊。」他說。

「我這樣做就是為了小孩啊。」我反駁。他怎能講得像是我沒考慮到小孩，我唯一繫在心上的就是家人。

「現在呢？我們兩個都因為當俄國間諜而被判刑，小孩會怎麼樣？」

肺中的空氣好似被抽光，我伸出一隻手扶牆，穩住自己。當俄國間諜，執行諜報活動。那些就是我做的事嗎？

小孩會怎麼樣？送到俄羅斯嗎？到一個他們不認識的國家，不懂當地語言，所有的夢想粉碎？

恐懼全面進攻，但我也很生氣，對他火冒三丈，憤怒的一面替我發聲。「如果我告發你，小孩會如何？我們會怎麼樣？」

「那總比——」

我靠近一步。「你會沒薪水，我則被炒魷魚，當然也不會有錢領。我們會沒健保，失去我們的家。」

他大受打擊，臉色越發蒼白。我喜歡那樣，喜歡看到他和我一樣絕望。

「他們會永遠被稱為俄國間諜的小孩，那會對他們造成什麼影響？」

他又用手梳過頭髮，看上去很沒把握。不像我認識的麥特，臨危不亂，總是神態自若。

「你竟敢怪我。」我補充道，聲調好鬥，表面上要吵起來，但其實心裡嚇壞了。我又想到他的話：**我本來需要妳陪在小孩身邊**。「本來」，他是指之前。我不希望他們失去父親，但我做的事是不是更糟？

蓄意隱匿證據、策劃陰謀、從事情報活動——那可能全部會浮上檯面。我會因此去坐牢嗎？

「妳說得對。」他說。我眨眼，盯著他。他在點頭，信心回到臉上，是決心，好像知道該怎麼做了。「這是我的錯，我必須去解決。」

那正是我想聽到的。**沒錯，去解決，帶我們遠離這爛攤子**。我的肩膀漸漸放鬆下來。就在註定會溺水之際，他拋出救生圈，而我已經伸手抓住。

他降低音量，傾身湊到我臉前。「但要我去解決，妳就得告訴我所有事，包括妳實際發現的內容和使它消失的方法。」

第七章

我瞪著他，他在要求我洩漏機密資訊，這樣我不就變成自己成天在工作中追緝的間諜。他明明知道。**他在操縱妳**，腦中的聲音警告。

可是他看起來不像在操縱我，他看似如此真誠又絕望，試圖要找到使我們脫險的方法，而我現在沒有其他法子。那其實有道理。我必須告訴他我知道的，不然他要怎麼去解決？

我已經逾越永遠不該跨過的界線：告訴他機密，我發現他的身分，刪除檔案。但他的要求是不是太過火了？要我跟他說實際找到的東西和我做的事？我會洩漏雅典娜的資訊，中情局裡最具爭議的計畫之一。我發過誓要保護那些訊息。吞下口水，我的喉嚨緊到簡直不能吞嚥。

我得想想，需要思考這是否確實講得通。我從他身邊走過去，沒說話，進到起居室，艾菈坐在裡頭，捆著毯子看電視。我在臉上擠出笑容。「小甜心，妳還好嗎？」

她抬頭，露齒笑一下後，迅速裝病。「媽咪，我不舒服。」

換作是上禮拜，我還會努力不笑她的行為，現在則很心寒。因為她不是明顯在說謊嗎？她爸擅長的事。

我保持笑容。「真抱歉，妳不舒服。」我說，多看著她一下，她的注意力回到電視螢幕。我試著整理混亂的思緒，接著抬頭與麥特的視線相交，看著他，但對艾菈說：「我和爹地要坐到外面講話。」

「好。」她喃喃說，專心在看電視。

我走出去，不關前門，麥特跟著，再關門。冷空氣像一記耳光打在我身上。應該要帶外套出來。我在前門的臺階上坐下，雙手抱胸，縮成一團。

「妳要外套嗎？」麥特問。

「不用。」

他坐我旁邊，碰觸到彼此，我能感受到他的體溫，我們的膝蓋相抵，他直視前方。「我知道很為難，但如果要我去解決這個問題的話，我需要知道更多。」

操縱。真是那樣嗎？不知為何，我們訂婚當天的情景從記憶中浮現，在機場的那一刻，我們兩人，周圍的人群散去，臉上掛著笑容，而我也是一張笑臉。我往下看那枚戒指，看它閃爍動人，全新、潔淨、完美。

這才發覺我們沒見到他爸媽就訂婚了，那對我來說很重要，我不也告訴過他？

我上揚的唇角漸漸下沉，他摟著我的肩膀，引領我更深入機場，朝登機門走。我們訂了婚，準備前往夏威夷，正如他所願。

不過，他本來是打算在夏威夷執行完美求婚計畫，想給我驚喜。我抬頭看他，他的臉率直地洋溢幸福及興奮，我對他微笑。我是在胡思亂想，他不過犯了個錯，我甚至不全然肯定自己有提過訂婚前要見到他父母，也許我沒講。

但疑慮如影隨形，在海灘上，健行到瀑布的途中，享用燭光晚餐時，那念頭就是揮之不去。我在機場裡訂婚，一群陌生人圍觀，還沒見過他爸媽。那不是我要的。**可是，妳勸他現場立刻向妳求婚**。我告訴自己。

在那裡的最後一個早晨，我們在小陽臺上坐著喝咖啡，觀看搖曳的棕櫚樹，感受和煦的微風。

「我知道妳想先見過我爸媽。」他突然說。

我驚訝地瞪著。所以我分明有說過，他早就知道。

「但我就是我啊，小薇，不論我爸媽是誰。」他緊迫盯人的視線嚇到我。「過去的事就別提了。」

我意識到他覺得自己的父母很丟臉，他擔心我對他們的觀感，以及在見過他們後，我會怎麼看他。我低頭看手上的戒指。**然而，問題依舊，那我要的怎麼辦？**

「不過，我這樣做不對。」他說。我抬頭，看到他眼中的誠意。他後悔，非常後悔。「對不起。」

我不想有疑慮，真的心想事成了。他只是做錯決定，他承認，道了歉。但我心裡的疙瘩永遠無法全部消除，他知道我想先見父母，卻仍先求婚。這就像在操縱我。可是當我現在盯著戒指，鑽石不再那般閃耀，手老了許多，感覺不像操縱，而是真誠。

如果那些人不是他真正的雙親，這樣在訂婚前沒見過他們不就顯得更誠實？他們可能會幫助我塑造對麥特的感覺，那豈不是種操縱手段？

我轉身挪開一些，有舒適的空間面對他，這樣我才可以看他的表情。他一臉真誠坦蕩，他向我求婚時也有同樣的神情，好幾年前結婚當日也有看到，我們在牧師面前，夏洛特鎮古老的石砌教堂裡，他念誓言時的表情。那種真心誠意能裝得出來嗎？我吞口水，以緩解喉嚨的緊繃。

我不知道。事實上，我不曉得是否該相信他，但我需要有人伸出援手來幫忙。我給自己挖了個坑，他願意協助我爬出來。他的問題不會離開我的腦袋。**我們兩個都因為當俄國間諜而被判刑，小孩會怎麼樣？**我不允許那種情況發生，我不得不相信他。

「我們駭進尤里的電腦。」我說，話比想像中還難以出口。每講一個音節，就好像在犯罪。我的確在犯罪，洩漏機密資訊，違反了《間諜法》。中情局裡知道雅典娜功能的人少之又少，是保密到家。洩漏這種訊息的人會去坐牢。「我到處查，發現一個資料夾，有五張照片。」我瞥他一眼。「其中一張是你。」

他直視前方，稍微點頭。「只有照片？有其他關於我的東西嗎？」

我搖頭。「還沒看到。」

「有加密？」

「沒有。」

他安靜坐著一會兒，轉頭面對我。「告訴我妳做了什麼。」

「我把它刪掉了。」

「怎麼刪？」

「你知道的，就點擊『刪除』，刪掉它。」

「再來呢？」

「再從資源回收筒刪除。」

「接著呢？」他的聲音有些惱怒。

我嚥下口水。「沒別的了，我知道還有更多工作要做，覆寫硬碟之類的，可是當時有人在附近，我不能處理。」

我移開目光到街上，聽到引擎聲，一輛車接近，橘色廂型車映入眼簾，是很多鄰居僱用的清潔服務公司。車子在帕克家門前停下，三個穿橘色背心的女人走下車，從車後拿清潔用具。她們進屋，門關上，街道再次安靜下來。

「他們有記錄下妳刪除檔案。」麥特說。「他們不可能沒記錄用戶活動。」

我呼出的氣在空中凝結成一小團霧。我不是早就知道那件事嗎？我不是點過警告視窗，說會記錄我的使用情形？我到底在想什麼？

我沒有想，那就是問題所在，我只希望這些事消失不見。

我看向麥特，他瞪著前面，眉頭緊蹙，臉皺在一起。我們周圍的寂靜很沉重。

「好。」他最後說，一隻手放在我的膝蓋，擠壓一下，轉過來面對我，額頭上的皺紋明顯可見，雙眼因擔心而黯然。「我去處理，妳會沒事的。」

他起立，走回屋內。我繼續坐著，渾身顫抖，他的話迴盪耳邊。**妳會沒事的**。

「妳」。

他為什麼不說「我們」？

我仍坐在前門臺階，幾分鐘後，麥特回來，手持車鑰匙，站立在我上方。「我一下就回來。」他說。

「你打算怎樣做？」

「別擔心。」

他可能要離開，坐飛機回俄羅斯，留我獨自一人面對後果。他不會那樣做吧？

那他究竟在做什麼？他為什麼不一開始就這樣做？

「我有權知道。」

他經過我，朝車道走，車子停在那邊。「知道越少越好，小薇。」

我站起來。「那是什麼意思？」

他停下來，轉身面對我，小聲說。「想通過測謊機，不知道細節比較好。」

我瞪他，他回瞪。他顯得煩躁，甚至憤怒。這讓我怒火中燒。「你為什麼現在要生我的氣？」

他舉起雙手，車鑰匙撞得叮噹響。「因為，妳如果聽了我的話，我們就不會落到這般地步。」

我們互瞪對方，沉默快使人窒息，他搖頭，好像很失望。我默默看他離去，情緒激昂又混亂，這沒有道理可言啊。

我們在巴哈馬慶祝結婚一週年，五天沐浴在陽光下，有源源不絕的沁涼飲品，偶爾到海裡涼快一下，下水後我們馬上會抱在一起，尋找嘗起來像蘭姆酒和海鹽的嘴唇。

最後一晚，我們去一家小海灘酒吧，茅草屋頂，串串燈泡，配上水果飲料。我們坐在經過日晒雨淋的吧檯座椅，靠得很近，彼此的腿互相碰觸，他的手能放在我的大腿上，位置略高而已。我聆聽海浪沖刷，吸入有鹹味的空氣，全身暖和。

「所以……」我說，用手指撥弄自己飲料裡的小傘，拋出整晚左思右想的問題，那已醞釀幾個星期，甚至幾個月。我努力思考怎麼導入話題才是最好的方式，而我想不到，只好衝口說出。「我們什麼時候要有小孩？」

他一口噴出，幾乎吐到他的飲料裡。他抬頭望著我，眼睛瞪大，充滿愛意、真誠和興奮。忽然又想到別的事，雙眼變得有所保留，看向別處。

「生小孩是邁進一大步喔。」他說。即使蘭姆酒使我微醺，我還是很困惑。他喜歡小孩，我們總是計畫要生，或許兩個，三個也可能。

「我們結婚一年了。」我說。

「我們還年輕。」

我低頭看著自己粉紅色的飲料，用吸管攪拌半融化的冰塊。那根本不是我期待的反應。「你是怎麼了？」

「我只是覺得不急啊，再多等幾年也不遲，先努力衝事業吧。」

「努力衝事業？」他是什麼時候要我們以工作為重？

「是啊。」他避開我的目光。「拿妳的工作來說，」他壓低嗓門，湊過來，變成目不轉睛地看著我。「非洲，妳真想把工作重心放在世界上的那個地方？」

我別過頭。我一直很滿意在中情局非洲事務組工作，有夠多事可忙，整天不會無聊。儘管影響力不大，我仍認為自己有所貢獻，那樣就夠了。非洲並不像其他地區一樣備受關注，但我不在乎。「對呀。」

「我是說，到別的部門工作不會比較有趣嗎？例如……俄國？」

我用吸管長啜一口。那當然會更有趣，壓力也更大，工作時間肯定更長。而且有那麼多人在處理俄國的情報，一個人會有多少影響力？「大概吧。」

「也許對妳的事業比較好？有機會升遷？」

他什麼時候關心升遷了？他為什麼認為我會在乎？如果賺錢是我的目的，我不會選擇政府公職。我內心的暖意漸漸從外面涼掉。

「我的意思是，妳當然要自己作主，親愛的，那是妳的工作。」他聳聳肩。「我只是覺得假如妳去做些更……重要的事，妳會更開心。理解嗎？」

話好刺耳，這是我第一次覺得自己的工作對麥特來說不夠好，「我」不夠好。

他的表情變得柔和，一隻手放在我的手背上，認真地看著我，充滿歉意，好像知道我很受傷。「我是說——最厲害的分析師是分析俄國情報吧？」

怎麼會沒來由地冒出這些話？我搞不懂。那當然是很競爭的組別，很多人搶著要。但在低調的組別也有好處，能確保所有事情做得滴水不漏，不忽略大小事，能看到自己的影響力。

「妳總是想做到最好，那就是我愛妳的原因。」

他因為那樣愛我？那句恭維一擊打來。

「而且在有小孩後，妳可能更難轉換跑道。」他繼續說。「因此，妳也許應該先調到適合的地方，我們再來考慮生小孩。」他邊說邊用吸管攪拌飲料，仍然不和我對視。

我喝光自己剩下的飲料，甜味沒了，獨留苦澀。「好吧。」寒意直通我身。

麥特的車尾燈一在街角消失，我就進屋查看艾菈，她依然在電視機前。我前往樓梯後面的儲藏室，想看那臺筆電裡有什麼東西。

這空間很小，藍色塑膠箱堆疊。我拉下燈的開關，低頭看地板，狹窄的部分沒有擺放物品，似乎沒什麼不尋常的地方。我四肢著地，到處摸索，終於找到一塊側邊微微凸起的板子，用手試著拉起它，但徒勞無功。

望一眼四周，發現塑膠箱上有把螺絲起子，我拿它撬開地板，再往裡頭瞧。有東西反光，我伸手拉出一臺銀色小筆電。

我盤腿而坐，打開電腦，啟動電源，很快就開起來，黑色螢幕，白色長條框，游標閃爍，無文字，很明顯有密碼保護。

我嘗試輸入麥特常用的幾組密碼，他固定所有東西就用小孩名字和出生日期的各種組合。我再試我們共同帳戶的密碼。都不對。我怎麼會猜對呢？我想到另一組不同的字詞：**亞歷山大．連科夫**、**米哈伊爾和娜塔莉亞**、**伏爾加格勒**。無從得知他設定密碼時腦袋裡裝了什麼，我甚至不曉得是不是他想出密碼的。這是在白費力氣。

我沮喪地關閉電腦，把現場回復原狀，回起居室看艾菈。「妳還好嗎？小甜心？」我問。

「還好。」她嘟囔，眼睛不離電視。

我逗留一下，上樓到主臥室，停在門口。我先走去麥特的床頭櫃，拉開抽屜，東翻西找。皺巴巴的收據、零錢、一些艾菈畫給他的圖，無絲毫可疑之處。看看床底下，拉出一個塑膠箱，裡頭塞滿他夏天的衣服：泳褲、短褲、T恤。闔上箱子，重新滑回床下。

我打開他抽屜櫃的第一層，移動一疊疊的四角褲和襪子，尋找任何不屬於這裡的事物，下一層和下下層也是同樣找法，一無所獲。

我打開衣櫃，拂過掛在架上的衣服：運動衫、襯衫、長褲。我甚至不知道自己在找什麼，也許是某樣東西，要能證明他並非我所想的那樣；如果找不到，那足以證明他就是我認為的那種人嗎？

上方的架子擺了個舊行李袋，我把它拉下來到地毯上，解開拉鍊，匆匆翻查。裡面有一堆領帶——他很多年沒用了——還有一些舊棒球帽。我也檢查每個拉鍊口袋，空無一物。

我把袋子放回架上，拿下幾個鞋盒，跪在地毯上。第一個塞滿帳單，第二個，收據，第三個，他的黑皮鞋，鞋面亮著光澤。我跪坐下來，打開的箱子在腿上。我到底在做什麼？我的生活怎麼會變成這樣？

我正把鞋盒的蓋子放回去，卻注意到有樣黑色的東西塞在一隻鞋裡，我在碰到前就已經知道是什麼。

手槍。

我拿出來，看著它。黑色金屬滑套，寬大的扳機，一把克拉克手槍。我移動滑套，看到裡面的子彈。

槍已上膛。

麥特有把裝滿子彈的槍在我們的衣櫃裡。

艾菈在樓下叫我。手顫抖著，把槍擺回鞋裡，關上盒蓋，鞋盒堆回架上。我最後再看一眼，關燈下樓。

三小時後，麥特回到家，匆忙進屋，脫去外套，給我一個充滿歉意又尷尬的微笑，過來抱住我。「對不起。」他把臉埋在我的頭髮裡說，仍然因為戶外的溫度而覺得冷。冰冷的手，冰冷的臉頰。我一陣顫抖。「我不該說那些話，還跟妳生氣，對妳很不公平。這是我的錯。」

我往後挪動身體，看著他，他看起來是陌生人，感覺也像個陌生人。我現在只想到衣櫃裡的那把槍。「你做了該做的事嗎？」

他放下手，轉過身，但在那之前我已看到他臉上緊繃的表情。「對啊。」

「所以……我們沒事了？」

我又想到那把槍。已過了好幾個小時，我還是不知道要怎麼想，手槍證明了他不是我認為的那種人嗎？他會傷害我們嗎？還是那把槍是用來保護家人，不被真正會造成威脅的人傷害？

他靜止不動，背對我，肩膀聳起又下沉，好像是深吸了一口氣，再呼出。「但願如此。」

我隔天早上到辦公桌，電話上的紅色小燈閃爍，是語音信箱，我查閱來電紀錄，歐馬爾打來三次，昨天兩通，今早一通。閉上眼睛，我知道這會發生。假如我之前有想清楚，早就會知道。

我拿起電話，撥他的號碼。不要再拖下去了。

「薇薇安。」他接起來時回答。

「歐馬爾，抱歉沒接到你的電話，我昨天早退，今天早上才回來。」

「沒關係。」停頓一下。

「聽著，關於尤里的電腦，」我的指甲刺進掌心。「看起來不太樂觀，恐怕什麼也沒有。」我討厭這樣騙他。這些年來，我們一起扼腕聯調局擋下他的提案；在奧尼爾酒吧、辦公室，甚至在各自的家裡，我們一同哀嘆找不到任何有用的線索。我們堅信蟄伏間諜是真實的威脅，但無力阻止。沒有成果加深了我們的友誼，而現在終於有重要情報，我卻不得已騙他。

他在電話的另一頭默不吭聲。

我閉上眼睛，好像這樣說謊會比較容易。「我們當然還要經過翻譯和研判，但到目前為止，我還沒發現相關訊息。」我的聲音出奇地有自信。

又一個停頓。「沒東西？」

我的指甲刺得更用力。「檔案裡時常可能有內嵌物件，像是用了隱寫術那類的，不過目前沒找到。」

「妳向來都有一些發現。」

現在輪到我暫時啞口無言。我明白他對我的失望，但話中好像還有話。這令我心神不寧。「是啊。」

「妳從其他四個人的電腦都分別找到可能相關的線索，因此能加快翻譯速度。」

「我知道。」

「但這個人，妳找不到東西。」這是在陳述事實，不是在詢問。他聲音中明顯有猜疑的語氣。我的心臟直跳。

「這個嘛，」我回答，努力不使說話聲顫抖。「還沒找到。」

「嗯，」他說。「彼得不是那樣說的。」

腹部好似中了一拳，我難以呼吸。一定是照片，他找到照片。不管麥特做了什麼，顯然還是不夠。突然間，我意識到身後有人便轉頭。彼得沉默地站著看我，聆聽著。

「我不知道他找到什麼。」我對電話說，一直盯著彼得，讓他聽見我在說什麼。我的嘴巴很乾。

彼得點點頭，我無法理解他臉上的表情。

歐馬爾在講話，關於到總部開會的事，可是我沒聽進去，心臟跳得好快。彼得是不是發現麥特的照片？不可能，因為他發現的話，早就會通報安全部門。他有沒有看到我刪除檔案？不可能的理由一樣啊，他看到了就不會站在這邊要跟我說話。

「薇薇安？」

我眨眼，專心回到對話上，耳邊是歐馬爾的聲音。

「等會見嗎？」

「是啊。」我喃喃說。「等會見。」我掛斷電話，手放腿上，以免彼得看到我的手在抖。我面向他，等他開口，因為我一時說不出話。

他等了一下便回應。「在我找到妳之前，妳就在講電話。我今天早上登進雅典娜，到處看看，想說妳需要有人幫忙減輕工作量。」

喔，天啊，我早該想到他會那樣做。

「我發現一個資料夾被刪除了。」

我的小孩，他們每個人的面孔浮現眼前，笑容好天真快樂。

「……名稱是『朋友』……」

路克夠大，能懂事了。我們有多少次告訴他不要撒謊？他現在準備要知道他爸的一生和他父母的婚姻全是場騙局。

「……五張照片……」

而艾菈，她崇拜麥特，他是她的英雄，她會受到什麼樣的打擊？

「……十點和聯調局開會……」

卻斯和凱勒，年紀太小，無法明白，不會記得在這之前的家庭。

「……歐馬爾會在那……」

歐馬爾，他認得麥特。當我和歐馬爾開始花很多時間在一起工作，我介紹他們兩個認識。他去過我們家，我們去過他家。也許彼得沒認出麥特，但歐馬爾會。不論如何，如果他們秀出他的照片時，我在現場……

我需要假裝，裝得很震驚。

「薇薇安？」

我眨眼，彼得豎起眉毛看著我。

「對不起。」我回答。「你說什麼？」

「妳會到嗎？去開會？」

「是啊，對，當然會去。」

他臉色關切，又逗留一下才離開，回去他的辦公室。我盯著電腦螢幕，嘗試想起第一次看到麥特照片時的感覺，因為我不得不準備重演一遍：懷疑、困惑、恐懼。

隨後是恍然大悟：他被盯上了。

我其實可以要求現在來開檔案，在彼得面前假裝之前沒看過。不過，比較好的做法是給更多觀眾看見我的反應，看到我如何處理這些情緒。

但願別人會相信我的表演。

不是「但願」，是「一定要」，我一定要表現得令人信服。我若有早已知情的絲毫跡象，他們不久就會查清楚，發現尤里沒有刪除檔案。是我刪的。

彼得回來找我，還有五分鐘就十點，我們一起走過長廊，前往防諜中心的行政辦公室。「薇薇安，妳沒事吧？」我們邊走，他邊問，從眼鏡後面端詳我。

「沒事。」我說，心神卻已在會議室，看到麥特的照片。

「如果妳需要更多假，更多時間陪凱勒……」

我搖頭，講不出話。我之前就該聽麥特的話，去揭發他，反正他遲早會曝光，我現在有麻煩了，我當初為什麼不照做？

我們走入，祕書接待我們進去。我來過這裡幾次，每次都一樣嚇人。燈光昏暗，笨重的木桌閃著微光，室內擺著昂貴的皮椅，牆上掛四個時鐘，分別是不同的時區——華盛頓特區、莫斯科、北京、德黑蘭。

歐馬爾與另外兩個穿西裝的聯調局人員在桌邊，應該是他的上司。他向我點頭，卻沒有他一貫的笑容，就只有點一下頭，緊盯著我。

我坐到桌子另一邊等，彼得走去電腦那邊，登入，牆上的大螢幕顯現出影像。他移動游標至雅典娜，啟動程式。我注視那個顯示本地時間的鐘，專心看著秒針滴答行走，這麼做是因為如果想到麥特或小孩，我的情緒將無法控制，整個局面會失控，我就永遠也過不了這關。但我必須撐過去。

蒂娜不久便大步走進來，尼克跟隨在後，他是防諜中心俄羅斯分部的主任，最後還有兩名穿黑西裝的助手。她形式上約略向四周點頭，在桌子最前頭的座位坐下，臭臉一張，不悅又嚇人。「所以我們現在進到五號筆電。」她說。「比前四臺有收穫，對嗎？」她掃描現場，目光最後落在彼得身上。

他清清喉嚨。「是的，女士。」他指向螢幕，雅典娜的主頁。他點兩下標示尤里名字的圖示，片刻後，我看到尤里筆電的鏡像畫面，藍色氣泡，如此熟悉。我瞄到最後一排圖示，資料夾該在那邊，卻不在。

彼得在講話，但我聽不進去，正專心想該怎麼假裝驚訝，而現在又要保持面無表情，因為歐馬爾在看我。我看著螢幕轉成字串：檔案救援程式在運作。過了一會兒，資料夾重現，名稱：**朋友**。

時候到了，我熟悉的生活將灰飛煙滅。

我努力不去想小孩的臉龐，邊用鼻子呼吸，吸氣，吐氣。

他點兩下，展開檔案列表，表中說明有五個圖片檔。他移動游標到上方，把檢視模式從「清單」改成「大圖示」，五張面孔同時出現在螢幕上。我隱約看到第一個人是戴圓框眼鏡，第二個是亮橘色頭髮，我定睛於第三個，麥特。

那不再是麥特了。

第八章

那是個稍微有點像麥特的人，黑髮、黑眼睛、相似的笑容，看起來絕對像之前的照片，檔案名稱、頭部傾斜的角度、拍照距離、背景，全都一樣，但五官明顯有差異。這並非同個人，不是我老公。

我眨眼，一次，兩次，難以置信，我慢慢鬆口氣，寬慰之感勢不可擋，我激動不已。麥特做到了，解決掉這個問題，沒有食言。不知道他怎麼辦到的，可是他的照片已經消失，我們的家庭仍然完好無缺。

我們安全了。

我終於把視線從那張照片上挪開，往左邊看第一張和第二張，圓框眼鏡男和橘髮女。我一時喘不過氣。男人的五官比昨天更深邃，下巴更方正。女人顴骨變高，額頭較寬。這些也是不同的人。

儘管已經知道會有什麼，我仍向右看最後兩張圖像，蒼白的女人和刺蝟頭男，有相似的五官和鏡頭角度，卻並非昨天的人。

我的天啊。

麥特是一回事，但其他四個蟄伏間諜的照片也換掉了？

胸口緊繃，不堪承受的壓迫感，不知道為什麼有這種感受。我刪除麥特的照片時，另外四張也一起刪掉，我願意包庇其他人來保護老公。那我現在看到撤換掉的照片為什麼會介意？這有什麼差別？

在茫然困惑中，我聽到聲音，兩個人的對話，蒂娜和彼得，在討論這些是不是真的蟄伏間諜。我再次眨眼，努力集中精神。

「但檔案沒有加密。」蒂娜說。

「對，我們所有的情報都說有加密。」彼得回答。「可是它被刪除了。」

蒂娜歪頭皺眉。「尤里不小心出錯嗎？」

彼得點點頭。「有可能，也許是意外載入檔案，或加密失敗，或類似的錯誤，而尤里的反應是把它們刪掉。」

「而且沒意識到還在那裡。」蒂娜補充道。

「沒錯。」

「更沒想到我們會發現。」

他又點頭。

她把食指放在嘴脣上，鮮紅的指甲油閃爍，戳一次，兩次，再看向聯調局的代表團，三名黑西裝探員坐成一排，手緊握面前。「有想法嗎？」

中間的那個人清清嗓子並說：「把這做為線索去找俄國蟄伏間諜似乎很合理。」

「同意。」

「我們會盡力去辨識出那些人，女士。」

蒂娜草率地快速點頭。

我的頭陣陣作痛，這些人不是蟄伏者，甚至可能不是真人，中情局用被修過的照片去追查也是白費功夫。

最終我還是得負責，因為我洩漏機密資訊。我那樣做當然是為了保護家人，卻害我們失去追查其他四個俄國間諜的線索。我抓緊椅子的扶手，突然頭暈目眩。我究竟做了什麼？

更多對談，我嘗試去聽，話中有尤里的名字。

「……在莫斯科。」彼得說。

「我們知道在莫斯科的哪裡嗎？」蒂娜問。

「不知道，但我們一定會在幾天內投入更多資源，查出他的下落。」

「他的電腦呢？有沒有地點資料？」

「沒有，他還沒上網。」

他在這裡，我在心裡大叫。他就在美國，在我們自己的城區裡，用假證件生活，每隔幾個月或我先生發出信號時，他會經過華盛頓西北區一家銀行的庭園。我的下巴緊縮，抬頭時，歐馬爾看著我，一眼不眨，沒有笑容。我漸漸聽不見後面的談話內容，只餘血液充耳的聲音。

會議結束，我在走廊上，正盡速逃回辦公桌，歐馬爾小跑步趕上來，和我平行一起走，我的心跳好快，不知道該對他說什麼，或他會跟我說什麼，我要如何回答他的問題？

「薇薇安，妳還好吧？」

我看一眼，他似乎很擔心，也許是裝的。我的嘴巴突然很乾。「還好啊，很多心事而已。」

再走幾步，他仍然在我旁邊，我們到達電梯口，我按下按鈕，看燈亮起，希望電梯快點來。「家裡的事？」他問。他用一種特定的方式講話，又刻意板著臉，好像在審訊，開頭問那些無傷大雅的問題，為了建立良好的關係——或是引人掉入圈套。

我移開目光，看著緊閉的電梯門。「是啊，艾菈一直在生病，凱勒去給醫生看過……」我說不下去，胡思亂想起來，是不是因為我說這些謊而導致他們生病？莫非是因果報應？

我用餘光看到他也直視正前方。「我很抱歉。」他看向我。「記得，我們是朋友，需要我幫任何忙的話……」

我迅速點頭，仰望電梯門上的數字，看它們緩慢地依次亮起，速度太慢了。那是什麼意思？需要他幫任何忙的話？我們並肩等待。

終於，叮一聲，門敞開，我走進去，歐馬爾跟著。我按下辦公室樓層的按鈕，看他一眼。我應該說些話，聊點天，我們搭電梯不能默默無語，那不正常。我努力在想話題時，他開口：「有內鬼。」

「什麼？」

他凝視著我。「防諜中心有內鬼。」

他為什麼要告訴我？難道他在懷疑我嗎？我努力保持臉上毫無表情。「我不清楚。」

他點頭。「聯調局在查。」

不可能是我吧？恰當的反應是什麼？「真不敢相信。」

「是呀。」

他安靜下來，我不知道接下來該說什麼。一片沉默，他必定能聽到我的心跳。

「聽著，我為妳的人格做擔保。」他快速輕聲地說。「我說妳是我的朋友，妳絕不會那樣做，不需要優先調查。」

電梯停下，我暫時停止呼吸，身體完全僵住，電梯門打開。

「可是，我看得出事情不太對勁。」他降低嗓門。「他們最終還是會去調查妳。」

我強迫自己看他，他一臉關切和同情，那比純粹懷疑我更令人不安。他伸出一隻手在門邊，觸動門的感應器，幫我把門開著。我走出電梯，預計他也會過來。發現他沒跟，我便回頭。他緊盯著我。「如果有麻煩，」他說，移開手，門開始關上。「妳知道到哪找我。」

之後，我整天都在恍惚中度過，辦公區人聲鼎沸，喋喋不休地談論那五張照片，要如何最有效地追查到尤里，該用何種策略去揪出他的幕後操控者，也就是那個難逮的小組首腦。而我只希望他們全部消失，我需要獨自一人思考，分析剛剛發生的事。

與歐馬爾的談話是其一。他為什麼要警告我有內鬼？為什麼表現得像是在懷疑我變節？假如他認為我是雙面間諜，為什麼要幫我擋下局裡的調查？

這毫無道理可言。

此外，還有麥特和那些照片，不知道他怎麼做到的，他沒辦法使用尤里的電腦，對吧？也許跟尤里談過，但麥特不會那樣背叛我吧？他承諾不會說出去。

鬱悶籠罩心頭，漆黑一片。五張照片全被修改，如果只是為了顧及我們的家庭，只有他的需要改，全部改超出保護家庭的目的，如此也會維護蟄伏間諜行動不曝光。

我看著擺在辦公桌角落的照片，婚禮當天拍的。我凝視麥特的雙眼，越看越覺得像在嘲諷我。我心想：**你是在為我們打算最好的出路嗎？還是為他們？**

我被調到俄國防諜小組兩個月後，發現自己懷孕了。我記得那時坐在浴缸邊緣，注視著驗孕棒，藍線慢慢變暗，和包裝盒上的說明比對過後，我不敢置信又興奮，情緒波濤洶湧。

要如何告訴麥特？我聽來的，在網路上讀到的，有很多妙點子多年來都放在心裡預備。看到了那條線，知道體內有個胎兒，我們的寶寶，我迫不及待要報喜。我在浴室中大嚷，而他在衣櫃前扣襯衫的釦子。我猶豫一下，才在他眼前舉起棒子，我笑容滿面。

他的手停下動作，看驗孕棒，再看我的臉，眼睛瞪大。「真的嗎？」他說。我點點頭，他露出我永遠不會忘記的燦爛笑容。自從去過巴哈馬之後，我有一絲的恐懼，他也許不那麼想要小孩，我比他還想。但那笑容令任何揮之不去的疑慮雲消霧散，單純的喜悅洋溢，我沒見過他這麼快樂。

「我們要有小孩了。」他吸口氣，跟我一樣驚喜。我點頭，他走過來摟住我，吻我，好像突然間把我當作脆弱之物。我的心臟如氣球膨脹，快要從胸口飄出去。

我一整天工作都沉醉在快樂中，發現自己持續凝視電腦螢幕好幾個小時，對著同一頁發呆，什麼也沒讀進去。沒有人注意時，我打開線上員工手冊，找到產假及休假的相關規定，按下「列印」，把資料塞進包包。

我提早下班，在家裡與麥特共進美好的晚餐，他親自下廚煮飯。他至少問了五、六次我感覺如何，需不需要什麼。吃完飯後，我換成運動休閒服，掏出印下來的手冊那幾頁，走到沙發，坐到麥特旁邊，他正在挑選數位機上盒的節目。他停頓，看看電視，看看我。我不太能辨識他臉上的表情。

他最後選了一個烹飪比賽的節目，我也一起看，依偎著他，躺在他懷裡。當比賽接近尾聲，選手在評審的桌前一字排開，他暫停節目。

「我們需要一棟房子。」他說。

「什麼？」我有聽到，但太突然了，需要再聽一次來確認。

「一棟房子，我們不能在『這裡』養小孩。」他指指我們周圍的地板，我環顧四周，客廳、廚房、飯廳——一覽無遺。以前看還不覺得小。

不過我們現在沒有被房貸綁手綁腳，住得離市區不遠，我從來沒有買房子的衝動，也不認為他有。「好吧，剛開始前幾年——」我說。

「我們需要空間，一個院子，有個真正的社區。」

他看上去很堅決，憂心忡忡。有那些當然會很好，我聳聳肩。「看一看也沒什麼不好。」

這禮拜還沒結束，我們找了個房仲，一個有斑駁白髮的無趣男人，他載我們到華盛頓特區鄰近的地區看房，有好多趟長途車程，我從後座一直盯著他的後腦杓。我們從預算範圍內的近市區房屋看起，那些房子很小，很多地方需要重新整修。看屋時，麥特露出厭惡的表情，全都不喜歡。**小孩子爬這樓梯不安全**。他說。**我們需要更多空間，鞦韆沒地方擺**。他總有不滿意之處。

我們因此又更遠離城市，房子越來越大，可是不一定更好，有的更好，卻沒比較大。我們於是調高預算，這樣會有些可接受的房子，或許很舊，但能住。就算小，我們也能擠一下。在郊區，反正我們兩個也沒用大眾運輸工具通勤。

然而，麥特從每棟屋子中挑出無法接受的地方。樓梯間的平臺對幼兒很危險；屋後有小溪，小孩掉進去怎麼辦？我沒見過他這麼挑剔。「我們怎樣也不會找到完美的房子。」我說。

「我只是想給寶寶和以後的小孩最好的。」他說，看向我：**那不也是妳要的嗎？**

如果仲介的態度不那麼消極——我們每次做好決定，他才會講出巨額房價——他一定早就閃人。但我們仍然繼續看，再次提高預算，甚至去更遠的縣，那裡是半郊區，半鄉下。「遠郊」，房仲解釋。

麥特似乎感興趣起來，他喜歡殖民地風格的建築，有大院子，社區裡許多小孩騎腳踏車。看到那價格和到市區的距離，我很猶豫。「想想看這對小孩會多棒。」他都這麼說了，我能有什麼異議？

我們找到一棟，格局良好，重新裝潢過，所在的巷子只有一邊能出入，屋後是樹林。我看到麥特臉上的表情，他認為這裡很完美。我也喜歡，能想像我們在這裡落地生根。即使不同意，我真的很不想再繼續看房子，我想回家，閱讀孕婦相關書籍。我們當晚就出價。

第二天早上，我走下樓，麥特在用他的筆電，臉色不太對，好像大事不妙。他似乎整晚沒睡。「是學校的問題。」他解釋。「沒有好學校。」我繞過去看，學校的評價開在螢幕上。他說得對，那些學校很糟。

「我們需要好學校。」他說。

他看回螢幕，縮小那個視窗，另一個出現，一棟小房子，相當不起眼，是我們一開始看房時的那種。「這在貝塞斯達。」麥特說。「那邊學校的評價都是滿分。」他聽起來很興奮。當我們走進那棟殖民地風格的完美屋子時，他也有同樣的語調。「這就是我們的房子，小薇。」

「它很小，你討厭小房子。」

「我知道。」他聳聳肩。「所以會有點擠，不會有最大的院子，我不會得到想要的一切。但那裡的學校真的很好，為了小孩就值得。」

我更仔細看螢幕。「你有看到價錢嗎？」

「有，沒比之前準備要買的那棟貴太多。」

我的心臟劇烈跳動。沒貴太多？那將近貴了五萬美金。而且上一棟房子已經遠遠超出我們的預算，早超過我們的財力所及，不可能買得起。

「我們買得起。」他猜到我在想什麼，打開另個視窗，一張電子試算表。「看到沒？」

他把所有收支編入預算裡。

「我很快就要被加薪，妳每年資歷越來越深，最後會有更多升遷機會。我們做得到。」

我簡直要喘不過氣。「那也要我繼續留在這份工作才行啊。」

一陣尷尬的沉默。「妳想辭職嗎？」

「喔，不，不是辭職，也許想請個假……」我們應該沒談過這件事。我假定自己會待在家裡一段時間，我認為他也這麼想。我們小時候，媽媽都在家裡帶小孩。我們沒有其他親戚住附近，難道要把小孩送到托兒所嗎？

「妳不是居家型的吧？」他問。

居家型？那是什麼意思？「又不是說我會永遠不出去工作。」這就像沙灘上的那天重新上演，我好像不夠好，他認為自己的妻子還要更好。「只是待在家裡一陣子。」

「但妳熱愛那份工作。」

我不愛，自從我調到俄羅斯分部就不再喜歡了。我討厭壓力和長時間工作，而且不管怎麼努力，就覺得沒有實際完成任何事。有嬰兒要顧，我八成會更討厭這份工作。「我喜歡有貢獻，不過自從我在俄羅斯分部工作——」

「妳拿到局裡最好的工作，不是嗎？大家都想要？」

我在猶豫。「這組很好，對。」

「而妳想離開工作崗位，成天在家帶小孩？」

我瞪著他。「那是我們的小孩耶。是呀，也許我願意那樣做，我不知道。」

他搖搖頭，屋中的沉默變得更加尷尬。「妳如果不工作，我們要怎麼存小孩讀大學的錢？我們要怎麼和小孩一起旅行什麼的？」他最後問。

我覺得噁心，驗出懷孕後第一次這樣。在我回答前，他又開口。「小薇，學校是滿分，滿分耶。想想那會有多棒？」他把一隻手放在我的腹部，意味深長地看著我。「我只是想給小孩最好的。」隨後的沉默引出了沒說出口的話：**妳不也這樣想嗎？**

我當然有一樣的想法。我怎麼會覺得自己已經不是個好媽媽了？我看向螢幕，頁面換回那棟房子。雖然還沒親眼見過，房子卻好像已成為負擔。我勉強尖聲地說：「那我們去看吧。」

我今天比平時晚回到家，進屋時，他們全在廚房的餐桌吃飯，義大利麵和肉丸在亮色的塑膠碗以及高腳椅的餐盤裡。「媽咪！」艾菈叫道，路克也同時喊：「嗨，媽。」雙胞胎沒穿衣服，臉上沾滿義大利麵的醬料，麵條黏在奇怪的地方——額頭、肩膀、頭髮。麥特對我微笑，安之若素，像這一切危機不曾發生過，他站起來，去爐子前，幫我把晚餐添到盤子裡。

我把外套和包包放在門邊，走進廚房，擠出笑容，先後親艾菈和路克的頭，再往桌子的兩邊跟雙胞胎揮手，卻斯對我露齒笑，捶打餐盤，醬料飛出去。我拉出椅子坐下，麥特同時將盛有義大利麵的盤子放在我面前。他坐我對面，我看著他，表情就變得嚴肅。「謝謝。」我說。

「一切還好嗎？」他小心翼翼地問。

我迴避問題，面向艾菈。「小甜心，妳還不舒服嗎？」

「比較好了。」

「很好。」

我迅速看一眼麥特，他看著我。我轉去關心路克。「你今天在學校過得怎麼樣？」

「還不錯。」

我想再問他別的，更具體的事，考試或上臺報告那類的，卻不知道要問什麼，我於是吃一口微熱的義大利麵，刻意避開麥特的視線。

「一切還好嗎？」他又問。

我慢慢嚼。「我本來以為會出事，但真沒想到，一切好順利啊。」我目不轉睛地看著他。

他明白了，我看得出來。「很高興聽到妳這麼說。」他答腔。

一時之間沒人說話，氣氛尷尬，最後是艾菈打破沉默。「爹地，我吃完飯了。」她說。我們一起看她。

「等媽咪也吃完，小甜心。」麥特說。

我搖頭。「別等我沒關係。」

他猶豫，我對他使眼色：**讓她離開，全都離開，我們才可以談**。

「好吧。」他對我說，再對艾菈：「麻煩把妳的碗拿去水槽。」

「爸，我也可以下桌嗎？」路克問道。

「當然囉，小子。」

路克和艾菈離開餐桌，麥特拿些溼紙巾擦拭卻斯的臉和手。我多吃幾口，看著他的動作，他擦拭卻斯，抱起他，放到地上，瞄我一眼，轉而注意凱勒。我放下叉子，沒胃口，吃東西不再有意義。

「你怎麼做到的？」我問。

「換照片？」

「對啊。」

他正清理凱勒的手，擦拭胖胖的小手指。「我答應過，妳會沒事。」

「但你是怎麼辦到的？」

他不回答，也不看我，只是不斷擦凱勒的手。

我咬牙切齒。「能請你回答我的問題嗎？」

他抱起凱勒坐下，凱勒在他大腿上，手指放嘴裡吸。

「我說過妳知道越少越好。」

「少來那套，是你做的嗎？還是你告訴別人？」

他正用膝蓋把凱勒彈起來。「我告訴尤里。」

我震驚不已，感到他背叛我。「你說不洩漏出去的。」

他臉上閃現困惑。「什麼？」

「你答應過永遠不說。」

他眨眨眼，似乎想起來了。「不對，小薇，我答應永遠不跟『美國政府』說。」

我瞪他，凱勒扭來扭去，要離開麥特的大腿。

「我不得不告訴尤里，沒有選擇餘地。」他說。凱勒哀號，扭得更厲害。「我馬上回來。」麥特嘟囔，一手抱著凱勒離開。

我往下看自己的手，戴著婚戒，這就是被騙的感覺嗎？和麥特結婚時，我以為自己夠幸運，不會有這種感覺，連作夢也沒想到他會背叛我。我用右手壓住左手，戒指從視野中消失。

他不久便獨自一人回來，坐下。我聽著屋中其他聲音，路克和艾菈在玩撲克牌。我降低音量，身體向前傾。「所以，俄羅斯知道我洩漏機密資訊給你。」

「尤里知道。」

我搖頭。「你怎麼能那樣做？」

「能自己解決，早動手了，但我沒辦法，就只能去找尤里。」

「更改所有五張照片？」

他往後靠在椅子上看我。「妳想說什麼？」

我不回答他，我該說什麼？說不確定他對我的忠誠嗎？

「妳當初去報案的話，這些全不會發生。」他看著我，就像他才是那個遭到背叛的人。

然而，他說得沒錯。我內心部分的憤怒漸漸轉化成愧疚，他的確叫我去報案，他沒有立刻去找尤里，那些照片第一天並沒有被改。

如果他沒那麼擔心我，更在意臥底行動，他第一天就會有所動作。

「所以現在都沒事了？」我最後說，試圖不去想其他四名蟄伏間諜的臉孔，他們因為我所以不會曝光。**妳把檔案刪掉，小薇，妳先刪除照片的**。「我們安全了嗎？」

他往別處看，他說話前我就知道答案。「其實不盡然。」

不盡然，我強迫自己去思考。「因為他們仍能查出是我刪除檔案的嗎？」安全部門會審訊我，說他們發現是我刪的，在那種情況下，我可以說是意外，連我自己都不知道。那有點離譜，他們可能會懷疑我，不過是暫時的。又不是說他們之後會發現麥特的照片。

「是啊。」他說。「但不僅如此，雅典娜會記錄用戶活動。」

他是怎麼知道「雅典娜」這個名字？我很肯定自己沒提過。

「小薇，所以妳在尤里電腦上的活動全被記錄下來。理論上，只要有人登入，就能看到妳之前怎麼操作尤里的電腦，看到妳開過的檔案。」

「他們能看到我打開你的照片？」

「是啊。」

「所以你的照片還在伺服器上？」

「對。」

這意味著其他四張也還在，把真正的照片交到聯調局手中不算太遲，我仍然有機會脫身，中情局能知情，四名蟄伏間諜和麥特會曝光，我可以做正確的事。

這樣沒有任何損失吧？他們也許會放過我，刪除檔案不過是我這個害怕的妻子在衝動下的行為。

只是事情當然沒那麼容易，因為五張照片被修改只有一種解釋：我跟俄方洩漏高度機密的計畫。我犯下叛國罪，光是那樣就會送我入獄。恐懼凝結我流動中的血液。

我想到歐馬爾，他這幾天那樣看我。**防諜中心有內鬼**。如果他們懷疑我，要證實懷疑，只需坐下來去查伺服器。

「我們有辦法解決。」麥特說。「有刪除的方法。」他看起來很困擾，不願意說。

「是什麼？」我的聲音近乎耳語。

他伸手進口袋，拿出一個小隨身碟，黑色的塑膠長方形。他舉起它。「這裡面有個程式，能刪除妳這兩天的活動紀錄。」

我盯著它，那將抹除我發現麥特照片的任何證據，他們會無法定我罪，或使我和小孩分開。

「其他人的紀錄也是。」他補充道。「伺服器會還原到兩天前。」

我抬頭看他。**伺服器會還原到兩天前**。整個中情局會失去兩天的工作進度，所有人白做工。

但宏觀而論，損失兩天並不算嚴重吧？

我的家人得以不被拆散，麥特的照片會永遠被刪除，其他四名蟄伏間諜的照片也是，然而要不要幫俄方使用這個程式不是個問題，我甚至不用考慮。我願意協助隱藏那四個蟄伏者的身分，只要我的家人能在一起。我知道這是錯的，光想就覺得自己是陰險小人。但是，我的小孩才重要啊。

「那麼，接下去呢？」我問。「他們去載入程式就好了嗎？」

「至於這個嘛，」他看著我。「會由『妳』去載入。」

第九章

他把隨身碟放桌上，我望過去，覺得它好像隨時會爆炸。「我無能為力，電腦被改裝過，沒有可用的插槽——」

「限制區有一個。」

我瞪著他，我曾說到限制區嗎？我也絕對沒有提過在那裡的電腦。但他可不是說對了嗎？那裡的確有臺電腦，供外勤人員回來上傳資料用。「喔，別想了，那臺電腦有密碼保護，我沒有權限——」

「妳不需要權限，程式會自動執行，只要插進電腦就好。」

他要求我做的事非同小可，我很震驚。「你要我把程式載到局裡的電腦網路？」

「妳刪除檔案的證據就會完全消失。」

所有五張照片也是。我挪開目光，即使有些心裡的話不該說出去，我仍說了：

「你是俄羅斯特務，要我把程式載到中情局的網路？」

「我是妳丈夫，正努力想辦法要妳不坐牢。」

「你的方法可能會讓我吃一輩子的牢飯。」

他伸出一隻手越過桌子，擺到我手上。「如果他們發現妳做的事，妳就要被關很長一段時間了。」

艾菈在另一個房間大吼大叫：「不公平！」。**說得對**。我盯著隨身碟想。**不公平，一切都不公平**。

「爹地！」她尖叫。「路克作弊！」

「我沒有！」路克大喊。

我仍看著隨身碟，麥特的視線在我身上，沒人起身去調停，兩個小孩繼續吵，不過沒之前那麼大聲。當他們的對話恢復正常，我抽走被壓在下面的手，再握成拳頭。「說真的，裡面到底是什麼？給俄羅斯進入我們系統的管道？」

他搖頭。「不是，絕對不是，是真的，那只是把伺服器還原到兩天前的程式。」

「你怎麼知道？」

「我用診斷程式檢查過了，裡頭沒別的東西。」

我憑什麼相信你？我沒那樣說，但也不用講，他一定能從我臉上讀出來。

「妳不做就會去坐牢。」他的表情看似十分坦誠，還混合了恐懼。「這是妳脫身的機會。」

我又看著隨身碟，期望它消失，希望所有事情煙消雲散。我感覺自己越陷越深，無力阻止。這真的是我能做的嗎？

我抬起頭，仔細凝視他，他的話迴盪腦中：**我用診斷程式檢查過了**。「讓我看一眼。」

困惑籠罩他的面孔。「什麼？」

「你說用診斷程式檢查過了，拿給我看看。」

他像被打了耳光，身體往後一退。「妳不相信我。」

「我想親眼看到。」

我們凝視對方，一眼不眨，直到他開口：「好吧。」他站起來離開，我跟在後面。他走到樓梯後方的儲藏室，開燈，拿螺絲起子，是我之前用過的那把。我看他撬開地板，拿出筆電，轉身，直盯著我，我看不透他的意思。他擦身經過我，回去桌前。

他打開電腦並坐下，我站在後面看螢幕。白色長條框出現，游標閃爍。他刻意緩慢地打字，我低頭看鍵盤，跟隨他的手指移動。我認出密碼是小孩的生日，他常用的其中一種組合。他在最後額外按了幾個鍵，我豁然開朗。那是我們的結婚紀念日。他畢竟還是惦記著我們。

「妳不會理解這些，妳知道吧？」他問道，沒有回頭。

幸好他背對我，因為他說得沒錯，我不是電腦資訊人員，不清晰細節，但那無所謂，重要的是他現在怎麼反應，會給我看什麼。我會明白他是否真的去執行診斷，還是在騙我。也許那樣就夠了。「別太小看我。」

他打開程式，輸入指令，字串在螢幕上向下展開。「用戶活動紀錄。」他喃喃地說，指出一行：今天的日期。另一行：幾個小時前的時間戳記。

他把螢幕向下拉，手比一段文字。「隨身碟的內容。」他說。我掃視文字，大部分看不懂，只有隻字片語讀得通，且與麥特說的相符，沒有跡象表示裡頭還有其他東西。

而最重要的是日期和時間戳記，他拿得出東西給我看。正如他所說，他診斷過隨身碟。

他沒騙人。

他在椅子上轉頭，用受傷的表情仰望我，我心生內疚。「妳現在相信我了嗎？」

我走到桌子另一邊，在對面的椅子坐下，猶豫一下才說：「你知道中情局的人很厲害吧？如果他們追究到我身上呢？」

「他們不會。」他輕聲說。

「你怎麼能確定？」

「想想我告訴過妳什麼，俄羅斯知道哪些事。」他伸手越過桌子，按住我的手。「他們也很厲害。」

我那天晚上又睡不著，在屋中徘徊，心臟隱隱作痛。我去看小孩們睡覺，他們的胸口起伏，沉睡中的臉蛋看起來更加幼小。我踱過走廊，望著牆上每張照片，看看那些稍縱即逝的時刻，那些幸福的笑容。藝術品用磁鐵貼在冰箱上，閒置的玩具在黑暗中待命。我只是希望這一切繼續下去，過個普通的生活。

不過事實是，我可能會去坐牢。如果他們發現我做了什麼，我怎樣也賴不掉。洩漏機密資訊，破壞中情局的運作。喔，如果真被抓到，我會錯過多少。光用想的我的情緒就來了。凱勒踏出的第一步，說的第一個字；艾菈失去第一顆牙，興奮地期待牙仙拜訪；參加舞蹈表演、玩安全棒球、學騎腳踏車。最糟糕的是，我會失去所有那些片刻光陰：他們作惡夢或生病時，我擁抱他們；聽到「媽咪我愛妳」；聽他們訴說在學校獲得的知識；聽他們為何興奮，為何害怕。

當然，這意味著聯調局本來能抓到的蟄伏者將逃出法網。但這對大局有多少影響呢？至少有二十幾個蟄伏間諜來參加我的婚禮。這個問題遠比我們想得還嚴重，五個人只是冰山一角。

破曉前一片黑暗，我坐在沙發上。麥特走下樓，打開廚房的燈，眨著眼以適應光線。他走到咖啡機前，按下按鈕。我默默看著他。他終於注意到我，停止動作，看過來。我直視他，慢慢舉起手，隨身碟在拇指和食指之間。「我還需要知道什麼？」

我決定好了，要去執行這項極為艱鉅的任務。當他用擦墨鏡的清潔布把隨身碟一把拿來擦乾淨時，這重責大任使我一時反應不過來。**不要留指紋**。他說，拿來一個雙層保溫咖啡杯，把隨身碟放入杯底的祕密夾層。我沒看過這個閃亮的金屬杯。之前是放在哪？他在哪裡存放這些東西？

我怎麼會這樣一直被蒙在鼓裡？

「只要插到電腦裡就行了。」他說，遞杯子給我。我接下，看到自己的臉映照在上面，影像扭曲，這是我沒錯，卻看起來像另外一個人。「終端機前面有個USB插槽。」

「好。」我繼續盯著杯上的影像，是我，卻非真的我。

「插到電腦，至少等五分鐘，不超過十分鐘，之後再拿起來。十分鐘內，伺服器會還原，假如還原完成時，隨身碟仍連接電腦，他們就能追蹤到來源。」

五分鐘？隨身碟連接時，我必須在那裡坐五分鐘？如果有人看見怎麼辦？「那我下班時間再去。」

他搖頭。「不可以，必須登入電腦。」

「登入？」他的話使我惶恐不安。那意思就是，我得在上班時間行動。彼得有權限，他平時在早上登入後就鎖定電腦，離開前再登出。麥特要求我做的事風險極大。「如果有人撞見呢？」

「不行。」他說，臉上表露恐懼。自從拿出隨身碟後，他第一次因為不確定因素而輕微顫抖。「別被抓到。」

我開車前往辦公室，保溫杯放在旁邊的杯座裡。我走過遙遠的停車場，整段路緊拿著它。我進入大廳，看到美國國旗高掛，手就抓得更緊。我的每分專注力都用來保持冷靜，不動聲色。

我經過三個列出違禁品的告示牌。我不曾注意到有這麼多牌子。上頭是一長串清單，各式電子產品。就算隨身碟裡沒有資料，仍然禁止攜帶。要辯說自己不知道也難。

我在閘門前排隊，等待入內。右側，一個與我年齡相仿的女生被帶到旁邊抽查，羅恩在檢查她的包包；左側，在用金屬探測棒偵測一名較年長的男士，也是抽查。我轉移視線，汗珠隱隱刺痛額頭和上唇。輪到我了，我拿起識別證對著感應式讀卡機，在觸控面板上輸入密碼，閘門開啟，允許我通過。

感測器發出低沉的嗶嗶聲，兩名我不認識的保全看過來。我的心臟狂跳，聲音之大，周圍的人肯定都能聽到。我擺出困惑的表情，接著立刻微笑，朝他們舉起杯子。**看這裡，只是這個而已，別擔心，不是電子用品**。這些能測到電子用品的感測器可說是出了名地善變。

一名保全走過來，拿金屬探測棒對我和包包上下檢查，只在掃過保溫杯時有嗶聲。他滿臉無聊，揮手示意我進去。

我給他一個微笑並點頭，繼續在長廊中前進，腳步平穩，姿態冷靜。離開他的視線後，我用顫抖的手背擦拭汗溼的額頭。

我感應識別證要進庫房，輸入密碼。厚重的大門解鎖，我把它推開。派翠西亞立刻出現在眼前，我經過時對她微笑，道聲「早安」，就跟每天早上一樣。我走到自己的小隔間，登入電腦。正常的例行公事，正常的問候，一切正常。

我在辦公桌前坐下，盯著標有紅色斗大字體的門：**限制進入**。旁邊兩個辨識器，分別掃描識別證和指紋。一個程式打開在我的螢幕上，但我不看它，不進行搜尋，不開啟電子郵件，只盯著那道門。

九點整，又過了幾分鐘，彼得走過來。我看著他掃描識別證，輸入密碼，一隻手指放到另個辨識器上。他進去裡頭，關上厚重的大門。幾分鐘後，門再度開啟，他離開了。

我轉移目光到桌上的保溫杯。電腦已經登入，隨時可以採取行動，我必須去執行。我伸手抓住保溫杯，從椅子上站起來已有難度，何況還要走到那道門前面。

我感應識別證，手指擺到辨識器上。門鎖解除，我拉開厚重的門。裡面黑漆漆的，我切下燈光開關。空間不大，甚至比彼得的辦公室小。兩臺電腦並排在桌上，螢幕的方向相背。第三臺電腦則在對面的牆邊，吸引了我的注意，USB插槽在電腦前面。

我坐到另外兩臺電腦之一，保溫杯放面前。我登入電腦，因為有人進來的話，我得像是在工作。我調出自己有權限閱覽的最機密情資，中情局裡只有屈指可數的人能看，這類的資訊夠敏感，所以必須請任何新人離開，等我結束時再回來。我輕輕吸一口氣，旋開杯底，一打開就看到隨身碟。我把袖子拉過手掌，搖動杯子，讓隨身碟掉進掌中，再將杯底旋回去。

我靜止片刻，耳聽八方，沒有動靜。

我離開座椅，走到第三臺電腦，用衣袖覆蓋指尖，迅速輕易地插入隨身碟，它的尾端幾乎立即閃爍橘光。我在僅僅幾秒內又坐回椅子上。

我顫抖著，一生中沒這麼害怕過。

周遭仍闃寂無聲。我看一下螢幕底部的時間，五分鐘就夠了。我只需要一個人在這裡待五分鐘，取出隨身碟，放回保溫杯，任務就圓滿結束，好像什麼也沒發生過。

我瞥一眼身後的隨身碟，尾端閃著橘光。它正在做什麼？大概是在入侵伺服器，準備消除過去兩天的所有紀錄。就只有那樣，對吧？老天，但願如此。

一分鐘過去，久得好似永恆。我心算，時間過了五分之一，百分之二十。

門外嗶一聲，辨識器在感應識別證。

我僵住，轉向門口。冷靜，我必須冷靜。四分鐘，再四分鐘就好。

門開了，又是彼得。喔，天啊，是彼得。我的五臟六腑充滿恐懼。他能看透我，也沒有藉口請他出去吧？他即將坐到旁邊的電腦，我是要怎麼去另一臺電腦那邊移除隨身碟？

「嗨，薇薇安。」他愉快且正常地說。希望他看不出我有多驚慌失措，有多忐忑不安。

「嘿。」我努力使聲音鎮定。

他走進來，坐到一旁的電腦，打起密碼。隨身碟就在我們身後的電腦，我無法不去想它，他沒有理由使用那臺電腦吧？但如果他注意到隨身碟了呢？

我看著螢幕上的時間，三分鐘過去了，百分之六十，再撐兩分鐘就——

「薇薇安？」彼得說。

「怎麼了？」我面向他。

「妳能先在外面等幾分鐘嗎？我需要查看新的情報，鷹之正義。」

我沒有那份情資的權限。他做的事跟我打算的一樣，把沒有權限的人趕出去。回頭看看時間，依然只過了三分鐘。時間好似以不正常的方式運行。「你能多給我幾分鐘嗎？我快用完了。」

「可能不行，我需要在早上的管理會議開始前看一下，尼克要求的。」

不，不，不會吧。該怎麼辦？我現在到底該做什麼？

「薇薇安？」

「對，當然，讓我登出。」

「妳鎖定就好……我真的需要快速看一下這個。」

我在猶豫，大腦無法正常運作，想不到要做什麼，只能勉強同意。「好吧。」我按下鍵盤上的「控制」、「轉換」、「刪除」三鍵，鎖定電腦，起身。我正開門離開，瞄到隨身碟，還連接著電腦，橘光依舊在尾端亮著。

我走回辦公桌呆坐，看到時間，五分鐘到了，再瞧回那道門。腦袋似乎癱瘓，拿不出任何點子。我回想起今天早上麥特的話：**五分鐘……不超過十分鐘……伺服器會還原**。

六分鐘，大門緊閉。彼得看到了怎麼辦？

七分鐘，坐立難安，恐懼四竄全身。

已經八分鐘了。能不能引誘他離開？不知道怎麼辦。還是乾等好了？他很快會結束吧？

九分鐘，我愣住，無法動彈。我勉強把自己推離椅背，起身。我會說忘了拿保溫杯離開，之後朝那臺電腦打翻它，在地上撿杯子時，就順手拔出隨身碟——

面前的閃光引起我注意，顏色明顯改變，螢幕瞬間變黑。我轉身，探頭看整排的辦公間，電腦依序一臺臺出問題，螢幕也變成黑色。亮光快速閃爍過去，像電流在庫房中通過。正常的螢幕回來了，大家東張西望，嘴邊念念有詞。**這是怎麼回事？**

喔，天啊。

我衝到限制區門口，手持識別證，指頭壓在辨識器上。麥特的指示浮上心頭：**假如還原完成時，隨身碟仍連接電腦，他們就能追蹤到來源……**

門鎖解除，大門開啟，我正往前推，差點失去平衡，整個人快要撞到彼得。

「薇薇安。」他嚇了一跳，推了推鼻梁上的眼鏡。

「杯子，我忘了拿杯子。」我說得很快，太快了。他用古怪的表情看我，心生懷疑。但那無所謂，現在沒有什麼事比抽出隨身碟還重要。我不擋他的路，等他過去，他不覺得每秒鐘對我都是折磨。

他終於踏出限制區，而我進去，關上門，立刻到地上扯掉隨身碟，找到保溫杯，轉開底部，安置隨身碟，把杯底旋回去。

我癱在椅子上，心力交瘁，全身顫抖著，呼吸困難。

身體停止發顫後，不知道為什麼恐懼猶存，我應該不再害怕了才對。我拿到隨身碟，安全了吧？還原的步驟不可能已經全部完成。

即使事情照計畫中的進行，我卻仍然有種奇怪的感覺，我的安全堪慮。

整個庫房的分析師不用很久就確定過去兩天的工作進度全沒了。每個人都在扼腕遺失的檔案和投影片簡報。消息很快傳開，是整個系統跳電。各種陰謀論不一而足：外國情報機構出擊，駭客入侵，心懷不滿的資訊人員報復。

彼得正在查看每個小隔間，看看他手下分析師的各組是否有類似的影響。我聽到小聲的對話，他越走越近。到達我這邊時，他佇立很長一段時間，只是沉默地看著我。他面無表情，他的臉卻使我懼怕。

「薇薇安，妳這裡也一樣嗎？」他問。「兩天的進度？」

「對呀。」

他點點頭，依舊沒有表情，繼續往前走。

我看著他的背影，恐懼化成一波強大的噁心感。突然間，我確定自己快要吐了，必須離開這裡，到別的地方。

我把自己推離辦公桌，趕緊沿著走道穿過一排排的辦公間，出庫房，手扶牆壁以保持平衡，我走到女廁，推門進去，奔過兩排洗手臺和鏡子，到隔間區，把自己關進最遠的一間，鎖門，扭頭往馬桶吐。

吐完，我用手背擦嘴，雙腿在抖，全身虛弱。我站起來，深呼吸，試圖冷靜。

這有效，一定要奏效。我必須鎮定下來，把這一天過完。

我終於強迫自己離開安全的廁所隔間，走到洗手臺，站在最靠近的一個前面洗手。有個人在另一端，看起來是剛從大學畢業的女生，她在鏡子裡稍微對我微笑，我也用微笑回應，再看回鏡中的自己，眼睛下有黑眼圈，皮膚蒼白。我看起來糟透了，像個叛徒會有的模樣。

我挪開視線，拉出一截粗糙的棕色紙巾擦手。我需要冷靜下來，至少要「看起來」很冷靜。拜託一下，我周圍都是防諜分析師耶。

深呼吸。深呼吸啊，小薇。

我回去庫房，從後面繞過去，不想聽到大家的對話，他們緊張地喋喋不休，討論跳電的事。同組組員聚集在走道上，我加入他們的行列，徘徊在我辦公桌附近。他們在說話，我卻沒有專心聽，只聽見零碎的片段，並在恰當的時機點頭，做出正確的驚嘆；但願我的判斷力還正確。我忍不住一直盯著保溫杯或是時間，迫不及待要回家，親手把隨身碟還給麥特，擺脫證據，了結這件事。

「妳認為是誰做的？」瑪塔半開玩笑地問，聲音穿透迷茫的我。「俄羅斯？中國？」

她看看我們所有人，卻是彼得回答：「假如俄羅斯有機會駭進我們的系統，他們不會只消除兩天的工作進度。」他盯著瑪塔，沒看我，不過他的表情已經足以令我不寒而慄。「如果真是俄羅斯，一定不只這樣，事情才剛開始。」

回家途中，保溫杯又回到旁邊的杯座，我漸漸不那麼緊張，肩膀鬆緩下來，但我糾結的胃絲毫沒有改善。我做了什麼？

我雙手握緊方向盤，心中掀起驚濤駭浪，各種情緒迸裂開來：寬慰、不確定性、後悔。

那可能會成功，我也許能逃過牢獄之災，可是我會不會終生活在害怕被抓到的陰影裡？我能看著小孩長大，但一切會不會變調？甜蜜時光將變得不那麼美好？

我是否該接受那種懲罰？

就算我自認沒有衝動行事，我仍模糊意識到自己應該要多三思而行，我的行為確實很莽撞。

我把車停下到房子旁，麥特的車在屋前，好像始終沒開出去過。黃昏時分，屋內亮晃晃的，廚房的窗簾沒有拉起來，看得到所有五個人在飯桌上。

所以我永遠不會百分之百舒坦，百分之百快樂，但我的小孩可以不用跟我一樣。這不正是為人父母該確保的嗎？

我熄火下車，走到信箱前，裡面塞著平常就成堆的信件和廣告，而在最上方，有一個薄牛皮紙信封，那個要先捲起來才放得進狹小的信箱。我把所有東西拿出來，盯著那個信封。沒有郵戳，沒有回函地址，只有我的名字，用了黑色麥克筆，大寫字母：**薇薇安**。

心裡全涼了，我盯著信封，無法動作，之後才強迫雙腿移動，我在前門臺階上坐下，其他的郵件擺旁邊，手中只拿著那個信封。我把它翻過來，伸一隻手指到封口下。

我已經知道是什麼，其實只有一種可能性而已。

抽出內容物——薄薄一疊紙，大概二、四張，沒別的了。我的胃扭成一團。最上面一張是螢幕截圖，是我的電腦螢幕，上下各有類別欄，顯現我的員工編號。打開來的雅典娜在裡面，之中是尤里筆電的畫面，一個資料夾開著，名稱：**朋友**。

我掀起第一張紙，要看下面那張，同樣的類別欄、員工編號、資料夾。不相同的是其中一張照片已打開，近距離的大頭照填滿螢幕。

我再次看著老公的臉。

第十章

我無法呼吸。我之前把它刪除了，照麥特說的做，冒著風險插入隨身碟。然而，它卻在這裡，又出現在眼前，膝蓋上擺著可讓我鋃鐺入獄的證據，有人拿來這裡，到我家門口。

我換到下一張看，再翻到後面那張，電腦語法，條條字串，我不完全理解，但也不需要懂，因為一看就知道是我的活動紀錄，搜尋過什麼都一清二楚。這能證明我看過麥特的照片，刪除了資料夾。

門在背後打開。「小薇？」麥特說。

我沒抬頭，做不到，體內絲毫的力氣似乎全消失殆盡。沒有人接話，我能想像到他在身後，徘徊門口，往下望著我，看到報紙，瞥到一眼。他會像我一樣震驚嗎？

他走到旁邊，也坐在臺階上。我還沒看他，看不了。

他伸手拿那疊紙，我沒阻止。他讀著，靜靜翻頁，不發一語，隨後把它們放回信封。

又是沉默，我專心呼吸，看著每口氣呼出，並在眼前消失。我甚至不曉得要問他什麼，不知要如何把亂七八糟的思緒整理出條理。只好等他開口，來回答我不言而喻的問題。

「這是為了預防萬一。」他最後說。

預防。不對，這分明不僅是預防措施，差遠了。

「這是警告。」他繼續說，接著降低音量：「他們要確保妳不洩密。」

我面向他，他的臉頰發紅，鼻子因外頭的低溫也變成紅色，他沒有穿外套。「這是勒索。」我嘶啞地說。

他短暫地與我四目相接，我努力想讀懂他的表情。是困擾嗎？不知道。他看向別處。「是啊，這是勒索。」

我望著街道，我們會在那裡用嬰兒車推雙胞胎出去，路克曾在同個地點學會騎腳踏車。「他們來過了。」我說。「知道我們住哪。」

「他們一直都知道。」

那句話有如當頭棒喝，他們當然知道。突然間似乎危機四伏。「孩子們……」我勉強吐出話來。

我用餘光看到他在搖頭，堅定地搖。「小孩沒有危險。」

「你怎麼知道？」我耳語道。

「我替他們工作，在他們的心目中，小孩子是……他們的。」

我知道那句話應該要有安慰作用，但那反而加深我的恐懼。我用手臂環抱自己，看回街道。一輛車往我們的方向開來，引擎隆隆作響，車頭燈晃入視野中。是阮家的車，他們的車庫門開啟，車子開上車道，抵達定點。引擎還沒熄火，車庫的門就關上。

「我今天做的事……」我後半句講不下去，只得再試一次。「應該要刪除掉這些。」

「我知道。」

「你為什麼不告訴我，他們手上有？」

「我之前不知道。」他的額頭出現一波波皺紋，雙眉深鎖。「我發誓，小薇，我真的不知道，他們一定是有辦法進入程式，或找到某個能駭進搜尋紀錄的人。」

另一組車頭燈，一輛我不認得的車駛過，繼續往前開去。我看著，直到尾燈消失。

「他們不會再有進一步的行動。」他說。「那樣會暴露我的身分。」

念頭開始成形，一切將豁然開朗。我盡力去思考。

「他們不會就這樣捨棄二十二年的耕耘……」他說。

我仍在思考，要將想法訴諸文字。五個字，五個能解釋一切的字。我緩慢一個個念出。

「他們擁有我。」

我怎麼會這麼天真無知？我是防諜分析師耶。我知道這些強勢的情報機構是如何運作，你幫他們做些事，他們就擁有你，敲詐你去做更多，越來越多，多到無以復加，根本沒有退路。

「不是的。」他說。

「明明就是！」

「他們擁有的是『我』，妳是我妻子，他們不會那樣對妳。」

「真的嗎？」我用銳利的眼神看信封。**那看上去跟你說的不一樣**。

他的臉顯現一種表情——是不確定感嗎？——而後又迅速消散。他轉頭不面對我，朝著街道。我們兩人安靜不語。那五個字根本就要侵占我的腦袋，四處迴盪，譏笑著我。**他們擁有我**。

「他們會逼我做出一些事。」我最後說。

他不堅決地搖頭，好像不完全否認，可能是因為他在內心深處也自知。**他們擁有我**。

「只是早晚的問題罷了。」我說。「他們會叫我做些什麼，那我該怎麼辦？」

「我們會找到辦法。」儘管他這麼說，聽起來卻很空洞。「我們在同一條船上。」

是嗎？我心想。一盞路燈閃爍，熄滅。

我們有同船過嗎？

路克出生那天，我早先毫無準備，內心有所改變，對這小不點的愛來勢洶洶，無法抵禦，我全心全意投身其中，想保護他，伴他成長。

他人生的第一個月對我們來說很幸福，當然也疲憊，但美好。到了第二和第三個月，我則沒那麼愉快。每天醒來，一天天更接近重返工作崗位的日子，會有好幾天、好幾個小時見不到他，要把他留給不是他父母的人照顧，那些人不可能跟我一樣愛他。是為了什麼？我不再覺得自己對世界有所影響。

真希望我仍留在非洲部門工作，不過那職缺沒了，有人去替補，這是件好事，不是嗎？這一天終於來臨，我已盡力做好準備。我們送路克去附近最優良的日間托兒所，他們有一長串認證資格，名聲無懈可擊。我準備好整個冷凍櫃的母乳，每瓶皆仔細標記。嬰兒床床單、尿布、溼紙巾，所有的必需品全打包好要帶去。我為自己挑了新衣服，絲質罩衫和褲子，別人就看不見我產後胖了幾公斤，我希望能藉此增加額外的信心，來面對我人生中最艱困的一段日子。

事實證明，我還沒準備好。親手把路克交給不認識的女人，我怎樣也無法有萬全的準備去面對那種感覺。在門口回頭，他在看我，對情況有所戒備，幾乎是困惑，眼睛緊跟著我，流露出疑問：**妳要去哪裡？為什麼要離開我？**

嬰兒室的門一關上，我哭出來，去辦公室的路上一直哭。到的時候，我的眼睛浮腫發紅，絲質罩衫滿是淚痕，感覺就像遭到截肢一般痛苦。那天早上，有人走過來歡迎我歸隊，詢問路克的狀況，一共有三次，我每次都哭起來。消息必定傳了出去，因為同事們當天就刻意躲得遠遠的。我其實無所謂啦。

我晚上回到家，路克在嬰兒床裡睡覺，他在托兒所沒休息，所以提早入睡。我錯過了，錯過和他相處一整天的時光，無法回溯。我怎麼可能一星期面對這種事五次？每天只看到他短短一小時？我在麥特的懷裡又痛哭。「我做不到。」我邊說邊哭。

他抱著我，撫摸我的頭髮。我在等他附和，等他說這是我的選擇，如果我想和路克留在家裡，我們就來想辦法；如果我想找個新工作，薪水較低我們也過得下去；我們能賣房子，搬出這個地區，沒有旅行、積蓄、外食也能活；我們會盡力而為。

他說話的聲音很僵硬。「親愛的，妳會慢慢適應。」

我愣住，抬頭，要他看到我的表情，看看我有多認真。他懂我，會理解我的感覺。「麥特，我真的做不到。」

我在他眼中看到自己的痛苦，把頭埋在他的肩膀，放鬆下來。他理解，我知道他會懂。他再次撫摸我的頭髮，沒有吭聲。

一下子後，他開口：「撐下去。」話如利刃，刺穿我。「妳會慢慢適應。」

幾天過了，幾週也過去，我每天去上班，這個工作現在是個幌子。我很慶幸他們目前沒有追蹤到限制區電腦的跡象。除了兩天的進度以外，隨身碟似乎無造成重大損害。我注意所有傳言，閱讀每份我有權限的報告。麥特的俄羅斯同胞沒給我任何消息，就只有那個信封。

中情局的重點起初擺在尤里身上，試圖在莫斯科追蹤他。聯調局則試著找出那五人的照片——大約在一個星期前，分析師無意中發現一名已知招募者擁有相同的五張照片，還有每個人的詳細資料。聯調局於是找到那五個人，經過偵訊，確定他們與尤里沒有關係，很可能只是俄羅斯想吸收的人選。聯調局很快就不再追查尤里——將他列為下層的招募人員——中情局不久也放手。

我鬆一口氣，越不查他越好。而且自從聯調局確定尤里沒有參與蟄伏間諜的行動後，歐馬爾似乎不再過分懷疑，至少沒像之前那樣。我事發後和他談過幾次，我們的對話已逐漸變得友善些，比較正常。他可能還不完全信任我，但有在改善。

至於彼得，他在的時間不多。他缺席的第三天，伯特在晨間會議跟我們說，凱瑟琳的健康狀況急轉直下。全場靜默，海倫哭起來，我們其他人也淚眼相對。幾天後，凱瑟琳走了，彼得終於回來工作，但看似空虛，支離破碎。他沒心情注意到我。

我和麥特在對方附近時都謹慎行事。我怪他，不僅僅是因為他騙我好多年，牽扯我們進來，還因為他去找尤里，告訴俄羅斯所有事，出賣我。

家裡似乎不再安全，我把鎖全換掉，加裝額外的鑰匙鎖，拉上窗簾，關閉平板電腦、筆電、藍牙喇叭，放進箱子裡，送入車庫。和麥特及孩子們在一起時，我關掉手機，取出電池。我要麥特也照做，他看著我，好像我有妄想症，在發瘋，好像這些行為毫無意義，但我不在乎。我不知道有誰在監視，誰在偷聽，可是我必須假設有人在做那些事。

之前收到那個信封不久，我有天提早離開辦公室，去鎮上另一頭購物中心的手機店。我確定沒有人跟在後面，用現金買了預付的拋棄式手機，再把它藏起來。我沒有告訴麥特，甚至不知道為什麼要那樣做，只是覺得有必要。

小孩是我唯一的救贖，我正坐著看他們，享受天倫之樂。家事、煮飯、打掃——不再重要。我讓麥特去收拾，整頓我們的生活，而我只是在旁邊看。他欠我的。

他自己知道。他每個星期帶鮮花給我，屋內打掃得一塵不染，總是準備好飯菜，洗乾淨又折好衣物，挑最難伺候的寶寶照顧，處理小孩間的所有爭執，開車接送他們去和別的小孩玩或是去課後活動。好像做那些事就可以彌補謊言，事實卻不然，我們仍極有可能會因此分離。

五週前，我發現照片，我們的生活變了。今天是星期五。白天的時間拉長，氣溫回暖，樹木再次翠綠，青草蓊鬱，大地終於回春，我們有新的季節，新的開始。

我提早幾個小時結束工作，我們才能帶小孩到郡裡的園遊會。我們把車停在一片大草地上，穿橘色背心的志工們引導著一排排不同的休旅車。我們緩慢地走，麥特推著雙人嬰兒推車經過草坪，我牽著其他小孩的手。艾菈根本沿路是用跳的，非常興奮，一直說話。

傍晚時，我們看小孩去玩遊樂設施：咖啡杯、溜滑梯、龍造型的迷你雲霄飛車。門票索價過高，但他們臉上的喜悅使每分錢都花得值得。我們用手機幫他們拍照，六個人分享漏斗蛋糕，一起嘲笑雙胞胎沾滿糖粉的臉。

我們正站在小火車前面，車子會依環狀軌道行駛。這是今晚的最後一趟，四個小孩全上車——路克和凱勒一起，艾菈和卻斯在另一輛。四個小孩笑著，我的心臟可能真的會衝出去。

麥特碰我的手，動作如此熟悉，卻又陌生。我閃避他的碰觸好幾個星期，可是今天不躲開，和他十指相扣，感到他皮膚的溫暖和柔軟。剎那，現實崩毀。我一直想到俄羅斯和謊言，隨身碟和坐牢的可能，種種念頭糾纏我好幾個禮拜——而在今天幾個小時的幸福時光中，我還沒有想過。

我的本能反應是把手抽開，我卻沒動作，繼續握著而已。

他對我微笑，把我拉近，一時之間又是兩人世界，像以前一樣。自己沒察覺到的壓力已漸漸消散。也許是時候原諒他，繼續前進，接受這樣的生活，停止生活在恐懼中。他可能是對的，信件只是警告用。不需要用在我身上，因為我也不會去揭發他。而我已經知道真相，也許他們會放過我們。我們能想辦法把這一切拋諸腦後。

火車停下，回到起點。我走過去抱凱勒，其他三個自己跑下車，卻斯跟著哥哥姊姊在後面蹣跚地走。我們把雙胞胎抱回推車，繫好安全帶，穿過草地，要走回停車處。艾菈緊拿著一顆氣球，路克戴著塑膠的消防員帽，他本來還堅持說自己是大朋友，不該戴，但還是戴了。地面不平，雙胞胎在嬰兒推車內還是很安靜。我們抵達休旅車時，兩人都睡著了。

我抱起卻斯，麥特抱凱勒，我們小心翼翼地把他們放到車裡，微笑地示意仍很興奮的艾菈和路克保持安靜，要他們稍微靜下來。我看著路克繫好安全帶，再檢查一遍。「做得很好，小子。」我說，看向另一邊的麥特，他在幫艾菈繫安全帶，確保她的氣球安全塞到裡邊。我打開前排副駕駛座的門。

我看到它了。

一個牛皮紙信封，用黑色麥克筆大寫我的名字，擺在我的座位上，就跟之前在信箱裡的相同。

我當場呆住，凝視著，沒其他動作。

頭部和耳朵抽動，聽不見其他聲音，只有震動聲。小孩的聲音不見了，所有的聲音消失，只餘一波波衝擊。

動啊，我的大腦指示，**拿起來**。

我聽從指令，拿起信封，上車，隱約聽到身後的動靜，麥特打開駕駛座的車門進來。但我不轉頭，只盯著膝蓋上的信封，我用餘光看到他暫時停止動作，僵住。他也看到了。

我強迫自己抬頭，和他眼神接觸。我們盯著彼此，目光沉重，有著許多未說出口的想法。

後座傳來聲音。艾菈問，我們為什麼不動；路克問，怎麼回事。

「好啦，好啦。」麥特故作輕鬆地說，我卻聽得出並不是沒事。「回家囉，回家囉。」他轉動鑰匙，發動引擎，倒車出去。我再次盯著信封，自知我必須打開，看裡面是什麼。

是誰放在這裡？尤里？另一個人？他們怎麼進到我們上鎖的車子？

他們一定是跟蹤我們。

他們正在監視我們嗎？

我把信封翻面，手指放入封口，掀起來，往內瞧。

一個黑色隨身碟，像是麥特給我帶去局裡的那個。

我把它搖出來到手裡，小紙片跟著落下，是字條，有著熟悉的大寫字母。

跟上次一樣。

第十一章

我盯著隨身碟和字條，應該要覺得我的世界正在瓦解，應該要在想：**為什麼是現在？就在我終於再次開始享受人生的時候？**然而，我感到出奇地平靜。自從我在信箱裡拿到第一個信封，心底深處就知道這會發生。我不確切知道會以什麼形式出現，但有預感這是遲早的事。實際發生後，我反而有些安心，知道壞消息總比不知道任何事要好。

麥特直盯著前方，專心看路，臉色蒼白，白如鬼魂，是月光造成的嗎？不過，他的下巴緊縮是因為這個。「你看到了？」我說，聲音尖細。

他的喉嚨在動。「對。」

「我知道他們會這樣做。」我小聲說。

他從後照鏡瞥一眼小孩，再看我。「我們會想出辦法。」

我轉而看窗外，望著路燈變成模糊的一團。麥特很安靜，孩子們也是，汽車的引擎和路上的喧囂是僅存的聲響。我閉上眼睛。這就是了，我在等待的這一刻來臨，證明我是對的，我有道理，卻無滿意之感，一點都沒有，只有空虛。又一次，我感到深愛的一切，世界上對我而言最重要的事物，即將被剝除。

我們回到家時，艾菈也睡著了。我們帶四個小孩上床睡覺，今晚特別容易安頓。給路克晚安吻之後，我拿著嬰兒監視器，從後門走出去。我不等麥特，逕自坐在後側露臺的椅子上，從黑暗中瞪著庭院，不時瞄一眼監視器，黑白的顆粒畫面每隔一段時間會輪流切換小孩睡覺的各個房間。空氣聞起來香甜，鄰居院子裡的花朵散發芳香，蟬兒低吟。後門開啟，打破這片祥和的靜謐。我沒轉頭。

麥特走過來，在旁邊的椅子上坐下，沒馬上說話，只是和我一起安靜坐著。「抱歉。」他說。「我沒想到會發生。」

「我有想到。」

我從眼角看出去，他在點頭。「我知道。」

我們重回靜默中。

「我可以試著跟尤里談。」麥特提出。

「要談什麼？」

他暫時沉默，意思是不知道。「說服他放手？」

我笑起來，好似很殘酷。沒有做出回應的意義，他說的話十分荒唐。

「沒有傷害到我，他們不會就此罷休。」他簡直是在辯護。

「傷害你，他們會在乎嗎？」我嚴厲地問。「我說真的，如果他們不打算從我這邊拿到好處，留你下來有什麼意義？」

他用腳趾攪動地上的護土層，沒有回答。

我在黑暗中眨眼，我們的靜默很沉重。「隨身碟裡是什麼？」我問。

「我去看看。」他答覆，停頓一下，身體往後推，站起來，椅子刮過露臺。他不再多說就進屋。我沒回頭，不注視他，不看他走開，只坐著凝視黑暗中樹木的輪廓，獨自沉思。

路克兩歲時，我第二次懷孕。我這次沒有馬上告訴麥特，整天守口如瓶，保守自己的小祕密。我在下班回家的路上，買了件衣服給路克。上頭印著：**大哥哥**。當晚，我帶他去洗澡，幫他穿睡褲，恐龍圖案的棉長褲，上身則是那件T恤。

「去給爹地看你的新衣服。」我低聲對他說，看著他跑進起居室，挺出胸口。

麥特瞥一眼，表情轉變，看向我的臉，眼中洋溢著狂喜，跟三年前看到我的第一次驗孕結果時沒有兩樣。「我們懷孕了？」他說，看似聖誕節早上的小孩。

「我們懷孕了。」我笑嘻嘻地說。

過了幾個星期，衣服變緊，肚子越來越大。我收起平常穿的褲子，拿出有彈性的孕婦裝。我們去做超音波，看到小胎兒，得知是個女生，整晚翻閱取名字的書籍，討論要選哪一個。路克喜歡吻我的肚子，用小手臂環抱，並說：**妹妹我愛妳**。我第一次感到的胎動就是踢到他的手。

人生很美好。

「寶寶出生後，我想休息一段時間。」有天晚上我們躺在床上，我跟麥特說。我幾個月以來一直在想這件事，現在終於鼓起勇氣講出來。「送兩個小孩到托兒所根本就是我全部的薪水……」

他沉默不語。我望過去，黑暗中看不太清楚他的臉。「多久？」

「一、兩年吧。」

「休完假後，妳的職位還會在嗎？」

我聳聳肩。「不確定。」有傳聞說，局裡即將削減預算，幾乎不可能新聘或二次聘用。

他又安靜下來。「親愛的，妳真要這樣嗎？妳辛辛苦苦爬到現在的位置。」

「我確定。」其實並沒有，我不完全肯定，但似乎要那樣說才對。

「好。」他堅定地說。「妳想要就這樣辦吧。」

我們於是列出新的預算，僅靠麥特的薪水，不去排托兒所的候補名單。我計畫去申請留職停薪，正思考該怎麼說才好。

緊接著，另一件事發生，我早該想到。「公司縮減規模。」麥特一天晚餐時說道。「在裁員。」他雙唇緊閉，很擔心。

一瞬間，心臟好似停止跳動。我手裡的叉子停在半空中。「你保得住工作嗎？」

他把盤裡的馬鈴薯泥推來推去，沒有看我。「應該吧。」

之後每個晚上，他會帶回來更多消息。這個人被資遣，這個人可能會被解僱；每個人都在說。

每晚，我就更加絕望。

我們沒有討論，不過我知道自己還不能停止工作。我的工作很穩定，我們會有兩個小孩，至少需要一份薪水。

所以我等呀等，寶寶越長越大，肚子漸漸隆起。我們幫她在托兒所註冊，以防萬一。我不久便搖搖擺擺去上班，每隔幾小時蹣跚走去女廁報到，最後搖晃地走到人力資源部安排產假，預定歸期，產後休息三個月。

就在那天，一切成為定局，我以後會繼續工作，人生再次不照我的計畫走。我當天晚上在晚餐時跟麥特說：「我今天安排好哪天回去上班。」我說。事實上，我希望他有異議，可是我知道他不會有。

「只是暫時的。」他說。「等到公司停止裁員……」

「我知道。」就算不是真的知道，我仍那樣說。這種狀況會持續很久，第二個小孩又會送到托兒所，畢竟我沒有時間在家，不能照顧嬰兒，不能帶路克。

「親愛的，真抱歉。」他充滿歉意地說。

我聳肩，放下叉子，胃口沒了。「我也沒別的選擇啊。」

門打開，麥特走回外頭。我沒在注意時間，已經一個小時了嗎？還是兩個？萬物似乎通通不真實。

一彎弦月高掛天空，蟬已靜，微風止息。他在我旁邊坐下，我看著他，等他開口。他不說話，只是轉著指上的婚戒。

「很糟嗎？」我最後說。

他不斷轉動戒指，一圈又一圈，好似欲言又止。

「功用是什麼？」我的聲音沒有起伏。

他輕輕吸口氣。「給他們權限，進到任何系統裡的程式。」

「機密程式。」

「對。」

我之前就那樣想過。如果我是他們，也會做出同樣的事。我點頭，身心麻木，感覺這不是真的。「所以我會等於是不斷提供他們機密情報。」我悄聲說。

他猶豫一下。「差不多。」

「他們會隨心所欲。」

「直到你們的資訊人員發現並把它除掉為止。」

我試想他們拿到權限後會做的第一件事，獲取我方人員的資訊，得知他們提供了什麼情報，在俄羅斯追捕他們，囚禁他們，或對他們做出更惡劣的行為。還原伺服器是一回事，但開通權限？這很可能會害死人。

一道微風吹來，身體顫抖，我用手臂抱住自己，聽著樹葉沙沙作響。我怎能做得到？如果下手了，我要如何面對自己的良心？

「你們的資訊人員，」麥特說。「他們很厲害，大概很快就會發現被駭。」

「你們的人也很厲害，你自己說過。」雙臂抱得更緊，要感到溫暖，受保護，隨便啦。「如果他們比較厲害呢？」

他低頭看著手，沒有回應。我赫然發現自己把俄羅斯人稱作他的同夥，而他沒有糾正我。

我盯著外頭一片黑暗。我怎麼會淪落到這種地步？我坐著，認真考慮要不要做出可怕又叛國的事，也不知道如果我真去執行，我能否對得起自己。

因為我軟弱，沒有在一開始挺身而出，做正確的事。我越陷越深，每次越往下陷，就越難爬出來，我甚至沒有嘗試往上攀，只是把自己往更深處埋。

另一道微風吹過，比上波強勁。我聽到樹枝斷裂，輕聲落地。

這也是我自作自受吧？人生中有好多次我應該要為自己發聲，選擇我認為正確的去做。

不買這棟房子，路克和艾菈出生後一段時間不工作。如果我照自己的想法走，我們的生活會有所不同。

一滴冰冷的雨水落到我的皮膚上，痛如針刺。這件事不會就此落幕，我如果同意去做，只會更深陷其中。

「我做不來。」我低語。

更多雨滴，落下的速度加快。雨水滴答地打在露臺上，浸溼我的衣服。我不能對此負責，造成他人生命危險。我再說一遍，這次更響亮且堅定，彷彿也可以說服自己。「我不會那樣做。」

第十二章

「妳不願意？」麥特說。即使在黑暗中，我仍看得到他一臉訝異。他驚訝的神情之後又在我眼前轉變成別種情緒，也許是無奈。「妳不能就這樣……不理它。」

「我也許可以不管。」我起身回屋內。說是躲雨，倒不如說是在躲避他。我的聲音聽起來很有自信，我卻沒感覺到那麼多的信心。事實是，我不知道自己能否做到，或是「如何」做到。拒絕聽從尤里的指令就能遠離監獄，留在小孩身旁。才不需要他來跟我說不行拒絕命令。

他跟在後面，關門，雨聲隔絕在外。「他們會來處理妳。」

我不說話，朝樓梯走，上樓到我們的臥室。**要是不還擊，他們才會處理掉我**，我心想，但不敢大聲說。我知道會得到什麼回應，他會嗤之以鼻，說是不可能，覺得我沒有選擇餘地。

也許我有選擇權，能和他們對抗。

我可能比他認為的還堅強。

路克差點喪命那天，我們正在爭吵。我不太記得究竟是怎麼回事——是瑣碎的事，大概是關於有機水果，花太多錢購買食物。我們在車庫裡，我鬆開路克的安全帶，帶他下車，抓起後車箱的購物袋。麥特正抬著汽車安全座椅下來，艾菈安全地在裡面睡。我們沒有人注意到路克把新腳踏車牽出車庫，到車道上。他騎上去，車頭朝向街道。

我先聽見聲音才看，腳踏車朝街道跑，輔助輪在水泥地上滾動。我往聲音的方向轉頭。他持續騎著，腳踏車加快速度。還有別的東西也是——街上有一輛車朝我們家的方向開來。

時間頓刻停止，畫面成慢動作，搖晃疾行的腳踏車，行駛中的車輛，兩車的路徑一樣，肯定會相撞。路克，我的路克，我的心肝寶貝，我一生的寄託。我絕對無法及時趕到那裡，腳踏車騎得太快，阻止不了。

我於是尖叫，恐怖的叫聲，如此大聲又野蠻，即使到今日我仍不敢相信是自己發出的。我開始跑向他，很驚訝有這樣的速度，聲音嚇了路克一跳，他猛地抽動，扭頭看我，腳踏車龍頭跟著轉，車子剛好失去平衡，整個倒下，重重摔在車道盡頭的地面，腳踏車壓在他身上，汽車瞬間呼嘯而過。

我趕到，拖他出來，親吻他的臉、眼淚、擦傷的膝蓋。我抬頭，麥特在我們上方，也彎下腰，抱住路克。他仍在為膝蓋受傷而抽噎，不知道自己差點被撞死。麥特也抱我，因為我依然抱著路克，不讓他走。我看到嬰兒安全座椅在車庫地上，艾菈安穩地還在裡面睡覺。

「喔，天啊。」麥特低聲說。「差點出事。」

我說不出話，不太能動，身心俱疲。我只能抓緊路克，好像永遠不再放他走。如果那輛車撞到他，我會活不下去，失去他就不能苟活，真的不行。

「我看到了，腳踏車，汽車。」麥特說，聲音因為我們擠在一起而模糊。「我看到可能會發生的事，但無能為力。」

我把路克抱得更緊，腦袋努力思考麥特說的話。他看到車禍即將發生，他看到了，卻什麼也沒做。我不能指責他，我尖叫前也沒怎麼思考，那是本能。

我用本能反應救了他，到現在我才知道自己有這種能力。

那晚我睡得很好，醒來後充滿決心，相信這是正確的做法，決意不被他們帶走，不離開我的小孩。他們休想把我送進監獄。

我刷牙時，麥特走進浴室。「早安。」他說。他在鏡中對到我的眼睛，看起來精力充沛。他壓力很大，似乎不該睡得那麼好。

我俯身，吐到水槽。「早安。」他站在我旁邊，拿他的牙刷，擠出牙膏，也刷起牙來——活力十足地刷。我在鏡中看他，他看著我。他吐一口，面向我，拿牙刷的手停在半空中。

「那現在要怎麼辦？」

我暫停一下，又繼續刷，拖延時間。現在該怎麼辦？真希望我有答案，不想破壞決心。我最後低頭吐一口。「不知道。」我說，打開水龍頭，沖洗牙刷，目光向下，因為他的視線使我不舒服。

「我說過了，親愛的，妳不能忽視他們。」

我把牙刷放回臺子上，經過他，走出浴室，到衣櫃前，從架子上拿件罩衫和褲子。他說得對，尤里知道我做的每件事，洩漏機密資訊，刪除檔案，插入隨身碟。而且他有證據，證明我犯罪。我明白那點，他也清楚。

現在的問題是，他打算拿它做什麼？

「我有時間。」我自信地說，聽起來再次比實際上更有信心。我有時間吧？尤里不會馬上處理掉麥特，進而失去我。他會試圖說服我執行命令，這意味著我有時間。

「有時間做什麼？」

我低頭看著釦子，兩邊拉在一起，開始扣。「擬訂計畫。」要說服尤里別再騷擾我，我還不知道要怎麼做。

麥特走過來，站在衣櫃門旁。他後面的頭髮翹起，剛醒來，還沒洗澡前的模樣。要不是因為他臉上的表情，那會很可愛。他被我激怒。「沒有計畫這回事，小薇。」

我又看回釦子。一定有辦法。尤里有我不想給外界知道的資訊，如果我有他的把柄呢？「妥協怎麼樣？」

「妥協？」

「例如，雙方都保持沉默。」

麥特搖頭，不敢置信。「妳要拿什麼籌碼去談？」

我只想得出一件夠有價值的事物。我拉直上衣邊緣，抬頭看他。「小組首腦的名字。」

一有那個想法，我緊抓不放。感覺很對，好像是脫離困境的唯一方法。所以我就去工作，日復一日，久久埋首在辦公桌前直至晚上，搜尋那名首腦。

我想出另一種演算法，中心思想和上次相同，但略為調整。這次會鋪下更大的網，希望有關鍵人物能掉進去。他們的角色是監督像尤里那樣的聯絡員，執行外情局直接下達的命令。

我用程式跑演算法，把相關人士做交叉比對：曾與尤里接觸的人，或是與那些人接觸過的人，甚至再往下一層關係去查。我列出可疑人士的清單，人數也未免太多了。我需要找個方法來篩選。在想出前，我就繼續調查，幫可能是首腦的人建立側寫：照片、生物資料、行為動向。

彼得看我好幾次，大惑不解。**為什麼要現在做這件事？**他有次問。**我得找到這個傢伙**。我回答。

我好幾天沒怎麼看到小孩，他們睡覺後過了很久我才回到家，有時候連麥特也睡了。他討厭我晚上工作。他沒直接說，不過他認為這是白做工，我應該照尤里說的做。可是我做不到，不會去做。

我終於印出調查資料，總共上百頁。我不停翻看，眼前晃過一張張憤怒的臉孔，其中一個人就是首腦。我一弄清楚是誰，一旦能說服尤里我會揭露整個間諜網，他就會三緘其口。

麻煩的是，資料太多。絕望油然而生，我繼續翻頁，需要找個方法縮小範圍，可是那需要時間。我到底有多少時間？尤里期望我什麼時候去執行指令？我什麼時候會收到他的下一個信封？我感到不知所措、灰心、害怕。妥協不就是我唯一的希望嗎？

我把資料塞到文件夾裡，厚厚一大疊。一隻手放在上頭，我安靜地坐在辦公桌前。我需要解決這件事。我最後將整疊資料放進抽屜裡，鎖好，收東西。

我晚上回家比平時更加沮喪，以為屋內會漆黑無聲，然而起居室裡有盞燈亮著，麥特醒著，在沙發上，沒有開電視，雙手緊握面前，一條腿上下抖動，那是他緊張時的習慣。我戰戰兢兢地走過去。

「怎麼了？」我問。

「尤里願意做交易。」

我停住。「什麼？」

「他願意做交易。」他的腿現在抖得更快。

我強迫自己繼續向前走，進到起居室，在沙發上坐下。「你跟他談了？」

「是啊。」

我不知道是否要追問那件事或繼續交易的話題。我決定目前先不要追問。「什麼樣的交易？」

他扭著雙手，腿部動作不變。

「麥特？」

他顫抖地吸口氣。「這是他們會叫妳做的最後一件事。」

我瞪著他，他忽然靜止不動。

「小薇，妳照做，他們就處理掉那些電腦截圖，全部的檔案。妳做過什麼，都不會留下證據。」

「最後呢？」我在陳述一項聲明，而不是提問。

「嗯？」

我沉默片刻。「我背叛祖國。」

「回到正常的生活。」

我挑眉。「正常？」

他的身體往前向我靠近。「我能就此退休，小薇，我們以後可以不用再和他們有瓜葛。」

我緩慢呼氣。**不用有瓜葛**。這是我要的，希望他們走開，我要正常的生活，但願這一切不存在。我開口說話，聲音僅略大於耳語。「他們真的同意嗎？」

「是啊。」他的表情興奮，因為找到解決辦法，為我們打開一條活路。「在那之後，那是我們應得的。」

那是我們應得的。我一陣寒顫。**但代價是什麼？**

再說，他們憑什麼要履行這筆交易？我知道這些人會怎麼做，我多年來都在研究他們。他們會回來，提出別的要求，也許不在明天，也許不在今年，可是總有一天會再出現，這樣做不會終結這件事，只會導致他們以後真的擁有勒索用的籌碼。

他滿心期待地看著我，等我做出回應，希望我同意，並問說下一步該怎麼做。

「不行。」我說。「我還是拒絕。」

第十三章

黑色轎車在學校外邊怠速行駛，停靠在綠樹成蔭的寧靜街道，引擎輕聲嗡鳴，旁人聽不太到，因為附近的公車轟隆作響，加上孩童開心地嬉鬧和談話。

「就是他。」尤里說，一隻手離開方向盤，從副駕駛座的窗口指出去。那裡有個圓環，停著一長排黃色公車，低矮的白色圍籬分離社區和學校。

他的乘客名叫阿納托利，正往下看橫過胸口的手臂，再沿那隻伸出的手指望出窗口。他舉起望遠鏡到眼睛前方。

「穿藍衣服的那個。」尤里說。「背紅背包。」

阿納托利使望遠鏡聚焦，直到男孩的影像變得清晰，他站在人行道上，剛出公車門，身穿明亮的藍色T恤和牛仔褲，背包簡直大得滑稽。他因為朋友說了什麼在笑，缺牙明顯可見。

「迷你版的亞歷山大。」他喃喃地說。

男孩此刻在講話，說得起勁。他的朋友聽了，笑起來。

「他每天早上都在這裡？」阿納托利問。他看著靠公車最近的圍籬，距離男孩所站之處僅有咫尺。

「每天早上都在。」

阿納托利把望遠鏡放到腿上，面無笑容，一眼不眨，繼續望著男孩。

第十四章

之後連續兩天上班時，麥特的話不斷從腦中浮現。**我能就此退休。小薇，我們以後可以不用再和他們有瓜葛**。

我每次都努力把那些話和念頭壓下去。我的確不想和他們有牽連，可是我怎麼能去完成他們的要求？載入程式，負起洩漏祕密給俄方的責任，還對我方人員造成傷害。我做不出來，就是做不到。

所以我繼續工作，輸入一個個名字進搜尋框，閱讀所有我能找到關於這些人的資料，搜尋任何資訊，尋找其中一人可能是小組首腦的暗示，或是讓我把他們從清單中除名的線索，用來篩選可疑人士。

然而，到了週末，我仍沒什麼進展，沒劃掉幾個名字，也無法挑出誰可能是首腦。

萬念俱灰。

我晚上慢吞吞地回家，小孩已上床睡覺。麥特坐在沙發上等我，電視開著，在播整修房屋的節目。我進到屋內，他拿起遙控器對著電視，畫面消失。

「嗨。」我說，走過去，在電視機旁徘徊。

「嗨。」

「小孩都好嗎？」

「是啊。」他似乎魂不守舍，我看不出原因，但狀況不太對。他變了一個人。

「怎麼回事？」我問。

「別擔心。」

我開口要爭論，卻又閉嘴。「好吧。」已經有夠多事要操心，而且還疲憊不堪。

好吧。

我們尷尬地互看，他起身，從臺子上拿起嬰兒監視器，走向樓梯，停在第一階，轉身面對我。「妳有沒有再考慮動手去做？」

「插入隨身碟？」

「對呀。」

我仔細看他，他的確六神無主，因為某件事很煩惱。「我做不到。你認為我應該去做，但我真的做不出來。」

他持續盯著我，額頭緊皺。「好吧。」他說話的方式是怎麼了？這麼認命，又如此斷然。我凝視他，他離開我的視線，隔了很久，我仍沒有別的動作。

隔天去工作，依舊沒有成果。我今天不晚下班，傍晚提早回家。我進到室內，屋裡靜悄悄的。

吃晚餐的時間快到了，路克和艾菈應該會吵吵鬧鬧，卻斯和凱勒尖叫、敲打東西，麥特則會在廚房煮飯和居中調停，同時應付兩件事。此時卻很安靜。我心生恐懼，可能出事了。

「哈囉？」我對著一片寂寥說。

「嗨，媽。」我聽到回應，走向前，看到路克在廚房的桌子，他面前擺著功課。我環顧周遭，沒看到麥特或其他小孩。

「嗨，親愛的，爸爸在哪？」

「他不在這。」路克沒抬頭，專注看著作業，手持鉛筆。

「他在哪裡？」驚慌萌生。路克才七歲，不能單獨在家。其他的小孩在哪？

「不知道。」

慌張完全發展成恐懼。「他有到公車站接你嗎？」

「沒有。」

我簡直不能呼吸。「這是他第一次沒去那裡接你嗎？」

「對啊。」

脈搏猛烈鼓動著，我在包包裡找手機，拿出來，按下打給麥特的快速撥號鍵。

接通中，瞄一眼手錶，學校十九分鐘後就關門。孩子們還在那裡嗎？電話直接轉到語音信箱，我掛斷。

「好了，甜心。」我說，試圖抑制聲音中的驚慌。「我們去學校接弟弟妹妹。」

我在車上又打麥特的手機，還是語音信箱。**他在哪裡？**我在路上疾駛過其他車輛，腳不離油門踏板。孩子們還在那邊嗎？我甚至不知道為什麼要那樣想，可是我的確正如此想著。拜託啊，老天，別讓他們被帶走。

我等不及到了才能知道，我再次拿起電話，點擊另一個快速撥號的對象：學校。響第一聲，祕書立刻接起。「我是薇薇安・米勒。」我告訴她。「我目前聯絡不到我先生，我想知道他有沒有接走小孩。」我一遍遍默禱。**拜託啊，老天，別讓他們被帶走**。

「我看一下。」她說。我聽到紙張翻動的聲音，她正在檢查面前報到和簽退用的板夾。「好像還沒有來接喔。」她說。

我的眼睛猛地闔上，鬆了口氣，但別種恐懼又起。「謝謝。」我對她說。「我在路上要過去了。」

孩子們都在那裡，謝天謝地，孩子們沒被帶走。如果能親眼看到他們，我會更加放心。不過他們為什麼還在那裡？學校即將關門，麥特知道規定，可是他並不曉得我有辦法及時回家去帶他們。按照最近的狀況來看，他應該知道我不能去接小孩。

恐懼如電流般竄行全身。路克獨自在公車站，一個人在家。其他的小孩在超過他們平常的接送時間後仍留在學校。

麥特離開了。

天啊，麥特離開了。

「媽！」後座的路克嚇我一跳，我看一眼後照鏡，他瞪大眼睛看著我。「綠燈了！」

我對著他眨眼，再向前看。綠燈正變成黃燈，車後有人狂按喇叭。我踩下油門，加速通過路口。

我想起我們昨晚最後的對話，我不願意服從他們的指令，他說「好吧」。想想他講話的方式，還有臉上的表情。他是不是終於瞭解到無法說服我載入程式？所以再也沒留下來的必要？不過那就意味著他拋棄小孩，不關心他們的遭遇。麥特不是那樣的人。

我們往學校旁邊停，衝過路緣。我把車停下，僅勉強停在格子裡。煞車踩得太用力，我的錢包從乘客座滑下去。我抽出鑰匙，趕路克出來，衝到前門。我用餘光看到時間——晚兩分鐘。被記第二支過，加上要罰錢。每個小孩每晚一分鐘要罰五美元——但我管不著了。一走進去，我馬上看到他們三個在前臺和所長一起等。

莫名的寬慰之感湧來，不知道為什麼看到他們會很放心。因為我認為俄國人會傷害他們嗎？還是麥特會把他們帶走？我不知道。我現在無法理清腦中雜亂的思緒，可是我不在乎。

我抱住他們，把他們拉近，不管所長是不是覺得我瘋了，也不管在大廳裡全家擁抱可能花了一分鐘，又要再多付十五美元。我只關心他們都在這裡，和我在一起。

而我絕對永遠不離開他們。

我們花了很長的時間訂立遺囑，不應該那麼久。我們早該在路克出生前就完成，但我們一直拖到生完第二胎，才去華盛頓特區K街的律師事務所大樓，和律師坐下來談。

遺囑本身很容易，沒花什麼時間。如果我們兩人都出事，我的父母就是遺囑執行人和小孩的監護人。這不盡理想，可是我們沒有兄弟姊妹，也沒有我們夠信任的親戚朋友。

我們從律師事務所開車回家時，我提到說如果我們出了什麼事，他們就會撫養小孩。「我不知道他們要怎麼應付路克的脾氣。」我笑著說，轉身看著在後座熟睡的路克。「我們最好確保至少有一個人在。」

麥特在看路，沒轉頭。我望向他，嘴邊的笑容消失。「你沒事吧？」我問。

他下巴的肌肉緊繃，雙手牢牢握著方向盤。

「麥特？」

他快速瞥我一眼。「沒事，沒事，我好得很。」

「你在想什麼？」我追問。他的舉止怪異。是因為遺囑？還是由於我的父母是監護人？

他猶豫一下。「只是在想，就是，如果我出事了呢？」

「什麼？」

「我是說，只有我而已，如果我不在了呢？」

我微微淺笑，緊張的笑容。

他眼神激動地看過來。「我是認真的。」

我轉頭，從擋風玻璃往外看，望著車輛經過我們左方。事實是，我沒有認真思考過那個問題，不過我有想過失去小孩的狀況。最早他們是新生寶寶時，我彎身到嬰兒床裡確保他們仍在呼吸；當他們開始吃固體食物，他們可能會嘔吐；我還有無時不在且非理性的恐懼，擔心自己會害死他們。他們的生命總是顯得那麼微小脆弱。然而，我從沒想過會失去麥特，他是我生命中的支柱，一種存在，他永遠不會消失。

我反而現在開始思考，我可能會接到警察打來的電話，告訴我他在車禍中喪命；或是醫生站在面前，說他心臟病發，他們已經盡力搶救。我生命會不完全，留下無法填補的空洞。我老實回答：「天啊，不知道耶，我應該過不下去。」

我如此說，那樣「想像」，我嚇到了，好像不再認識自己。我曾一人旅行，橫跨四大洲；讀研究所時，我打兩份工，沒有室友幫忙分擔房租。那個獨立的女生是怎麼了？才沒過幾年，我怎麼變得如此依賴人，不能忍受孤獨呢？

「為了小孩著想，」他小聲說。「妳必須過下去。」

「對，我知道，我的意思是……」我看向他。他直視前方，下巴的肌肉在動。思路斷掉，我安靜下來，又從擋風玻璃看出去。

「小薇，如果有什麼事發生在我身上，盡全力照顧小孩。」

我往他那邊看，他額頭有皺紋，臉上流露擔憂的神情。難道他不相信我能獨自照顧我們的小孩？他真的那麼小看我嗎？「當然囉。」我用為自己辯護的語氣說。

「不惜一切代價，妳必須忘了我，放手去做就是了。」

我不知道該如何想，他為什麼要那樣說？為何要去想那些事？我不知道如何應對，只希望話題趕快結束。

他看著我，視線離開路面一段時間，已經久到有點危險。「向我保證，小薇。保證妳會為孩子們做任何事。」

我握住車門上的把手，緊緊抓著。為什麼要保證？我當然會啊。在那一刻，我覺得自己比平庸的人還不如，完全不夠格。我開口的時候，聲音近乎是耳語。「我保證。」

我送四個小孩回到家，用微波爐加熱晚餐，帶他們上餐桌。他們一直在問他。**爸爸在哪？爹地什麼時候回家？**我不知道要如何回答，只能老實講。**不知道，希望他很快回來**。

路克幾乎沒有碰晚餐，艾菈很安靜。我沒什麼好訝異的。他是孩子們的磐石，他們指望他會在。

我跟他的狀況則相反，很難預測我在不在。

我帶所有小孩去洗澡，穿睡衣。整個過程中，我一直在等他從門口走進來，等電話響起。即使檢查過手機的音量五、六次，我仍不停查看，就好像有可能會沒聽到訊息傳進來。就算他很多年沒寫電子郵件給我，我還是重新載入電子信箱。

他一定會跟我聯繫吧？他不能就這樣沒消沒息。

終於把他們全部哄去睡覺，我獨自下樓，自己洗碗、擦碗。屋中沒有聲音，孑然的靜默襲來。我撿起玩具，把它們放回箱子。時間好似暫時停止，我只是痴痴等著他走進門來擁抱我，為晚歸道歉。我隱約覺得他可能不會回來，他也許離開了，可是我的腦袋無法運作，我不相信。

我想起幾年前那段在車內的尷尬回憶，我們的對話。**如果我出事了呢？如果我**

不在了呢？那是不是警示訊號？警告我他有天會離開？

我搖頭，那沒道理，他不會這樣離開，還丟下小孩。

我的直覺是他出事了，身陷險境。但我該怎麼辦？我不能去報案，不知道要如何找到他，也不能跟任何人說。我甚至不確定他有沒有碰到麻煩。

恐懼和絕望在我心中形成漩渦。

我想起前往托兒所時的恐慌，很擔心小孩被帶走。如果我認為麥特遇到麻煩，他出事了，我是不是該有同樣的恐懼？現在該有那樣的感覺嗎？

也許我錯了，也許我認為他已經走人，很高興他離開。

我突然靈光一閃，這麼明顯的事，之前為什麼沒想到。我前往我們的臥室，走向衣櫃，從架子拉下裝皮鞋的鞋盒。在地毯上坐下，鞋盒放大腿，不太敢去打開。即使我已經知道是什麼，仍害怕打開來看。

我掀開盒蓋，看到鞋子，鞋裡是空的。

槍不見了。

這不是真的，不可能。我繼續盯著裡頭空蕩蕩的鞋子，好像槍隨時會再出現。**他離開了**。這句話迴盪腦中。我把手指放在太陽穴，好似能阻止自己那樣想。他沒有離開，他不會走人，一定有別種解釋。

我最後伸手摸到後面的口袋，拿出手機，滑到快速撥號的一個號碼。

「媽？」聽到她的聲音時，我說。

「親愛的，怎麼了？」

我很驚訝她從一個字就聽出事情不對勁。我吞下口水。「妳能和爸過來待一陣子嗎？我需要有人幫忙帶小孩。」

「當然好啊，發生什麼事了？」

淚水泉湧，我說不出話。

「親愛的？麥特在哪裡？」

我努力撐著，邊找回我的聲音。「離開了。」

「有多久了？」

我哽咽一聲。「不知道。」

「喔，親愛的。」媽媽心疼地說。我再也無法抑制情緒，默默流下淚來。在黑暗中，在這棟寂寞的屋子裡，我哭到淚眼朦朧。

第十五章

度過整晚，沒有收到麥特任何消息，到了早晨，我已經不再分秒期待。我仍不曉得他是離開，還是出事了。我不知道為何沒有更絕望，還覺得好不真實。

四個小孩在廚房餐桌，老大和老二面前的碗裝著麥片，雙胞胎的餐盤裡則是剁碎的麥片和藍莓泥。我在流理臺邊準備路克的午餐——那通常是麥特的工作——喝著第二杯咖啡，又整夜失眠。有人在敲門，幾聲快速的敲擊。艾菈倒抽一口氣。「是爹地嗎？」她尖聲說。

「爸爸不會敲門。」路克說，她臉上的笑容消失。

我打開門，我媽逕自走進來，伴隨一陣香水味，她雙手提著鼓鼓的購物袋，不知道裡面是什麼，給小孩的禮物吧。我爸緊跟在後，躊躇不前，比平時還尷尬。

我沒告訴小孩他們要來，因為不確定他們什麼時候會到。但看到他們來訪，孩子們很興奮，尤其是艾菈。「爺爺奶奶來了？」看見他們，她叫著。

媽媽直接走到廚房餐桌，放下袋子在旁邊的地上，擁抱艾菈，下一個是路克，再親吻雙胞胎的臉，口紅印在他們的臉頰。

「媽咪，他們怎麼在這？」艾菈轉向我問。

「爹地不在的時候，他們來幫忙。」我說，塗著果醬，短暫地看一下我媽，再迅速避開。爸爸在咖啡機附近晃，好像不知道自己要做什麼。

「他們會在這多久？」艾菈追問。「爹地會不在多久？」

室內安靜下來，我爸媽突然沒有動作，盯著我看，每個人的目光都集中在我身上，等我回答。而我能做的就只是望著面前的三明治，怎樣也想不起路克喜歡切成三角形或矩形。媽媽介入：「禮物！我有禮物喔。」

她伸手到袋裡，孩子們叫嚷著，猜測裡頭有什麼。我慢慢吐氣，抬頭時，爸爸仍注視著我。他對我微微一笑後，覺得尷尬，看向遠處。

孩子們拿到禮物——絨毛動物玩偶、彩色筆、著色書、大條的手指畫顏料——他們吃完早餐，我準備好艾菈的背包和她上臺發表要帶去的東西——今天的題目是開頭字母W的物品，我們看中她有亮粉的公主魔杖。我又抱又親路克和雙胞胎，倒另一杯咖啡到我的保溫杯裡。

我提醒爸媽路克的公車什麼時候來，在哪裡停。「你們確定可以照顧雙胞胎嗎？」我問。他們也自願照顧艾菈，可是看兩個小孩整天似乎比三個容易，我告訴他們別擔心，艾菈可以像平常一樣去學校。

「沒問題。」媽媽說。

我在猶豫，手持車鑰匙。「謝謝。」我說。「還好有你們在。」我強忍著淚，往下看，因為我害怕如果一直看著媽媽，淚水會潰堤。下一句話僅是低語。「我一個人做不來。」

「胡說。」媽媽抓住我的手，擠壓一下。「妳當然做得到。」

我三度懷孕時，艾菈不到一歲。那其實是個意外，我們還沒談到何時或要不要有第三胎，當然也沒去嘗試。不過我已經把孕婦裝和嬰兒服收到塑膠手提袋裡，什麼都沒扔掉，麥特也沒說話，那些物品就擺到地下室或儲藏室，包括嬰兒澡盆和搖籃等所有東西。我們兩人應該是認為之後還會再多生，但不是這麼快，絕對不是。

我那天提早下班，在回家途中幫艾菈買衣服。那麼小件的衣服其實不好找，不過我還是有找到。粉紅色的小上衣配上紫色的字：**大姊姊**。我幫路克穿上他那件「大哥哥」的衣服，仍然穿得下。麥特打電話過來，說他在回家路上，我的心臟亂跳起來。我知道他會很興奮，有點害怕和不知所措，就跟我一樣，但興奮。

當我聽到鑰匙開門的聲音，我集合小孩過來，確定他們兩個面向他——艾菈在懷裡，路克在身旁。他進屋，跟往常一樣熱情地向他們打招呼，俯身吻我。他定睛在衣服上，先是路克的，接著是艾菈。他愣住，沒有動作。我等著笑容，還有之前兩次得知消息時他臉上的那種喜悅。可是我沒等到。「妳懷孕了？」他只說那句話，語氣近乎責備。

妳懷孕了。這句話刺痛我。之前兩次，他說「我們懷孕了」好多遍，講到我覺得煩。我甚至有幾次回嘴，提醒他，我才是那個有孕吐、胃燒心、背痛的人。但我現在好希望他再說出那幾個字，表示我們會一起面對。

「是啊。」我說，試著忽視他的態度。**他嚇到了，正在擔心，給他一點時間調適，他也會興奮**。

「妳懷孕了。」他說，仍然沒有笑容，發出一個無情的「哇」。

我當晚出血，血沾染內衣褲，很可怕，先是棕色，開始痙攣時變為紅色。打電話給醫生，就該這麼做，對吧？悲傷的聲音回答：**沒有妳能做的事**。數據是四分之一，好像那樣講就有幫助似的。我在浴室冰冷的瓷磚上縮成一團，不吃任何止痛藥，因為我想感受到胎兒，至少那是我欠她的。

她。我能感覺到是個女娃，似乎看得見她的小臉，她不復存在。

麥特之前那樣反應，我不想去叫醒他，告訴他這個消息。想到他的臉，他的話——他絕對不會感到同等程度的心碎，我很確定。我需要自己處理。失去並悼念小孩，我想獨自承擔一生中最痛徹心扉的事。

對不起。我低聲對她說。痙攣加劇，疼痛變得幾乎無法忍受，淚水滴落臉龐。

我甚至不知道為什麼要哭，大概是因為麥特的反應吧。她短暫地存在世上，不是應該只要知道愛、興奮、喜悅嗎？**我很抱歉**。

我以為疼痛不可能再加劇，卻變得更痛。我整個人往前彎，動不了，不斷出汗，咬緊牙關不叫出聲。我快死了，就是那麼痛。滿地是血，好多血。沒有人告訴我這會像分娩，糟到不行。我再也撐不下去，就在要尖叫之際，麥特出現在我旁邊，抱著我，好似能多少感受到我的疼痛。

「沒事的，沒事的。」他喃喃說，而這句話是錯的，錯得離譜，因為這不可能沒事，哪能那樣講？他在地板上前後搖著我，我無法自已地慟哭，控制不住嗚咽，身體痛苦不堪，因為我不希望他在這裡，我已經流產，人生好不公平。

「妳為什麼不叫醒我？」他問。我的頭埋在他懷裡，聽得見他的心跳，說話時的震動快要比句子本身還大聲。

我退開，抬頭看他，低聲說出實話：「因為你不要她。」

他也往後一退，眼睛睜大，流露出受傷的神情。我心感內疚，非常痛苦。這是他的小孩，他當然會要她。我還能說出更糟的話嗎？

「妳為什麼那樣說？」他以接近耳語的聲音問。

我低頭看地板，盯著瓷磚之間的泥漿，我們無言以對，氣氛凝重。

「我很害怕。」他承認。「我的反應很糟。」我抬頭看他，承受不了他眼中的傷痛，我於是靠在他的胸口，他的衣服因為我的眼淚而溼冷。他猶豫後才抱住我。我整晚第一次覺得事情會好起來。

「對不起。」他低語。就在那一刻，我知道自己錯了，我根本不該假定最壞的狀況，不該單獨面對。「我愛妳，小薇。」

「我也愛你。」

媽媽靠近傍晚時打電話過來，通知我她從學校接到艾菈，爸爸陪路克從公車站走回家，而且路克不知怎麼會弄丟背包，但大家都回家了，安然無恙。我鬆口氣。**背包無所謂啦**。她提到第三次後，我惱怒地告訴她。**可以再買新的**。我只在乎小孩的安全。我甚至沒注意到自己在等她的電話，等她跟我確定接送順利。

我整天瘋狂工作，在搜尋框輸入姓名，搜查紀錄，拚命想找到小組首腦，希望有所進展，想取得控制權。最後一點收穫也沒有，又是沒有成果的一天。

又浪費一天。

我工作整整八個小時後下班。到達房子所在的那條街時，夜幕漸漸升起。我開進車道，讓車空轉一下，看著房子，裡面的燈亮著，窗簾很薄，看得見爸媽和小孩的身影。

我忽然注意到門廊裡有人影，那個人坐在椅子上，隱身於陰影中。

尤里。

即使沒看到他的五官，我仍知道是他，像是我有第六感。我心頭一震。他在這幹什麼？這裡是我家耶，小孩就近在咫尺。他要什麼？我沒多想，拔出車鑰匙，伸手拿包包，一直盯著他。我下了車，走到門廊。

他坐著不動，看著我。他本人看起來比較高大，更凶惡。他身穿牛仔褲和黑襯衫，最上面兩個鈕釦沒扣，戴著一條金項鍊，是某種墜飾，腳穿黑色軍靴。我走到他面前停下，默默希望大門深鎖，把小孩藏在屋裡。

「你在這做什麼？」我說。

「過來坐下，薇薇安。」他說話帶有口音，不過沒我想像中那麼重。他向我指示身旁的椅子，那是「我」的椅子。

「你想要什麼？」

「談談。」他停頓，看著我，等我坐下，但我偏不坐。他稍微聳肩，起身，伸手到後面的口袋，掏出一盒香菸。他的髖關節處有東西，隔著他的衣服顯現，看得到輪廓。

是槍套吧。我的心臟猛跳。

他敲敲盒子，一下，兩下。他用眼睛對我品頭論足。「我很快就說完，我知道妳的小孩在等。」

他提到小孩時，我不禁顫抖，看回他的髖關節那邊。

他打開盒子，拿出一根菸，再關上。一點也沒有要很快說完的意思。「我要妳去把隨身碟處理好。」

我剎那間想到他不應該在這裡點菸，我不希望菸味留在門廊，或任何靠近小孩的地方。我現在不應該關心這個啊。

他把香菸叼在嘴邊，伸手到前面的口袋拿打火機，襯衫被拉起來一些，我剛好看到黑色的塑膠物品在他髖關節的地方，絕對是槍套。「妳照做，我們兩人都能得到想要的東西。」他說話時，香菸快速地上下晃動。

「你確定是『都』嗎？」

他點起打火機，一次，兩次，點燃了，挪去香菸前方，菸頭發出橘色光芒。他看著我，聳聳肩。「當然，我的程式載好，妳回去過原來的生活，妳能跟小孩在一起。」

小孩。不是丈夫和小孩。「那麥特呢？」話已經說出口，我來不及好好思考。

「麥特？」他一時困惑，再笑起來，拿出口中的香菸。「啊，妳是說亞歷山大。」他笑著搖頭。「妳真的很天真，是吧？但亞歷山大就是靠妳的天真才得逞。」

不舒服的感覺越來越強烈。他抽一口菸，再呼出。「他不就是害妳蹚這灘渾水的人嗎？他豈不是背叛了妳？」

「他不會背叛我。」

「他老早就背叛妳了。」他又笑。「他不斷跟我們洩漏妳說的話，有好多年。」

我搖頭。**不可能**。

「妳的同事，他們叫什麼？瑪塔？崔伊？」

我感到胸口好悶。麥特否認，他發誓過。而我也願意發誓，他說的是真話。

尤里撤下笑臉，完全消失，留下冷酷的表情。他瞇起眼睛，從嘴裡拿出香菸。

「我們別廢話了，來場專業情報員的對談。妳不希望這件事趕快結束嗎？」

他在等待答案。「我希望它結束。」我說。

「那妳沒有選擇餘地。」

「我有一個選擇。」

他的嘴唇微微揚起。「坐牢？妳真的要那樣？」

我的心臟快速跳動。

「如果妳拒絕合作，我有什麼理由不把那些搜尋紀錄和美國政府分享？」

「麥特。」我小聲說，但即使說出來，我也知道那不是個理由。

他笑起來，又抽一大口菸。「妳先生老早就不存在了，薇薇安。」他的話同一道煙吐出，煙霧滲入周遭的一切。

「我不信。」我低語，儘管已不知道自己相信什麼。

他用難懂的表情盯著我，邊抖落菸灰。「不過他要我們照顧妳。」

我直視他，屏息等待他繼續說。

「我們會付錢，夠妳撫養小孩很長一段時間。」

我呆呆看著他。他抽另一口菸，從鼻子慢慢呼出，望向街道，把菸蒂丟在門廊，用靴子後跟踩熄，用尖銳的眼神看我。「別忘了，小孩只能依靠妳一個人。」

流產後，我毫無疑問想再懷另一胎。我惦記著離去的孩子，仍會夢到小女娃的臉。每當我看見孕婦和她的肚子，想到我自己的肚子應該有多大，心就好痛。我想再次穿上彈性腰帶褲，有水腫的腳踝，把客房改成嬰兒房，折疊小到不行的嬰幼兒童裝。

最重要的是，我要一個小寶寶，我知道永遠不會是「她」，我已經失去她了，但我想要另一個嬰兒，去擁抱，去呵護，去愛，去保護。我想有多一次機會。

我們能負擔兩個小孩去托兒所，三個就不行。麥特很快指出那一點，而我仍對他上次的反應耿耿於懷。即便我想懷孕，我們還是得等到路克上幼稚園再試。

這次，當那一小條線變成藍色，我嚇壞了，害怕又失去這個胎兒，擔心麥特會有與上次相同的反應。所以我這次沒有告訴他，先是一天，又第二天。我等著流產出血，沒有發生，我於是決定要跟他說。

我沒有計畫用任何特殊方式宣布懷孕，「大姊姊襯衫」那回是痛苦的回憶。孩子們睡著後，就有兩人獨處的時間，我們窩在沙發上，睡前看點電視，我舉起驗孕試紙，等待著。

他看一下試紙，看向我。「我們懷孕了。」他低聲說，緩慢展露笑容，再緊緊擁抱我，緊到我幾乎要擔心肚裡的小傢伙。

幾個星期後，我們去婦產科做第一次產檢。我不停倒數這天什麼時候會到，很想趕快知道一切沒問題，不然每次上廁所時都擔心會看到血。我坐在超音波儀器旁，心裡出現另一種恐懼，胎兒可能沒心跳，可能出了問題。

布朗醫生啟動超音波，麥特向我伸出手，我用力握著，往螢幕看，驚慌起來。她調整超音波探頭，尋找適當的位置和角度，我們等待影像逐漸清晰。我好想看到有動靜，例如，跳動的心臟。終於，白色的一團，心臟在跳動。

而在它旁邊，有第二顆心臟。

我盯著螢幕，清楚自己看到了什麼。我挪開視線，看麥特。他也看到了，卻臉色發白，勉強對我一笑。

他可能害怕、緊張，或有其他情緒，可是我喜不自勝。是雙胞胎。不只有一個寶寶可以抱，而是兩個。我一年前流產，這根本就像是我的第二次機會去多當一個孩子的媽。

我們開車回家，沒有人說話，都在獨自思考，麥特最後先開口：「我們要怎麼辦？」

我不確定他是指撫養四個小孩，或同時應付兩個嬰兒在半夜醒過來，或財務狀況，或其他事。但我以他可能在想的問題回答，那也是我腦中在想的事。「我會待在家裡。」

麥特緊握方向盤，雙手指關節處的皮膚明顯擴展。

「至少待一陣——」

「妳不會想念工作嗎？」

我從擋風玻璃往外看。「可能會。」我在說更多話之前停下。我會想念工作，想念要為世界做出改變的承諾，想看我開發的新方法實際上能不能帶我們找到蟄伏間諜行動裡的人。「可是我會更想念小孩。」

「但最終——」

「可以回去工作。」至少我希望能回去。什麼時候回去？當孩子們都去上學；當我抓得住彈指而過的時間；當我真的可以專心工作，完全不分心，不再覺得生活中的大小事只有做到及格而已。

「妳確定能回去嗎？」他看過來。

我很安靜。事實是，我無法保證能回去。傳聞已久的預算刪減案已經通過，目前不再招入新血。如果離開，可能就一去不返。

「健保會是個問題。」他說。「我們很幸運跟妳一起保。」他搖搖頭。「我的健保給付範圍很小，保費又高得嚇人。」

我不看他，望著窗外。那是真的，麥特的工作有些實在的好處，但良好的醫療保險不是其中一項。「我們很健康。」我說，不想現在就被擋下。

「妳懷了雙胞胎，也許會有一些併發症……」

一輛車從旁邊的車道呼嘯而過，速度太快了。我沒有回應。

「只有一份薪水的生活會和現在不同。」

我肚子不太舒服，胸口很緊，導致我為寶寶擔心。我不能太有壓力，需要冷靜下來。我吸完一口氣，再另一口。

「妳知道嬰兒會長大吧？」他說。

「我知道。」我耳語道。外面的景色一片模糊。如果我不只是在衝事業的途中休息一下，而是永遠回不去呢？我的工作代表一部分的自己。我準備好要放手了嗎？

我想兩者兼顧，有陪小孩的時間，從事的工作有所回報。那似乎不可能。

過了一會兒，他抓住我的手。「我不知道要怎麼辦。」他小聲說。「我只是希望我們過得下去。」

我看著尤里遠去，他走到停在對街的車子，那是一輛黑色的四門轎車，華盛頓特區的車牌——由紅、白、藍三色組成。我讀過車牌號碼，輕聲重述，一遍，兩遍。我看著他駛離路緣，離開這條街，直到看不見尾燈為止。我伸手進包包，拿出筆和一張小紙片，抄下車牌號碼。

我整個身體垮下，癱在地上，環抱我的膝蓋，不由自主地顫抖。這真的發生了嗎？

我一直在這團爛攤子裡攪和是因為麥特，我想保護他，把他留在孩子身邊，盡力使我們的生活正常。而現在，他離開了。

他騙我，他告訴尤里瑪塔和崔伊的事，他當然有告訴他。我怎麼會這麼容易上當？他為什麼不直接跟我說實話就好了？他的臉一直在我心裡，揮之不去，他發誓沒有洩密時看我的方式毫無欺騙之意。我真的無法辨識什麼是真話，什麼是謊言嗎？

孩子們。喔，天啊，孩子們。**小孩只能依靠妳一個人**。尤里豈不是說對了？我去坐牢的話，他們會發生什麼事？

我聽見身後的門打開，門需要修理才不會露出那種吱嘎聲。「薇薇安？」媽媽的聲音傳來，腳步聲越來越近，她在旁邊跪下，香水味飄逸。「喔，親愛的。」她柔聲說。

她抱住我，在某種程度上其實沒有，因為她個頭小。我把頭埋在她柔軟的懷裡，好像又變回小孩子。

「薇薇安，親愛的，怎麼了？是麥特嗎？妳有他的消息了嗎？」

我感覺像要淹死。我搖頭，仍在她懷裡。她撫摸我的頭髮，散發出對我的關愛，好像不顧一切想解決這個問題，把痛苦帶走，她會為我做任何事。

我慢慢退開，看著她。在黑暗中，前門的燈光落在她臉上，五官因擔心而扭曲，她看起來更加蒼老。她和爸爸還能身體健康地活多少年？他們沒有足夠的時間去照顧四個小孩，帶他們長大。

看到我入獄，我無法想像他們會受到什麼打擊。

「會有消息的，親愛的，我相信。」但她的臉龐流露出不確定的神情。我知道那種表情，自我懷疑，發現麥特也許不是她想的那樣，因為她認識的那個麥特不會行蹤成謎。我不想看，我不要那種疑惑，也不要那種使我心裡比較舒服的謊言。

她從跪著換成坐下，靠我很近。我們靜靜坐著。她一隻手溫柔地搓揉我的背，輕輕畫圈。我也是以那種方式安慰自己的小孩。我聽到蟬鳴。車門打開，又關上。

「是怎麼回事？」她小聲問，終於問出接到那通電話時就有的疑惑。「麥特為什麼離開了？」

我盯著正前方凱勒家的房子，藍色的百葉窗遮蔽窗戶，幾扇窗透出燈光。

「如果妳不想談也沒關係。」她說。

我的確想談，有股強烈的衝動想一吐為快，傾訴一切種種，分享祕密。可是要媽媽承擔那些對她不公平。不，我不能那樣做，這是我的負擔，要獨自承受。

不過我還是得說些話。「他過去有些事。」我小心翼翼地講。「他從來沒告訴我。」

在我的餘光裡，她點點頭，像是她預計聽到這件事，或至少顯得不驚訝。我想像她和爸爸接到電話的那晚，坐著要想出到底發生了什麼事。我忍住不笑。**喔，媽，完全不是你們所想的那樣。**

「在認識妳之前嗎？」她問。

我點頭。

她片刻後才回應，好像思考過一番。「我們都犯過錯。」她說。

「他錯在沒告訴我真相。」我低聲說。那是真的，並不是因為我們表現出脆弱的一面而導致今天這個局面，對吧？十年的連篇大謊才是罪魁禍首。

她又點頭，依然揉著我的背，無盡地畫圓。凱勒家的一扇窗戶暗下來。「有時候，」她吞吐地說。「我們認為隱藏真相會保護最愛的人。」

我盯著那扇沒有光透出的窗戶，黑色的小長方形。那不就是我在做的嗎？試著保護我的家人。我想起辦公室的電腦，游標懸浮在「刪除」選項上。

「我不知道詳情。」她補充道。「不過我認識的麥特是個好人。」

我點點頭，淚水刺痛雙眼，努力想忍住不哭。我認識的麥特也是個好人，不會就這樣失去蹤影。

但如果我們認識的麥特根本沒有存在過呢？

孩子們都去睡覺，爸媽到臨時的客房，睡在小角落裡的沙發床，我則一個人坐在起居室，氣氛沉默凝重。

尤里到我家。這件事還沒結束，他們不會像放過瑪塔和崔伊那樣放過我。

我犯了法，他們有證據，可以送我去坐牢。

他們擁有我。

尤里的警告在腦袋裡迴盪。**小孩只能依靠妳一個人**。他說得對，麥特離開了，我不能一直等他回來，盼望他會突然出現拯救我們。我必須獨自面對。

必須反抗。

不能進監獄。

只要尤里有我犯法的證據，擁有自由似乎不可能。**只要尤里有證據**。我茅塞頓開。如果他沒證據了呢？

中情局沒有我的把柄，俄方才有，尤里有而已。

他列印出我看到麥特照片的證據，放到我信箱，他自己必定有留備份，用來勒索我。如果我找到並銷毀他留存的資料呢？他會沒有任何勒索的籌碼。他當然還是可以向政府披露所有事，但我們雙方會各執一詞，無法證明誰說得對。

決定了，這就是解決方案，成功後我就不用被關，能陪在小孩身邊。我要去湮滅證據。

這意味著，我必須找到他。

體內腎上腺素奔流，我站起來，走到玄關，伸手進上班的包包，拿出有尤里車牌號碼的小紙片。

我上樓到雙胞胎房間的衣櫃，從最高層的架子拿下一個塑膠箱，裡頭是他們已經穿不下的衣服。我左翻右翻，找到那支拋棄式手機，回去起居室，查好歐馬爾的號碼，取出我手機的電池，用拋棄式的那支打。

「我是薇薇安。」他接起來時，我說。「我需要你幫忙。」

「說吧。」

「幫我查個車牌號碼。」

「好啊。」這是他第一次有些猶豫。「妳能告訴我為什麼嗎？」

「今天有輛車停在我家外面。」目前都是事實。「一直停在那邊，很可疑。可能沒事，但我還是想查查看。」說謊比我想的容易。

「好，沒問題，等我一下。」

他的動作發出聲音，大概是在開筆電，進到聯調局的資料庫，各地的註冊資料和所有數據全在那裡。幸運的話，無論尤里在美國使用什麼身分，車牌會給我名字和地址。就算不是他的真實地址，至少有條線索，之後可以去查。

「準備好了。」歐馬爾說。我報車牌號碼給他，聽到打字聲。暫時沒有聲音一陣子後，更多敲鍵盤的聲音。他又念一遍號碼，要跟我確定。我再核對一次紙片，確定沒錯。

「嗯。」他說。「怪了。」

我屏住呼吸，等他說下去。

「我沒見過這種。」

我聽得見自己的心跳，跳得好大聲。「怎麼了？」

「這個車牌不存在。」

隔天早上，我從櫥櫃裡拿出一個馬克杯時，瞥見那個保溫杯在架子上，金屬表面閃閃發光。我愣住。

車牌號碼是我找到尤里的唯一線索。我不知道如何找到他，如何摧毀可以送我進大牢的證據。

我慢慢伸出手，從架子上拿下保溫杯，放到流理臺。

我做得到，能把隨身碟帶進辦公室，置入系統電腦，跟上次一樣，事情就會全部結束。麥特和尤里都那麼說。

我們會付錢，夠妳撫養小孩很長一段時間。尤里的承諾跑過腦中。那是我起初沒有揭發麥特的原因——擔心如果沒有他，我不能獨立撫養小孩。現在他離開了，尤里提供我一個解決辦法。

麥特很久以前的話浮現，那天在車上：**如果有什麼事發生在我身上，盡全力照顧小孩**。

不惜一切代價。

「薇薇安？」

我轉頭，是媽媽。我甚至沒聽見她走進廚房，她滿臉關心地看著我。「妳還好嗎？」

我回頭看保溫杯，注意到自己扭曲的影像在上面。這不是我吧？我有所不同，我沒那麼懦弱。

我撇開頭，看著媽媽。「我沒事。」

我坐在辦公桌前，桌上一杯咖啡，咖啡渣浮在上面。我盯著螢幕，隨便打開一份情報書，有人瞄到才會像是在閱讀，我其實沒有在看，而是努力要定下心。

我必須找到並湮滅那個證據，但不知道怎麼做。

歐馬爾到更多資料庫搜尋，車牌號碼依然不存在。**薇薇安，這是怎麼回事？**他問。**我一定是寫錯號碼了**。我回答，卻知道自己沒有記錯。車牌沒有紀錄使我很恐懼。

我一時之間想到要帶小孩逃走，可是這樣不行。俄國人很厲害，找得到我們。

我必須留下來奮戰。

那天深夜，孩子們和爸媽睡了，我自己在起居室，有愚蠢的節目相陪，以防沒開電視時，能感受到屋中沉重的寂靜。此時在播相親實境秀，十二個女子搶一名單身男人，她們全部瘋狂地墜入愛河，即使沒有一個人能真正瞭解他是誰。

我的手機震動起來，在旁邊的沙發墊上輕輕搖晃。**麥特**，我心想，因為那是手機還開著的原因。但螢幕顯示「未知來電」，沒有號碼。**不是麥特**。它繼續震動，擾人的嗡嗡聲。我把電視調成靜音，接起電話，小心地拿在耳邊，當作是危險物品。

「喂？」

「薇薇安。」他以獨特的嗓音說，操著俄羅斯口音。我的胃揪在一起。「又過了一天，妳還沒完成任務。」語調友善，像是想和我聊，事實上卻令我惴惴不安，因為他語帶威脅和指責。

「今天沒有機會。」我撒謊，因為拖延似乎是此刻唯一的選擇。

「啊。」他說，音節沉重，像是要讓我知道他不相信。「好吧，那我就找——」他停頓下來，彷彿在思考要用哪個字才正確。「可以說服妳抓住機會的人來說。」

電話裡喀噠一聲，又一次，有些雜音。我緊張地等待，聽到了，是麥特的聲音。「小薇，是我。」

我緊握手機。「麥特？你在哪？」

他停頓。「莫斯科。」

莫斯科。不可能啊，在莫斯科就表示他離開了，那天還放小孩枯等，沒有父母去接。直到這一刻，我才真的相信他走了，之前還抱著他會回來我們身邊的希望，認為他沒有真的離開。

「聽著，妳必須照他們說的做。」

我在發愣，無話可說。**莫斯科**。感覺很不真實。

「想想孩子們。」

想想孩子們。他膽敢這麼說？「你有想過嗎？」我冷酷地問。我想到路克，他在麥特失聯那天獨自坐在廚房餐桌，老二和雙胞胎則在學校前臺等。

沒有回應。我聽到他的呼吸，或是尤里的？我不確定。在沉默中，我想到我們在結婚時跳的舞，他在我耳邊說的話。我搖頭，不知道該相信什麼。

「他們會付妳一大筆錢。」他說。「妳甚至不用工作。」

「什麼？」我倒抽一口氣。

「能多花點時間陪小孩，那是妳一直想要的。」

但我不希望透過這種方式，一點也不想。「我要我們在一起。」我低語。「我和你，我們全家。」

又一個停頓。「我也是。」他的聲音沉悶。我能想像到他的表情和額頭上的皺紋。

我的淚水盈眶，眼前的景象模糊。

「拜託妳照做，薇薇安。」他說，聲音中充滿急迫和無奈，使我惶恐。「為了我們的孩子。」

第十六章

電話切斷了很久，我仍拿著手機在耳邊，之後才放回身旁的沙發靠墊，我盯著它。他最後的幾句話迴響腦中，我想到他說話的方式和聲音裡的恐懼。事情不太合理。

我應該依他們的指令動作。我做出許多承諾還沒兌現，而那是最後必須去做的事。我會有豐厚的收入，能撫養小孩，陪在他們身邊，我只需要把隨身碟放入電腦插槽就行了。我也已經成功做過一次。

但我做不到，不能傷及我們的人員和國家。而且我不知道他們會放過我，還是有機會就叫我做別的。

我應該覺得別無選擇，孤獨一個人，這件事自己做不來。

可是他們錯了，我有選擇餘地。

關係到小孩時，我比他們認為的還堅強。

我接到電話的時候，正好懷孕滿二十週。我打到手機，我正下班開車回家，是當地的電話號碼，大概是婦產科打來的。我早上又做過一次超音波——掃描器官。我期待了好幾個禮拜。一排模糊的黑白照片擺在我旁邊的座位，終於看得出臉龐、四肢、最小的手指和腳趾。超音波技師拍到其中一人面帶微笑，另一個吸吮拇指。我迫不及待要秀給麥特看。

我還拿到一個素色的白信封，前面潦草地寫上「性別」二字。密封住，因為我可能會偷看。我回到家，我、麥特和小孩才會一起把它打開。

「喂？」我說。

「米勒女士？」一個我不認得的聲音，不是婦產科的櫃檯人員，他們通常會例行性地打電話通知一切安好。我的雙手緊握方向盤，隱約覺得應該要靠邊停，無論是什麼事，我應該不會想聽。我幾乎要相信胎兒都沒問題。

「我就是。」我好不容易才說。

「我是兒童心臟科的強森醫生。」

兒童心臟科。我覺得好像有什麼東西壓著我，沉重不堪。在超音波掃描後，他們今天有做胎兒心電圖。**別擔心**。護士領我穿過走廊時低聲說。**他們有時候對雙胞胎會檢查比較仔細**。我相信她，相信我不該擔心，認為超音波技師只是板著臉，不能透露任何事，包括胎兒很健康也不行講。

「其中一個胎兒沒有異常。」強森醫生的聲音沉重。

其中一個胎兒。我有了陰鬱的想法。**那意思就是另一個有問題**。「好。」我的聲音近乎是耳語。

「米勒女士，我就直說，另一個有嚴重的先天性心臟病。」

我忘記要在路邊停下，但下一刻就臨停在路肩，危險警告燈閃爍，左側的車輛飛速衝過。我的肚子好像被揍了一拳。

她說得沒完沒了，片段字句傳進耳裡。「……肺動脈瓣……紫紺，呼吸困難……立即動手術……這麼說，有幾個選擇……如果妳決定……兩名男胎兒……選擇性減胎……」

兩名男胎兒。

那句話停留在我腦中。是兩個男寶寶，不用擠在一起拆信封了，路克和艾菈不會驚呼。反正本來就不會有，有這樣的消息，是什麼性別有關係嗎？

「米勒女士？妳還在嗎？」

「嗯哼。」我的腦袋不停打轉。他會不會和其他的小孩有一樣的生活？他會不會跑，能不能運動？他活得下來嗎？

「我知道這消息很難過，尤其是在電話上得知。我想盡快幫妳約診，妳過來的時候，我們有幾個選項可以討論……」

選項。我低頭看身旁的照片，一個寶寶微笑，另一個在吸大拇指。我閉上眼睛，他們在超音波產檢的螢幕上左右晃動，我聽到心跳，咚、咚、咚、咚，另一個的心跳，咚、咚、咚。我手放肚子上，覺得在動，他們兩個在裡頭爭奪空間。

沒有選項可言，這是我的寶寶。

「米勒女士？」

「我要留住他。」

短暫停頓一會兒，但停得夠久，我能聽到沉默的批判。「那麼，我們還是該坐下來討論之後要面對什麼……」

我討厭她，討厭這個女人。從現在開始，我約診時絕對不看她。他是我的兒子，他會發揮全部的潛力，我要保護他，給他力量，不論要付出什麼代價。

她的聲音飄到我的思緒裡。「……未來要做一系列的手術……可能發育遲緩……」

我感覺又挨了一拳。手術和治療，全部要花錢，有穩定的薪水，還要會持續加薪，這需要良好的健保，像是我的工作所提供的，不是我們得自掏腰包的那種，我們還有可能因此破產，也不會有相同品質的照護。

與寶寶留在家裡的計畫就此化為泡影。

但不論要做什麼，我會去做。這是我的兒子。

我還是盯著旁邊沙發靠墊上的手機，心中有個計畫逐漸成形。它可以成功，也能毀掉自己，可是現在沒有別種選擇，我需要找到尤里。我終於有另一條線索。

我取下手機電池，找到拋棄式手機，撥號，放到耳邊，聽到歐馬爾接起來。

「我需要和你談談。」我悄聲說。「私下談。」

他沒花太多時間想。「好。」

「倒映池見怎麼樣？明天早上九點？」

「可以。」

我暫停下來。「只有你和我，好嗎？」

我的眼睛飄移到壁爐架上我和麥特的結婚照片。我聽到歐馬爾小聲講話。

「好的。」他說。

我比他早到，在靠近倒映池中心的長凳坐下。公園靜謐，樹木屹立不搖，空氣涼爽，但有溫暖的前兆。遊客在林肯紀念堂附近遊走，看上去是彩色的小斑點。公園的這個區域很冷清，除了偶爾有人在慢跑。

三隻鴨子在水裡，排成一小列直線，周圍漣漪不斷。和孩子們來這裡該有多好，他們會扔麵包屑到水中，看鴨子游過來吃。

歐馬爾出現在旁邊時，我才看到他。他坐在長凳的另一端，不立刻看我，我一時覺得自己在電影裡，這一切好不真實。他看過來。「嗨。」

「嗨。」我短暫地和他眼神接觸。仍有些猜疑，但不像我們幾個月前第一次駭入尤里電腦時那般嚴重。我看向水面，一隻鴨子脫隊，往反方向游。

「怎麼回事？薇薇安。我們為什麼要在這裡見面？」

我轉動婚戒，一次，兩次，又第三次。我不想這樣做。「我需要你幫忙。」

他沉默，我嚇到他了，這行不通。

我吞嚥口水。「我需要你追蹤一支電話號碼，並告訴我所有你能查到的資訊。」

他略作猶豫。「好的。」

我清清喉嚨，這很冒險，不知道這樣做是否正確，可是我也只想到這種方法，僅有這樣才可能找到尤里。而歐馬爾是我唯一能求助的人。「昨晚打到我的手機，未知來電，從俄羅斯轉接過來。」

他的嘴巴張成小圓圈，又迅速闔上。「我可以告訴上司——」

「不行，不能告訴任何人。」

他的臉沉下來，抬起一邊眉毛。即使他沒吭聲，我仍讀得懂他臉上寫的問題。

我額頭的汗水刺痛皮膚。「你說防諜中心有內鬼？嗯，你的部門也有。中情局正在調查。」我努力保持表情坦誠。歐馬爾知道如何辨識謊話，我不能給他任何說謊的跡象。

他看著遠方，在座位上挪動身體，明顯感到不安。

「你是我唯一能信任的人，這件事必須保密。」

他直視前方，看到池中，我也望著同樣的方向。鴨子又直線排好，在離我們很遠的地方快速划動。

「妳要求我做的事——追蹤打到妳手機的號碼，而不做紀錄——這是非法的。」

「我需要幫助，我不知道還能向哪裡尋求支援。」

他搖頭。「妳必須說得更詳細才行。」

「我知道。」我又轉著婚戒。我要做的事好像是錯的。麥特很久以前說的那些話迴盪耳中：**不惜一切代價，妳必須忘了我，放手去做就是了。**

「是蟄伏間諜組織，我快要找到他們了。」

「什麼？」他低聲說。

「有人被捲進去。」我遲疑。「對我很重要的人。」

「誰？」他正要和我四目相對。

我搖頭。「我要先確定，我還沒準備好要談。」**等到我處理掉所有他們可以用來**

勒索的東西再說。

一名慢跑者接近，身穿明亮的粉紅色短褲，戴著耳機。我們看她經過，步伐踏在面前的沙土，她逐漸跑遠。我回頭面對他。「我保證會告訴你所有事，但我得先瞭解狀況。」

他用手梳過頭髮。他舉起手臂時，我看到他衣襬下的槍套底部。我盯著它。

「我不能放妳一個人去做。」他說。

看回他的臉，我流露出誠意，嘗試把所有絕望也釋放出去。「拜託你。」

「我不會告訴任何人，只有妳和我會知道，小薇，我們可以——」

「不行。」我停頓。「聽著，我們是朋友，這就是為什麼我來找你。你說過，如果我需要幫助……」

他又用手整理頭髮，久久盯著我，嚴厲而擔心。他會幫我，對不對？他一定會幫我。

他看起來無法決定，過度猶豫，好像會拒絕。我需要找到別的東西，是他在乎的事，他才會通融。我回想起幾個月前在電梯裡的對話。**防諜中心有內鬼**。

如果有麻煩，妳知道到哪找我。

我的喉嚨很緊。「你是對的，有內鬼在防諜中心。」我必須對他保證一些事，用來爭取時間。「如果你去查這個號碼，我會知道更多信息。」

「那號碼和內鬼有關？還有蟄伏間諜團？」

我點頭，他想和我對視，我看得到興奮和渴望。我拿著誘餌在他面前晃，他想上鉤，他現在有夠強的動力能做任何事。

「給我一些時間，我也許能成功揪出他們。」我說。

最後，他吐出一口氣。「我會去查查看。」

我知道他會自己去追查那個號碼，毫無疑問。我起了一個頭，時間開始倒數，在聯調局找到尤里之前，我只有一小段時間去湮滅那個證據。

也許找歐馬爾是錯誤的做法，但我處在一個不可能的情況，那通電話是我唯一真正的線索，必須善加利用。

回到辦公室，我盯著電話，等它響，沒做別的事，最後只好勉強拿出那個文件夾，回去研究小組首腦的可疑人士，這疊紙沒有變薄多少，根本沒怎麼減少。每次聽到響聲，我嚇得跳起來，卻都不是我的電話。我想像歐馬爾在做什麼，祈求他沒有告訴上司，希望他們不打我的電話，因為有人會質詢我，查緝尤里，那我會有什麼下場？坐牢。

電話響，這次終於是我的。手放電話上，從中間拿起。「喂？」

「我找到了妳要的東西。」歐馬爾說。「一小時後在奧尼爾？」

「等會見。」

我六十分鐘後準時走進奧尼爾酒吧，打開門，小巧的門鈴響起，不過沒有人抬頭。酒保倚靠吧檯，用兩隻大拇指在手機上打訊息；有一個人坐在酒吧中央，駝著背，面前是琥珀色的飲料；一對情侶坐在酒吧正面窗邊的桌子，侃侃而談。

我繼續往裡面走，讓眼睛適應昏暗的光線。我掃視周遭，廣告啤酒的霓虹燈、老車牌、十年前的紀念物，而他在後面，獨自占用兩人坐的桌子，看著我。

我走過去，在他對面坐下。他面前有個玻璃杯，透明冒泡的飲料。可能是通寧水或氣泡水。他不愛喝酒，當然也不會在上班時間喝。

他表情平淡，看不出情緒，可能有不信任在其中。我的雙手緊抓大腿。這不是陷阱吧？他有沒有告訴聯調局人員我們的對話內容？

「你發現什麼？」我問。

他安靜看著我很長一段時間，之後才將手伸進腳邊的袋子，翻出對折好的一張紙，放在桌上。我看得到上面有用原子筆寫的一支電話號碼，區碼是本地的。

「拋棄式手機。」他說，我不感到驚訝，卻仍有點失望。「沒有其他通話紀錄。」

我點頭。**拜託給我一些可以用的資訊**。

「一個星期前於市區購買，在西北區的一家通訊行，『強棒手機』。沒有監視器，購買紀錄時有時無。我們別想從那裡追蹤到拋棄式手機。」

我很氣餒，心中的希望耗盡。我這樣是要怎麼找到尤里？

歐馬爾注視我，我看不懂他的表情。他把那張紙朝我推過來，我拿起它，打開，有張地圖，一個區域用紅線標出。我抬頭看他。

「這是那通電話的來源，循著傳送訊號的手機基地臺才找到。」

我往下看，仔細觀察地圖。華盛頓西北區，紅色區域的半徑約有十二個街區。尤里就在附近。我抬頭看歐馬爾。「謝謝。」

他盯著我，嘆口氣。「妳打算要做什麼？我能幫妳嗎？」

「你說要給我時間。」我提醒他。「求你了，給我時間。」

他非常輕微地點頭，很無奈，直視我。「請妳小心，薇薇安。」

「我會小心。」我把那張紙對折回去，再折半，塞入我腳邊上班用的包包，推開椅子，起身要離開。「再次謝謝你，真的很感激。」

他繼續坐著，看著我。我把包包掛在肩膀，轉身，正要踏出一步，他的聲音阻止我。

「還有一件事，」他說。「那通電話，」我轉身面對他。他快速搖一下頭。「不是從俄羅斯轉接。」

第十七章

我恍惚地開車回家，只有必要的基本動作——選取正確的路線，看到紅燈停下，打方向燈——都不經大腦思考。周圍一片朦朧。

不是轉接。這意味著麥特不在莫斯科，而是在華盛頓西北區，在紅線標示出的範圍，尤里也在那。但為什麼？

他為什麼要騙我？事情有蹊蹺。恐懼敲著我的心扉，想闖進去。

我回到家，媽媽在廚房爐子邊，通常是麥特在那裡。她穿著我多年前就有的圍裙，平常收在抽屜裡，沒在用。廚房飄逸的香味帶我回到童年，有我小時候她就在做的肉卷，還有馬鈴薯泥——從頭手工，添加一堆奶油，跟外面賣的不同。而我會買已經烹調過，可用微波爐加熱的那種。好熟悉，令我備感寬慰。

我跟她和孩子們打招呼，擠出笑容，在恰當的時機點頭，提出正確的問題。**在學校過得怎麼樣？雙胞胎今天如何？**我身在此地，卻心不在焉。心思只放在那紅色的小框格上。麥特在那邊，就在某處。

爸爸吃飯時坐麥特的椅子，看到他坐那裡有點怪，似乎格格不入。媽媽則擠到艾菈另一邊。太多人在餐桌上，但我們還是擠得下去。

麥特的影像浮現在我的腦中，他在某個地方被綁起來，講電話時有槍指著頭，被迫說是在莫斯科。這解釋清楚了吧？這就是他那樣騙人的唯一原因。我低頭看著肉卷，胃口盡失。我為什麼不心慌意亂？不該那樣嗎？

媽媽問孩子們他們的一天，想開啟對話，用話語和常態填補沉默。爸爸在把肉卷切成小塊給雙胞胎，他們大口快速送入嘴裡，和他切的速度一樣快。

艾菈回答媽媽的問題，滔滔不絕。但路克很安靜，低頭看著盤子，用叉子把食物推來推去，不加入對話，也不吃。真希望我能消除他的痛苦，帶他爸爸回來，使一切正常，回復他的笑容。

艾菈說到在遊樂場玩鬼抓人的遊戲。我看向她，在適當的地方說正確的小短句，她就以為我在專心聽，便繼續講下去，然而我一直瞄回路克。我在某個時間點抬頭，看到媽媽關切地望著我，為我擔心，還是路克？不知道。我和她短暫地對望。我知道她想消除我的痛苦，就像我對路克那般。

當日稍晚，三個小孩已經躺下，我正在幫路克蓋棉被，坐在他床邊，注意到他的舊玩具熊也在被窩裡。它現在很破爛，裡頭的填充物從一隻耳朵的縫線處露出。他以前和它在家裡形影不離，還帶到學校午睡，每天晚上也一起睡覺。我很多年沒見過它。

「告訴我你有什麼心事，小甜心。」我說，試著找到正確的語氣——柔軟、溫和。

他把玩具熊抓得更緊，機靈的棕色人眼睛在黑暗中睜著，那麼像麥特的雙眼。

「我知道爸爸離開很不好過。」我很掙扎地說。連我自己也不知道該講什麼，是要怎麼讓他高興些？我不能說爸爸會回來或打電話，也當然不能告訴路克真相。

「這跟你或弟弟妹妹沒有關係。」我說出後就後悔。我為什麼要講那句話？但父母一方離開，不都這樣說的嗎？跟孩子們保證不是他們的錯？

他閉起眼睛，一滴淚流出來，下巴發顫，努力壓抑情緒。我撫摸他的臉頰，好希望我能轉移他的痛苦到我自身上。

「你那樣擔心嗎？」我說。「覺得爹地離開是因為你？你絕對沒有——」

他堅定地搖搖頭，抽噎一次。

「那是怎麼樣？甜心。只是覺得難過？」

他微微張開嘴，下巴顫抖得更厲害。「我希望他回來。」他低聲說，更多淚水溢出，沿臉頰流下。

「我知道，甜心，我知道。」看到他這樣，我的心都碎了。

「他說會保護我。」他的聲音好小，我懷疑自己是不是聽錯了。

「保護你？」

「不被那個男人傷害。」

我因那句話僵住，恐懼侵襲全身，令我不寒而慄。「哪個人？」

「到學校的那一個。」

「有人到你學校？」耳際轟隆，血液衝過。「他有跟你說話？」

他點頭。

「他說什麼？」

他快速眨眼，雙眼出神，好像在回憶某件不愉快的事。他搖搖頭。

「甜心，那個人說什麼？」

「他知道我的名字，他說：『幫我跟你媽問好』。」另一下抽噎。「很奇怪，他說話的聲音很怪。」

毫無疑問是俄羅斯口音。「甜心，你為什麼不告訴我？」

他看起來很擔心害怕，像是做錯事。「我有告訴爸爸。」

我的心臟暫時停止跳動。「那是什麼時候的事？你什麼時候告訴爸爸？」

他想了一會兒。「他離開前一天。」

雙胞胎出生後五個月，我和麥特才有機會獨自兩人一起出去。我爸媽從夏洛特鎮來這裡過週末。我們終於找出就寢時間的規律；雙胞胎睡在嬰兒床，到午夜才會醒來。爸媽似乎可以撐過晚上。

麥特說計畫好了，我很高興放手給他去安排，期待驚喜。我以為他會跟新開的義大利餐廳訂位，我一直想去吃那家，但那裡太安靜，不適合帶小孩去。

他一直不告訴我要去哪裡。我以為是個迷人好玩的地方，不想先讓我曉得。直到我們抵達現場，我才知道真相：他如果先跟我說了，我必定會拒絕。

「靶場？」我說，凝視前方的牌子，面前是一棟醜陋的大倉庫和充滿輕型卡車的泥土地停車場。他把卡羅拉開進去，顛簸地駛向空位，沒有回答我。「這就是你準備的驚喜？」

我討厭槍，他知道我討厭槍。那是我生活的一部分，我爸是警察，天天配戴槍械——我小時候每天擔心他會中彈。他退休後，依然帶著槍。那是我們之間的疙瘩，我永遠不希望家裡有槍，而他則有相反的想法。所以我們只好妥協，他來訪時可以帶槍，前提是，不能上膛，而且必須隨時鎖在攜帶式槍櫃裡。

「妳需要練習。」麥特說。

「不，我不用。」我早就訓練有素。在加入中情局的最早幾年，我想通過每項要求，那樣才能出外勤的任務。可是我放任檢定失效，心甘情願坐辦公桌，離家也近。我已經很多年沒碰槍。

他把車停定，轉頭對著我。「妳需要。」

怒火漸起，我一點也不想碰槍，不想浪費我晚上寶貴的自由時間，他應該知道。「不要，我不想練習。」

「這對我很重要。」他苦苦哀求。

槍聲在建築物內迴盪，那聲音使我毛骨悚然。「為什麼？」

「妳的工作。」

「我的工作？」我很困惑。「我是坐辦公桌的分析師耶。」

「妳需要做好準備。」

我被激怒。「準備什麼？」

「俄羅斯！」

他暴怒，我沉默，不知該說什麼好。

「聽著，妳在俄國組，對嗎？」他的語氣軟化下來。「如果他們哪天盯上妳怎麼辦？」

我看到他臉上顯現憂慮，從沒意識到他會擔心我工作上的安全。「不是那樣的，他們不會——」

「或是小孩。」他打斷我的話。「如果他們盯上孩子們怎麼辦？」

我想爭辯，告訴他，不是那樣，俄羅斯不會「盯上」分析師，不是他想的那樣，他們也肯定不會去威脅小孩。難道他真的認為我的工作會使小孩身陷危險？但看到他的表情，我閉上嘴，無法辯下去。

「拜託妳，小薇？」他再次央求。

這對他很重要，一直在想，他需要這樣做。「好吧。」我說。「好，我去練習。」

我確定一件事，麥特愛我們的小孩。

我打從心底相信他也愛我。愛不愛我可能還要存疑，我畢竟是他的目標。可是對孩子們？我毫不懷疑。他看著他們，跟他們互動，那些是真的。這就是為什麼我很難相信他會離開，放路克一個人從公車站走回家，把其他三個留在托兒所。

我因此現在也不可能相信這件事。如果聽說有人把路克拖下水，他不會離開，不可能拋下我們。

他會去找接近我們兒子的人算帳。

當天深夜，房內靜悄悄的，我走下樓，瞥一眼客廳角落，爸媽睡在沙發床上。爸爸輕聲打鼾，媽媽的胸部上下起伏。我無聲地走到爸爸那側，有串鑰匙放在桌子的一端。我伸手去拿。

鼾聲不斷，沒有減弱。我看一眼媽媽，胸部仍穩定地起伏。我走到他們靠牆的行李旁，打開最大的行李箱，拿開一些折好的衣服，四處翻找，最後看到埋在底部的攜帶式槍櫃。

我小心提起來，找出最小的鑰匙，放進去，轉動，喀噠一聲打開。我暫時不動，看我爸媽。他們仍在熟睡。我打開槍櫃，拿出槍，兩手輕重不一。我拿走彈匣和一盒子彈，把所有東西放在地毯上，關緊槍櫃，鎖起來，放回行李箱底層，上頭擺衣服。我們有講好，爸爸在這裡時不能碰，他永遠不會知道槍不見了。

鑰匙放回桌上，小心不發出碰撞聲，彈匣和子彈滑入浴袍口袋，我悄悄溜出客廳，手中緊抓著槍。

第十八章

我今晚躺著沒睡，槍擺在旁邊的床頭櫃上，我在黑暗中盯著它。好不真實，孩子們現在全被拖下水，這可能不是明確的威脅，但含義很清楚：他們會用小孩子做為籌碼。整個局面改變了。

我不停想到那天在靶場，麥特要我練習，他也特別提到俄羅斯，就像是他知道這一天會來，曉得我必須有所準備。

我改成側躺，不看那把槍，面朝麥特應該躺著的地方。今夜的床顯得特別空，感覺特別冷。

我終於下床，心事繁雜，睡不著覺。我走在安靜的屋內，瞥一眼小孩，今晚第三次檢查門窗是否有鎖好。我走去玄關，從包包裡拿出對折的紙，帶到起居室，那裡是小孩玩耍的房間，我們生活的好多點點滴滴也在那發生。我坐在沙發上，展開那張紙，目不轉睛地看地圖，盯著紅色框線的區塊。

尤里就在那裡的某處，接近我兒子又嚇到他的人。麥特也在那邊，他出事了，遇到麻煩。

我看著街道，研究街區的組成，找到了我以前公寓外的街道，是我們邂逅的地點，就在紅線內。今天怎麼會落到這個地步？十年前誰會想到我們有一天會遭到俄羅斯勒索，即將失去一切？

我走進廚房，把地圖放在流理臺上，打開咖啡機的電源，聽著水呼呼加熱，咖啡滋滋沖泡。我伸手到櫥櫃裡拿杯子，看見那個保溫杯，稍作猶豫，再把櫃子的門關上。

倒好咖啡，杯子在手，我回到流理臺前，又看一次地圖。我很久以前曾走過那些街道，我和麥特都走過。他在某個地方，我只是不清楚該如何找到他。

我不知道該怎麼辦。

我喝掉杯中的最後一滴咖啡，放杯子進水槽，從臺子上拿起嬰兒監視器上樓，放到浴室的檯面上。我進去淋浴，闔上雙眼，熱水打在我身上，蒸汽冉冉上升，熱空氣濃厚，我幾乎看不見，無法呼吸。

「只有緊急聯繫人可以接我的小孩。」隔天一早，我對托兒所所長說。我緊握艾菈的小手，我們從停車場匆匆進去學校時，她還抱怨過我握得太緊。我另一隻手牽著路克。**我可以在車上等**。他嘀咕，可是我今天早上不會去管。「我父母和我的鄰居珍。」

當著我的面，她向下看我左手拿的幾個袋子。「如果是監護權問題，我們需要法庭——」

「只有我、我先生、我們的緊急聯繫人可以接。」我說，把小孩的手抓得更緊。「有人來就檢查身分證，並立刻打電話給我。」我寫下拋棄式手機的號碼，冷冰冰地看著她。「別人都不行。」

我開車載路克到學校，他悶悶不樂，因為想坐公車去。我的視線沿著圍籬移到綠樹成蔭的街道，勾著他的肩，帶他趕緊進去。我們到教室門口，我彎腰，和他面對面。「你要是再看到他，馬上打電話給我。」我說，紙條塞進他手裡，是拋棄式手機的號碼。我看到他擔心的神色閃現，在那瞬間，他變小幾歲，又成為我的寶寶，而我保護不了他。看著他開門，我陷入絕望的深淵。

門關上，我走去校長辦公室，極度憤慨地告訴他有陌生人在校園內接近路克。我確定他習慣其他家長有這種態度。他睜大眼睛，臉色變得很糟，迅速加強學校周邊的戒備以及路克的人身安全。

我加入早晨的車流，開始平常的通勤，沒腦地向城市緩行。我很討厭這樣，我應該要在家陪小孩才對，但總不能把他們永遠和我關在家裡，我也不能同時出現在學校、托兒所、辦公室三個地點。

車子龜速前進，靠近一個出口標誌，我以前常走那條，能到我之前的公寓，通往城市的西北區。我盯著暢通的支道。接近時，我轉動方向盤並加速。尤里在那裡的某處，麥特也是。

出口通往熟悉的街道，開過大街小巷，紅色的邊框在腦中，我開進去裡面，掃視道路，尋找麥特或尤里的車，特別針對每輛黑色轎車，檢查車牌。目前沒有找到相符的。

我最後在一條安靜的道路上靠邊停，下來走路，包包掛肩膀，槍藏在底部的拉鍊化妝包裡。今天的早晨很溫暖，舒服的天氣。以前住在這區時，這種早上都會出來走走，到我們喜歡的那家轉角小餐館去喝杯咖啡或吃早餐。

回憶又湧現，我和麥特的時光，那些幸福快樂又簡單的日子。我經過以前的公寓大廈，停在多年前我遇見他的那條街。我曾搬著箱子撞到他。水泥地上的咖啡漬好像隱約還在，心中仍看得見他對我笑。若能改變過去，我會去改變嗎？使我從來沒見到他？胸口很緊，頭搖一搖，繼續前行。

我走到接下來看到他的街角，書店以前就關了，現在是服飾店。我呆望著那裡，想像是書店，他在前面，手裡拿著書。我當時的激動和寬慰現在已化為悲傷，徒留傷痛。

咖啡廳，我們曾坐在後面的桌子，一直聊到咖啡冷掉；義式餐館，我們曾在那共度第一餐，現在是中東烤肉店。這就像回顧人生，有種奇怪的感覺，因為那些時刻塑造了我這個人，帶我到今天這般處境，卻全是假的。

我看著街角的銀行，圓頂在陽光下閃閃發亮，我胸口沉重。我從沒看這個地方第二眼，沒想到麥特經常來這，與那個我日復一日在追查的人見面，而小孩在托兒所。

我走過去，發現側邊的小庭園，有草地、樹木、修剪過的花壇、兩張由深色木材和熟鐵組成的長凳。我看向右邊面對門口的那張，試著想像麥特和尤里坐在椅子上。

我坐下來，環顧四周，看他們眼中見到什麼。空蕩蕩的庭園，悄然無聲。我突然想到尤里留隨身碟給麥特的地方，就在長凳底下。我伸手下去摸索，卻什麼也沒有。

我挪到椅子的另一端，在下方尋找，依然沒有。我慢慢把手收回，放在腿上，雙手互握。我眨眼，毫無斬獲，愣在當下。我以為會發現什麼嗎？麥特和尤里現在待在一起，不用這樣投置訊息。

我不知道自己還能做些什麼，完全不清楚要如何找到尤里或麥特，也不知該怎樣化險為夷。

五點，家長接送的尖峰時間，我開進托兒所的停車場，位置擁擠，汽車一路排到通常沒人停的第三排。一輛小貨車正從中間那排離開，小心地緩慢倒車出去，而我在旁邊等。那輛車開走後，我停進空位。

我剛下車就看到他在停車場遠端，最遠的那排。車停定，他倚靠引擎蓋，雙手交叉胸前，直直看著我。尤里。

我站在原地，恐懼侵入內心。他在這裡。我該做什麼？不理他？帶艾菈出來再和他對峙？

我強迫自己動作，走向他。我們瞪著對方。他穿著牛仔褲和另一件襯衫，領口最上面兩個鈕釦沒扣，底下沒別的衣服，項鍊反光，閃亮的金色。他的表情刻薄，不再假裝友善。

「別牽連我的小孩。」我自信地說，比實際上還要有信心。

「如果妳執行了我的要求，我也不會出現在這裡，一切早就結束。」

我氣沖沖地瞪他。「別牽連他們。」

「這是我最後一次來找妳，薇薇安，最後的警告。」我們四目相對，他的目光穿透我。

腳步聲接近，我轉身。不認識的媽媽一手抱著小孩，身旁牽著另一個。她在和較大的小孩說話，沒注意我們，走到在尤里車子附近的休旅車，安置小孩上去，繫安全帶，再自己進去，而我們沉默以對。

她關上車門，尤里又開口：「很顯然，威脅要送妳去坐牢還不夠。」他稍微得意地笑，隔著衣服摸過髖關節處的槍套。「但幸運的是，我還有四個談判的籌碼。」

我的身體發冷。**四個**。我的小孩，他在威脅我的小孩。

休旅車的引擎發動，嚇了我一跳。我靠近他一步。「你最好別傷害他們。」笑容更大。「不然呢？我才是做主的人。」他用拇指戳著胸口，大力到金色的墜飾彈起。「我。」

警察，我必須去報案，跟歐馬爾講。別管勒索和監獄了，我不在乎自己會怎麼樣。如果我的小孩能平安無事，我很樂意在鐵窗內度過餘生。

「我知道妳在想什麼。」他說。我對他眨眼，注意力又回來當下，不去想該做的事。「答案是，不行。」

我看著他整個人、眼睛、表情。難道他知道？他真的知道我在想什麼？

「妳去報案的話，」他說。他的確知道，沒錯，他知道我的想法。「就休想再見到路克。」

我動彈不得，就地愣住。他轉身上車。我才剛剛開車跑遍華盛頓特區要找那輛車。我看著他發動引擎離開。周圍有人在走動，家長在停車場內獨自行走，回來時背著最小的孩子，大一點的就牽著他們的手沿路跳，小背包在身後。我站在那裡盯著車子離開車位，駛出停車場，消失在視線中。
我嗆出一大口氣，雙腿鬆軟，突然間我虛弱得站不住，伸手扶住最靠近的車子。路克，我的路克。這怎麼可能發生？天哪。
我會去做，照他說的做，插入隨身碟到主電腦，放俄方進入系統，背負害死人的罪孽，那些無名人士的資料就會收錄到我讀的報告書中，至少不是路克。我想到他的笑容和笑聲，他是無辜的。至少不是我的寶貝小孩會遭殃。
至少不是現在。
我再次感到快要窒息。
因為我的小孩最終還是可能成為受害者，他們其中一人。這不會結束，他知道只要威脅小孩，我會做任何事。
他遲早會再威脅他們。
我移動雙腳，不知道我怎麼辦到的，因為腳恰如鉛塊重。我心亂如麻，一切似真似假。我看到學校的大門，雙腳卻不走去那，反而帶我回到車前。
我上車，繫好安全帶，手在顫抖，把車開出去，離開停車場，我不該開這麼快。他轉彎，我跟著轉，一隻手在方向盤上，另一隻伸進包包，掏出拋棄式手機，手指慌亂，按下記憶中的數字，放在耳邊。
「媽？」她接起來，我立刻問。聽到路克跟爸爸在後面說話的聲音也從電話那頭傳來，知道他安全在家，我安心不少。「妳能去學校接艾菈嗎？」

我們站在靶場距離入口最遠的那一道。麥特在幫租來的手槍上膛，動作流暢。槍響迴盪在耳邊，即使有耳罩保護，仍然很大聲。

「你上次什麼時候練過打靶？」我問，幾乎用喊的，所有聲音聽起來都很模糊。他有在練射擊，我知道這件事，雖然不記得什麼時候得知，也不記得細節。像是我也知道他有在釣魚和打高爾夫球。

「非常久以前。」他回答，拋給我一個微笑。「這跟騎腳踏車一樣。」

我裝填其他手槍，他把紙做的人型標靶準備好，我們應該要瞄準上面的小區塊，胸部或頭部。他把紙固定到滑輪靶架上，送回到靶道後面。「好了嗎？」他問。

我點頭，擺好姿勢，像以前學的那樣，我閉單眼瞄準，使目標與對正的準心連成一線，拉滑套，移動手指到扳機，慢慢扣下，以前教練的聲音在耳邊響起：**瞧瞧子彈的本事吧**。

砰。槍用力反彈，我的手，連同整隻手臂跟著移動。真的跟騎腳踏車一樣，以前學過馬上就駕輕就熟，記憶很清晰。

麥特笑起來。

「有什麼好笑的？」我問，防禦心變重，我很多年沒開槍了，他至少可以給我熱身的機會。

他指著標靶。「看。」

我順著他的視線望過去，標靶胸口的正中央有個小圓孔。「那是我做的嗎？」

他臉上堆滿笑容。「再做一次吧，讓子彈穿過彈孔。」

我深吸口氣，舉起槍，瞄準，手指放在扳機，緩慢扣下。**砰**。我看過去，另一個洞，很靠近上個彈孔。麥特又笑。

「妳沒偷練嗎？」他笑著說。

這次輪到我笑。「這是要給你一個教訓，不要惹我。」

笑容從他臉上消失，盯著我許久。「如果受到威脅，妳能像那樣神準嗎？」

我看著標靶，試著想像對真人開槍。「不能。」我老實回答。「可能辦不到。」

「如果有人威脅妳，妳開不了槍？」

我搖搖頭，無法想像自己在有槍的情況。如果遭到威脅，我也不希望附近有槍。我有可能最後會中彈。

他兩眼直視我，搜尋，穿透，要使我不舒服。我撇開頭，看回標靶，準心瞄準目標，手指在扳機上，正要扣下，就聽到他的聲音。「如果有人威脅小孩呢？」

標靶在眼前變形，成為一個真人，一個想傷害孩子們的危險人物。我扣下扳機，聽到槍響，胸口中央的第一個彈孔略微擴大，準確打中了。我面向麥特，表情和他一樣嚴肅。「我會殺了他。」

經過幾條街，我追上他，在前方不遠處看到黑色轎車的車尾。他的煞車燈亮起紅光，停在紅綠燈前。我的反射動作是稍微低下身體，觀看車尾燈。

幸好我的車是卡羅拉，難以分辨，他的車也沒什麼特徵。不過，他也許正看著我，從後照鏡檢查有沒有尾隨的人，他可能有這種習慣。

很久以前局裡的培訓課曾教過我如何跟蹤，沒想到有天會用上，又一項技能派上用場。我不往前開，讓一些車在我前方，擋住他的視線。我看著兩邊車道，因為他可能會換道或轉彎。

轎車切入右車道，我沒跟，繼續觀看。這是場考驗。他有沒有在注意被跟蹤？還是很肯定我沒去報案，跌坐在停車場，驚恐無助地回家？

不久之後，他右轉，我現在才發現自己從剛剛就一直屏住呼吸。他身後的一輛車也轉彎，另一輛也是。我也可以，因為有那麼多車開一樣路，不會可疑。我接近岔路口，看到顯眼的藍色M字母標誌，向右的箭頭，指著地鐵的方向。

我靠近時向右看，岔路直接通往停車場，轎車停在閘門口驗票。我必須馬上做決定。不能跟著進去，裡頭太狹隘，而且也很難一個人徒步跟蹤他。他一定會發現我。

我踩下油門，加速路過岔道，經過時，看到柵欄打開，他的車開進去。我呼吸急促，煞車，放慢步調。我感到失落，他已不在前方。

但我不能失敗，不能束手無策，必須奮戰下去。

我在包包裡搜索歐馬爾給的紙，拿出來攤開，眼睛在路上和紙張間飛快游移。我仔細看小地圖，在框線範圍的中心找到一個藍色的M，地鐵站。

我腳踩油門。

我知道這機會不大，那也許是防跟監的路線——先進去停車場繞，再出來繼續前往目的地。假如他真的去搭地鐵，也可能到城市裡的任一站，**任何地方**。

儘管如此，我還是停在街上一個能直視地鐵出口的定點，我坐著等待並觀看。車中的沉默使我想起小孩。我只想當他們的好媽媽，而現在的一切皆危如累卵。

「上帝，拜託，」我低語。「請保護他們。」我很多年沒祈禱了，這時候才乞求上天好像不太對。但如果有一絲機會能幫助他們，還是值得一試。因為每秒鐘過去，沒看到尤里從地鐵站出來，這方法就越行不通。如果這也不行，我不知道下一步該怎麼做。

我仰望汽車車頂，好像那會使上帝更容易聽到。「我不在乎自己會發生什麼事。」我說。「請保佑他們平安。」

我赫然意識到爸爸的槍就在旁邊的包包深處。

他從地下走出來，我差點沒看到。他現在戴著褪色的紅棒球帽，隊伍是華盛頓國民，還身穿黑色風衣。他走在和我同邊的街道，我輕輕呼吸，全身僵直，不過他低著頭，我只看得到帽子。我靜止不動地透過墨鏡看著他背後，默默祈求他不要抬頭。他走過時，我不呼吸，之後才大聲吐氣，從後照鏡觀察，他仍低頭，駝著背。

我盯著，他的身影越來越小，我慌張起來，必須跟著他，看他去哪。可是，我現在開出去的話，就看不見他，會不得不迴轉，在街上跟監，到時候可能已經找不到人，他也可能會瞥見我，那一切就白費了。

我用顫抖的手指轉動車鑰匙，眼睛不離後照鏡，盯著他漸行漸遠的背影。我查看交通狀況，不看他一秒鐘，準備往路上開，再看回他身上，正要駛離路邊，我停下來。他轉身，走上臺階，停在一棟屋子門口，逕自入內。

體內分泌出腎上腺素，鬆了一口氣。我看著他離開視線範圍，記下那扇藍色的門、門上方的圓弧曲線、白色信箱。那是消防栓數過來第三道門。

我從包包裡拿出拋棄式手機，點擊上一通我打的電話，放在耳邊，看回藍色的門。

「喂？」媽媽說。

「嗨，是我，孩子們怎麼樣？」

「喔，他們很好，親愛的，都到家了，平安無事，開心得不得了。」

「謝謝妳去接艾菈。」

「當然。」一陣尷尬的沉默。我聽到電話裡傳出別的聲音，碗盤哐噹，艾菈用高音絮絮不休。

「我今天會晚回去。」我說。

「沒關係。」她說。「慢慢來，我和妳爸可以哄他們上床睡覺。」

我點頭，很快眨一下眼，希望情緒的高牆不要垮下，再多撐一小段時間就好。

我瞥向旁邊座位上的包包，槍在裡頭。「跟他們說，我愛他們，好嗎？」

我調整後照鏡的角度，靠在椅子上，看回藍色的門，繼續等待。

第十九章

再幾分鐘就早上十點，藍色的門終於打開。我已經跟爸媽講過電話，為整晚沒回家道歉，確定小孩沒事。我在座位上坐直，看著尤里走出門。他戴了另一頂帽子——這次是黑帽——身穿運動褲和黑色T恤。他轉身鎖門，低著頭走下臺階，按下手中一把鑰匙的按鈕，對街的車閃一下燈，發出嗶聲。另一輛轎車，是白色的。他進入駕駛座，開到路上。

我立刻想到孩子們。但我們談過後，他有給我時間去執行指令。他們至少目前很安全。

我把槍從包包取出，塞進褲腰帶，感覺又涼又硬。我伸手拿昨晚放在控制面板上方的信用卡，髮夾也在一旁——我從包包中挖到，艾菈跳芭蕾舞的髮夾又掉一個在裡頭。它已經彎過，用瑪塔教我的方式。我緊抓這些物品下車，迅速朝房子走，像尤里一樣低著頭。

我在藍色的門前停下，聆聽著，沒聽到裡面有任何聲音。我輕敲門板，一次，兩次，屏住呼吸並傾聽。沒有聲音。影像又在腦中顯現：麥特被綁在椅子上，膠帶封住嘴巴。

我把髮夾放入鎖裡，不斷挪動，直到碰觸到東西。另一隻手把信用卡插到門與框架之間的縫隙，施加壓力。手在顫抖，卡片差點掉下去。我不敢四處張望，只能祈禱沒有人發現，身體能擋住，路人就看不到我在做什麼。

鎖開了。我很慶幸，還有點茫然，我轉動門把，稍微打開一道縫，期待又害怕警報聲響起，或其他事發生，但什麼都沒有。我把門開得更大，往裡面瞧：客廳，簡單的家具，一張沙發和大電視，再過去是廚房，鋪地毯的樓梯通往上層，另外一段則往下。

我踏進去，關上身後的門。沒有麥特的蹤影，也許在房子某處？如果沒有，我能至少找到證據嗎？能不能找到那些尤里用來勒索我的資料？

我瞬間沒有把握。如果麥特不在這，而且我找不到證據呢？更糟的是，如果尤里回來怎麼辦？他發現我在這，會對我做出什麼？

但總得試試看。我強迫自己向前走一步，再另一步。

我聽到聲音。

在樓上。腳步聲。

喔，天啊。

我僵住，把槍從腰間掏出，拿在面前，瞄準樓梯。不可能吧？

不過這是真的。腳步聲，正在下樓。我在恐懼中動彈不得，雙腳映入眼簾——赤腳，男人的腳。我從準心中看，腿部入目，肌肉發達的雙腿。太大的運動短褲，太寬鬆，上身是白內衣。我持槍瞄準他，等待胸口出現，要命中紅心。

他講出「回來得還真快」一句。

是麥特的聲音。

他整個人現身眼前，事實也同時浮上檯面，是麥特。我把視線從瞄具中移開，看到槍支本身，再到他的臉。不可能啊。但這是真的，是麥特本人。

他看到我就愣住，彷彿見到鬼，他的頭髮很溼，大概剛洗完澡。他看上去像是……屬於這裡。我把槍對準他，疑惑在心中如雲般重重疊起。

「喔，天啊，小薇，妳在這做什麼？」他說，衝下最後幾階，朝我過來，表情坦然，放鬆下來。我希望他停住，慢下來，給我時間思考，因為這不對勁，很不合理。我以為他遭到綑綁，被俘虜，他卻一個人無拘無束地在尤里家洗澡。

他快走到我面前，完全無視指著他的槍，衝著我笑，看到我就好高興。我降下槍口，因為我正看著老公，還拿武器指著他，但這很難做到，我的手臂和大腦似乎在抗議，或有別的因素在阻止我。他摟住我，我的身體卻仍然僵硬。

「妳怎麼找到我的？」他難以置信地問。

我的手臂依舊沒有挪動，沒有回抱他。我不明白，完全搞不懂是怎麼回事。他退開，距離大約一隻手臂，熱切地盯著我，想對上我的眼神。「小薇，我很抱歉。他跑去學校和路克說話。我等不下去，不得不走……」

我盯著他，他的表情這麼直率老實。表層的疑惑漸漸消失。那不就是我想的嗎？他離開我們是為了保護路克，要尤里別碰小孩。那我為什麼仍在心中大喊有蹊蹺？

因為他獨自一人在這裡，不是受害人，沒被綁在屋中某處的椅子上，那徘徊腦中的畫面不是現實。我上下打量他，溼答答的頭髮，衣著。我的胃不太舒服。**你為什麼還在這？為什麼沒離開？**

「他說，如果我離開，他會殺了路克。」

那些話使我發寒。

「也許我早該試試看……我不知道能不能打倒他……」他看起來很慚愧，我的胸口一陣痛楚。「我沒有離開妳，小薇，我發誓。」他好像快哭了。

「我知道。」我那樣說只是為了說服自己。

「我不會那麼做。」

「知道，我知道了。」我真的知道嗎？

他想對到我的眼睛，臉色卻驟變，掠過驚恐的神情。「尤里很快就會回來，他只是去買咖啡，妳得離開了，小薇。」

「什麼？」

他的聲音急迫。「妳該走了，離開這裡。」

不同情緒混雜，恐慌、迷茫、絕望。「我需要資料，他們用來勒索我的那份。」

他持續看著我，我讀不懂他的表情。「這很危險，孩子們——」

「在哪裡？」我不眨眼地盯著他。**我相信你有很多時間去找**。

他的眼神貫穿我，而後退讓。「樓上。」

他的確有找，也找到了。我如釋重負。「你可——」

我講到一半就停下，看向門口。鑰匙在門鎖裡轉動，我舉起槍，瞄準緊閉的門，隨時即將開啟。他回來了，尤里回來了。

我從準心看著門緣，門打開，他低著頭，手裡的杯座有兩杯咖啡。他還沒看到我，我則直盯著他。他走一步進來，正要關門。

看到我了。

「不許動。」我說。

他靜止不動。

「把門關上。」確定準心對準他的胸口要害。他一有動作要離開，我就會開槍。我絕對會扣下扳機。他威嚇過我兒子。

他小心地慢慢關上門。

「手舉高。」我以出奇冷靜的聲音說。如此威迫和自信，我實際上卻不這麼覺得。我只感到恐懼。

他大致上服從，舉起雙手到胸前，一手拿著杯座朝向我，另一隻手展示掌心給我看。

「敢輕舉妄動，我就開槍。」嗓音嚴肅，我感到昏亂，就像在看自己演電影。

他面無表情地看著我，看向麥特，沒有特別的眼神。

我表面上必須看起來知道該怎麼做，要掌控全局。我勉強腦袋運作，拿出解決方法。

「把他綁起來。」我對麥特說。尤里轉移目光到我身上，眼睛稍微縮小，沒做出任何舉動。

我沒看麥特，但聽到他離開。我和尤里對視，他臉上有抹笑容，我因而感到芒刺在背。那大概就是他的目的吧。

麥特回來，我瞥一眼，他拿著木椅和膠帶。尤里用我無法理解的方式看向麥特。我希望他開口說些什麼，總比保持沉默好。我的雙手把槍握得更緊。

麥特放好椅子，我不用講，尤里就戰戰兢兢地緩慢坐下，看著我，雙臂伸到椅背後面，沒有抵抗，沒有反擊。麥特用膠帶綑綁他的手腕、腳踝、身體——首先纏繞胸部和椅子，再來換成腿和椅子。尤里自信地盯著我，他這樣無能為力，被我用槍瞄準心臟，不該如此胸有成竹。

麥特綁完，放下膠帶，轉身面對我，沒有表情，沒有恐懼或憤怒，什麼也沒有。我降下槍口，但仍拿在身體側邊。「你能去拿資料嗎？」我對他說，他點頭，上樓。我看著他走開，有種奇異的感覺，不該讓他離開我的視線才對。

尤里也看著他離開，再把頭轉回來對著我，嘴角又閃現笑意。「妳認為那樣做就能解決所有問題？」

我的胸部更有壓迫感。「對，是啊。」

他搖頭。我心生懷疑，如果證據沒了，我至少不會入獄，他無法敲詐我。其餘的之後再想辦法處裡。

聽到麥特在樓梯上的腳步聲，我握好靠近自己身體的槍，肌肉緊繃，準備行動。我想到他之前下樓梯時的畫面，他顯然很放鬆。我現在看到他了，已經穿戴整齊，我直接望到他的雙手，只有薄薄一疊紙，腿突然感到無力。

我在想什麼？他是麥特耶。握槍的手放鬆一些，我看著他接近，沉默地把紙遞過來。我用空出的手接下，低頭看第一頁，上頭是我認得的螢幕截圖。這跟尤里留在我們信箱的紙本資料完全相同。但不對啊，這不是全部，他們不只有這些。

「其他的在哪？」我抬起頭問。

「其他的？」

「電子檔。」

麥特茫然地看我。「我只找到這些。」

我心中一沉，對折紙張，塞入腰間，紙貼著背部。我面向尤里。「我知道你有檔案，在哪？」我盡量說得凶悍，卻仍能聽到聲音裡的慌張。

他還是笑嘻嘻地盯著我。「我當然有多留一份。」

我會找到的，我不在乎要怎麼威脅他，或對他做出什麼事。我靠近一步，他歪著頭看我。「但不在這裡，我沒有。」

我在發冷。

「喔，薇薇安，妳自以為贏過我了。」他的笑容變得好大，傲慢至極。「有人給我們這些搜尋紀錄，記得嗎？有人能登入雅典娜，取得所有機密資訊。你們內部的人。」

我感到陣陣噁心。

「我朋友也有一份，如果我出事了，那些資料會直接送到聯邦調查局。」

屋內似乎天旋地轉。「誰？」我問，聽起來像是陌生人的聲音。「資料在誰那？」

尤里笑起來，滿意地笑，激起我內心的憤怒。銷毀證據是最後的希望，我實際上已經相信那樣可能行得通。

「他可能在虛張聲勢。」麥特說，我不轉頭。透過尤里臉上的表情，我看得出他不是在吹牛。

「誰？」我再說一遍，再走近一步，舉起槍。尤里的臉上絲毫沒有恐懼。有人碰我，我立刻有猛烈的反應，揮動手槍，原來是麥特在身後。他摸我的前臂，馬上放開，舉起雙手，張開手掌。「是我而已，小薇。」他低聲說。

我用槍瞄準他，他低頭看槍，再看回我的臉。「沒事，小薇，我只是要妳去思考，不要衝動。」

我的大腦好像故障了，無法理解狀況。**不要衝動**。「他威脅路克。」我說，轉向尤里，拿槍往他的方向瞄準。「我會殺了他。」

尤里的表情沒有改變。

「有什麼好處呢？」麥特問。我瞪他一眼。他不希望我對尤里開槍，因為他站在尤里那邊嗎？「妳那樣做，不會得到任何訊息。」

他為什麼如此冷靜？我嘗試思考。他說得沒錯。殺死尤里，我永遠也不會知道誰手上有資料。我現在也許還有一絲希望能找到證據。

麥特同情地看我，一隻手放在我手臂，把槍輕輕壓下去。「小薇，我們抓到他。」他小聲說。「他不能傷害孩子們。」

我觀察麥特的臉，知道他是對的。尤里被綁在這裡，終於消除了對孩子們的威脅。如果我現在去通知美國當局，他會終生吃牢飯。他是俄方的間諜，指揮一整組深入敵營臥底的探員。他不會有機會接近我的小孩。

手中的槍頓時變得沉重。「那我們現在要怎麼辦？」縱使要在鐵窗裡度過餘生，我們還是要報警嗎？

他的表情顯得不太有把握。「也許妳照他們的要求去做，插入隨身碟……」他建議，臉上有一絲希望。我腳下的地板好像塌陷一般。又來了？他還是沒想通？那為何對他很重要？

「那樣保護不了他們。」

「尤里說——」

「他們會提出更多要求，再次威脅小孩。」

「妳不知道，而且不管怎樣，那會幫我們爭取時間……」

我的喉嚨好緊。他一直說到要插入隨身碟。他簡直是在鋌而走險。他為什麼那麼在乎？為什麼如此渴望想看到事情完成？莫非他其實是跟他們一夥的？

「然後呢？」我說。「麥特，這個人鎖定我們的小孩，他告訴你，他會殺了路克。你真的想放這種人走？」

他把身體重心轉移到另一隻腳，心裡似乎不舒服。我一直盯著他，腦海中浮現之前的景象，他從樓梯下來，一派輕鬆，要跟尤里聊天。

他曾向我保證，沒有告訴俄方瑪塔和崔伊任何事，他騙我，而我相信了他的說詞，我相信那是事實。

這好像是我第一次看清他是誰。

他的表情有點變化，我又一陣心驚肉跳，他好像完全知道我在想什麼。「妳真的不相信我。」他說。

我在心裡說：「好吧，也許你走不開，但你是不是該做些什麼？」

他轉動結婚戒指。「我有打一次電話給妳……妳的手機沒開……」他吞吞吐吐地說。「尤里發現了，帶回路克的背包，他說，我再不安分點，下次……」

那就是路克的背包為什麼會不見的原因，他們非常接近我的兒子，到他的學校，在教室裡，伸手進他擺放午餐的小置物櫃。他們的信息很清楚：他們逮得到他，無論何時何地都行。我看向尤里，他微笑著看我們。

我好像快吐了。麥特之後當然沒其他動作，他怎麼能？路克有生命危險。

我迫使自己集中精神。他不僅僅出現在這裡，而是整件事很可疑，他騙我關於瑪塔和崔伊的事，「又一次」要我去插入隨身碟。

「不管我說什麼都沒用吧？」他問。

「不知道。」我和他對視，堅持自己的立場。「你應該非常想要我照他說的做。我正試著理解原因。」

「為什麼？」他不敢相信地看著我。「因為我知道這些人，我們沒有別條路可走。」他向我伸出手，又放下。「因為我不希望小孩出事。」

我們站著瞪對方，他先打破沉默。「小薇，假如我站在他們那邊，這麼死心塌地想執行任務，我為什麼不一開始就那樣做？」

「什麼？」我說，不過那只是搪塞的話，因為他問題的答案已經很清楚。

「我拿隨身碟給妳，妳插入電腦。如果那是我想要的，我們為什麼要經歷這一連串的煎熬？一開始把隨身碟給妳不就好了？」

我答不出話。他說得對，那樣不合理。

「我為什麼不乾脆騙妳？告訴妳第二個隨身碟也只會還原伺服器？」

如果他那樣說，我真的會去插入隨身碟。

「我是妳這邊的，小薇。」他輕聲說。「但我不知道妳是不是在我這邊。」

我的腦袋混亂，現在不知道該怎麼思考和行動。

我的手機震動起來，我在口袋裡摸索一下，看看號碼，路克的學校打來。

他應該到學校了吧？他一定是還沒到。喔，天啊，發生什麼事了？我之前應該打電話跟爸媽確定有送他上公車，或要他們載他去，確保他人身安全。我按下綠色通話鈕。

「喂？」我說。

「嗨，媽。」

是路克。我呼出一口氣，之前竟然有屏住呼吸，世界彷彿在旋轉，另一種恐懼的洪流沖刷下來。他為什麼從學校打過來？「路克，甜心，怎麼了？」

「妳說要是再看到他就打電話。」

「看到誰？」即使說出口，我自己也知道那是不經大腦的反射性回答。

「那個人，在學校找我說話的那個人。」

不對啊，這不可能。「路克，你什麼時候看到他？」

「現在，他在圍籬外面。」

這不可能。我看尤里一眼，他正在聆聽，笑容仍掛在臉上。「路克——你確定是他嗎？」

「是啊，他又來找我說話。」

我幾乎講不出接下來的話。「他說什麼？」

他降低音量，聲音有些顫抖。「他要我告訴妳，時間不多了。那是什麼意思？媽？」

恐慌全面入侵。我看著麥特，他也聽到了，臉上閃過野獸般的憤怒，在那瞬間，他又成為我的先生，願意做任何事情來保護我們，維護我們的安全。

「你去吧。」我對他說，用手遮住手機的收音處。他瞥一眼尤里，再看著我，不太肯定。「我會沒事，你先去照顧路克。」我確定他不會讓任何人傷害小孩。我們交換眼神，他從我手上接過電話。

「路克，待在那裡。」他說。「不要亂跑，小子。我馬上到，爸爸去接你。」

第二十章

門在麥特身後關上，屋內剩下寂靜。我顫抖著，恐懼、憤怒、絕望在心中翻騰。就算把尤里送進監獄，這也不會結束。在路克學校的那個人說得很清楚。有另外一個人已經知道，且對我們構成威脅。

向政府機關報案保護不了我的小孩。

有任何事能保護他們嗎？

尤里覺得有趣地看著我。我彎下腰，和他平視。「誰在威脅我的兒子？」我以連自己都會怕的聲音說。我為什麼錯得這麼離譜？我的工作就是不能有先入為主的假設。而我不就有所設想？聽說有個男的，說話有口音，就假設他是尤里。

口音。是路克說的？那就是為什麼我以為他是尤里嗎？

我努力回想對話，記起路克的原來的句子。

他說話的聲音很怪。

天啊，我甚至不確定那是不是俄羅斯口音。

他是尤里所說的內應嗎？我認識有權限使用雅典娜的人都沒有口音。難道是管理階層更高的人嗎？某個資訊部門的人？

可能是另一位名俄國特務嗎？

「誰在威脅我的兒子？」我又說一遍。他沒答腔，只用眼神嘲笑我。我的本能占了上風，用手槍握把使勁往他額頭敲下。我和他一樣震驚，我有生以來沒打過人。「我會殺了你。」我認真地說。如果能保護我的孩子，我會立刻殺了他。

他對我冷笑，斜眼看著，痕跡已經形成在他額頭上。握把瞬間衝擊到脖子，襯衫的領口歪斜，金墜飾露了出來，閃著光芒，是某種俗氣的十字架。「為什麼不動手呢？」他說。「妳沒什麼好損失的。」

我滿腔怒火。「是誰？」我拿槍抵住他的太陽穴。不論是誰，他可能在麥特趕到前就離開了。到底要怎麼找到他？

「人數還不一定，我可以叫很多朋友過來。」尤里得意地笑，在戲弄我。我轉身，不讓他看見我臉上的迫切和恐懼。

很多朋友。有個念頭在我腦中盤旋，慢慢凝聚成形。不管尤里的內應是誰，他一定知道麥特的身分。如果小組成員為了防止內賊危害整體行動而真的彼此隔離，應該不是所有人都知道他的身分吧？

那在我婚禮上的俄國特務呢？全部一起聚集在同個地方。小組也許並沒有我們認為的那麼互不相識，我們對行動的理解也許是錯的。也許……**迪誘餌**。我突然想到他的名字，其他想法被壓了下去。「迪誘餌」，走進來投案的那個人，聲稱美國境內有二十幾組蟄伏間諜團，我們認為他是雙面間諜，俄羅斯派他來傳遞假訊息。但他說的是真話吧？如果有那麼多特務在我的婚禮上，他就是對的。

他在說實話。

我絞盡腦汁，試著回想起他說過什麼。有什麼是和我們已知的資訊不相符，我們因此忽略，列為假線索？

他說聯絡員時時刻刻隨身攜帶蟄伏間諜的名字。

我看著尤里，邊動腦筋，把我之前不知道的線索拼在一起。時時刻刻隨身攜帶名單。而根據其他情報來源，我們一直相信的事實：名字以電子檔存儲。我靈光乍現。

可能嗎？我往他臉上看，暫時停止呼吸。沒錯，從他臉上看到了，我豁然領悟。他臉上有種無奈，和我幾個星期以來的感覺一樣。他被綁在椅子上，藏不了，也無法保護它。他的笑容不見了。

我靠近一步，又一步，站在他面前，他只得往上盯著我，毫無遮蔽且脆弱，眼中的恐懼滋長。我拿起墜飾觀察，金色的十字架，這般大小。翻過來，看到四個小螺絲。

我整手握住墜飾，直視尤里，往下猛扯，他的脖子先是猝然向前，又往後回到原位，鍊子已斷，垂在我手上。

「這就是了吧？」還沒講出下個字，身後喀噠一聲，有人扣著扳機。

第二十一章

我靜止不動。有人進到屋裡，我卻沒有聽到。麥特出去，門是不是沒鎖？

尤里在我旁邊伸長脖子，面對門口，注視著剛剛進來的人，認出是誰，嘴角徐緩上揚，恐懼貫穿我的身體。我的死期到了，我會死在這裡，此地，此時。

我原地僵住，等待對方開槍。我轉不了身，無法看到要殺我的人是誰。

尤里露齒而笑，笑容變得更燦爛，歪一邊的牙齒泛黃。他開口說：「你好，彼得，很高興見到你。」

彼得。

我聽到這個名字，好不真實。有可能嗎？我慢慢轉身。打褶西裝褲，懶人皮鞋，眼鏡，還有一把左輪手槍對著我。彼得。我本能地把槍扔下，舉起雙手，背對他。

歐馬爾說，防諜中心有內鬼，是我的同事。尤里說，他們有人能登入雅典娜。

我應該要把這兩件事連起來呀。

但彼得？竟然是彼得？

「薇薇安，妳應該認識彼得吧？」尤里說，狂妄地笑起來，很享受這一幕。我的視線沒離開彼得，他把槍降至身體側邊，手臂的角度不太自然，像是不全然知道該怎麼做。

「薇薇安，妳拿走那些搜尋紀錄。」尤里說。「我說過那不重要，因為我們的朋友彼得也有檔案。對吧？彼得？」

「你怎麼做得出這種事？」我低聲說，忽略尤里，注意力完全在彼得身上。

他眨一下眼，沒說話。

「我不得不說，你時機抓得真好。」尤里繼續講。「我才剛剛談到你。」彼得的眼睛也直盯著我。不清楚他有沒有聽到尤里說的話。「妳今天沒來上班，薇薇安，我就覺得妳可能會在這。」彼得說。

彼得是內鬼，替俄國賣命，幫他們勒索我。「你怎麼做得出這種事？」我又說一遍。

他舉起沒拿槍的那隻手，用食指往上推眼鏡，張嘴說話，再次闔上，清了清喉嚨。「凱瑟琳。」

凱瑟琳。當然是凱瑟琳。對彼得來說，唯一比他的工作和國家重要的就是凱瑟琳。他摘下眼鏡，抬起持槍的手，用手背抹過眼睛。槍胡亂擺動，槍管指向各處。他可能不記得手裡拿著槍，手指仍然在扳機上。

「那個臨床試驗……」他說，戴回眼鏡，在鼻梁上做調整。「她沒成功加入。」

沒成功加入？我盯著他，希望他繼續講。尤里在我身後的椅子上沒有出聲。

「她最多能活兩個月，我沒辦法形容聽到消息是什麼樣子……」聲音搖晃不定，他搖搖頭，清一下嗓子。「她本來沒事，我們期待能一起走完後半輩子。而隔天，消息出來，只剩兩個月。」

我很憐憫他，但同情心很快就消散。這不是彼得，他是我的導師兼朋友，站在面前準備對我開槍的人不是他。

他眨眼，重新聚焦看著我。「那時，有人出現在我家門口，他們的其中一員。」他朝尤里的方向點頭，聲音沒有起伏。「答應說如果我為他們工作，就拿試驗的藥給我們。」

「所以，你就為他們效力。」我說。

他絕望地聳聳肩，恥辱表現在動作中，至少還有羞恥心。「我知道這是錯的，我當然知道，可是他要給我世界上最寶貴的東西：時間。與一生的摯愛有更多時間相處，那根本是無價之寶。我怎能拒絕？」

他在懇求，像是要我去理解，去原諒他。我在某種程度上很清楚。雖然我不願意承認，我的確理解，他們攻擊他的弱點。他們不也那樣對我？

「我不曾告訴凱瑟琳，她不會同意。我告訴她，他們最後還是讓她加入臨床試驗。我發誓過，一切結束後，我會全盤托出，向安全部門報告我洩漏給俄方的所有資訊，我會糾正自己犯下的全部錯誤。」

心中湧現一種情緒。是希望嗎？現在都結束了，不是嗎？凱瑟琳已經去世。「那些藥有效，持續了一陣子。」尤里凝神細聽，像是以前沒聽過一樣。「之後，他給我隨身碟，叫我載到限制區裡的電腦。」彼得把鼻子上的眼鏡往上推。「我拒絕。告訴他們瑪塔會喝酒或崔伊有男朋友是一回事，但讓他們進到我們的系統……得知臥底特務的身分，以及哪些俄國人為我們工作……我做不到。」

彼得的下巴緊縮。「他威脅我不再供應藥物，他也真的做到。四個禮拜後，她死了。」

我張開嘴，吐出一口氣。我再次同情他，那幾個星期必定很痛苦，他的決定毀掉他們兩人。我對這些人產生新的仇恨，一群禽獸。

「他們認為我會閉嘴。」彼得接下去說。「認為我不能去報案，因為那樣做就等於餘生都要坐牢。可是他們不知道我已經活不下去了。」

尤里似乎遭受重創，目瞪口呆，說不出話。

彼得忽略他，眼中帶有淚光。「我不想繼續這樣，可是不得不去善後，必須彌補我的過錯。」他的聲音顫抖。「尤其是我對妳做的事。」

「對我？」我小聲說。

「我跟他們講，我們快要進到尤里的筆電。我猜他們就是在那時候置入麥特的照片，要讓妳發現。」

那說得通，可以解釋資料夾為什麼沒有加密，而且只有照片。這是個圈套。

他們知道我會怎麼行動，不會揭發麥特，他們以為能控制我。即使我當時不自知，他們早就預料到我的行為。

「是我把妳拖下水。」彼得低聲說。

我應該講點話，卻不知道要說什麼，無話可說，真相的衝擊大大，腦袋卡住了。

彼得注視著我身後，恐懼籠罩臉龐。

「把槍放下。」我聽到麥特的聲音。

我轉頭，他站在客廳的邊緣。在他後面，從廚房通到露臺的門半開。他從屋後溜進來，把手槍拿在身旁，盯著彼得。

我的頭隱隱作痛，好像這不可能真的發生，沒有道理。他不該出現在這，他應該去學校接兒子，保護他的安全。「路克在哪？」我問。「你為什麼回來了？」

他沒看我，我不確定他有沒有聽到。

「麥特，路克在哪裡？」

「我打給妳爸媽，他們去接。」

他怎麼知道爸媽在家？他為什麼不自己去？這一切很不對勁。「為什麼？」我勉強問出口。

「他們比較近，去那裡比較快。」他和我對視，他的表情令我放心。「他們很高興能幫忙，我不能放妳一個人在這。繼續，彼得，說下去。」

彼得沒出聲，雙手緊緊握在前面，左輪手槍在腳邊。我看向尤里，他把一切看在眼中，不久前的恐懼已不復存，取而代之的是沾沾自喜的表情。那使我發毛，我卻無法確切理解原因，腦子太混亂了。

麥特又開口。「繼續說。」他的聲音冷酷。

「尤里說得對，薇薇安，我在系統還原前就下載了搜尋紀錄，我是他們勒索妳的原因。」彼得的神情嚴肅起來。「不過他說錯一件事，我沒有保留檔案。」他把手伸進前面的口袋，麥特舉起槍。

「麥特，別開槍。」我驚慌地說。

「不用擔心。」彼得說，把一個小東西拉出來。「只是這個而已。」他拿著吊在銀色鑰匙圈上的隨身碟。我凝視著它在空中來回晃動，等待聽到解釋。必定有人能說明。我相信他，他是我多年來的導師。

「妳找到的照片在裡頭，不包括麥特的。我只留下這些。」他伸出手，要把隨身碟給我。「裡頭的證據妳都看過，沒有可以用來敲詐妳的資料。」

彼得步步接近，隨身碟從一隻手垂掛下來。「妳拿去處理，第五個間諜的身分也是。」他瞥一眼麥特。「我相信妳會做出正確的決定，薇薇安，不管最後的決定是什麼，但他們休想用操縱我的方式對待妳。」

我看著他，看向隨身碟，再伸手去拿。麥特注視我，表情難以解讀。彼得的話在我腦中響著。**我相信妳會做出正確的決定，薇薇安，不管最後的決定是什麼**。

我往下看麥特手中的槍，腦海裡閃現家中衣櫃的鞋盒，用來藏槍的鞋子裡空無一物。我豁然理解。

「你一直帶著這把槍。」這句話說出口，我還來不及思考和過濾想法。

「什麼？」

「你為什麼不對尤里開槍？你為什麼要留下來？」

「老天，小薇，妳是認真的嗎？」

「你說不知道能不能打倒他，可是，你有槍耶。」

「我不是殺手。」他一臉不敢置信的模樣。「殺了他有什麼好處？」

「他威脅我們的兒子，帶給你路克的背包。」

他的表情轉變，很受傷。「天啊，薇薇安，妳要怎樣才會相信我？」

我沒回答。我們瞪視對方，不眨眼。他的下巴收緊，鼻孔略微擴張。

有聲音引起我的注意，尤里在咯咯笑。「這比電影還精采。」他笑著說。**他相信麥特是在俄國這邊**。我醒悟到這件事，猶如被打了一掌，胸口疼痛。

尤里的笑容忽然消失，臉變得像石頭。「明天就是男孩的死期。」他說，眼神炯炯地望著我。那幾個字抽光室內的空氣，太意外了，如此驚悚。「如果妳不照指令行事，明天就是路克的死期。」

我知道他是說真的，突然間，我眼中只有他，這個打算殺了我小孩的人。我動不了，無法把目光從他臉上移開。

「殺完路克再殺下一個，也許會輪到艾菈吧。」他的眼神使我的胃扭動得很不舒服。「不過她正在長大，會變成漂亮的小妞。我可能把她留到最後，先從雙胞胎下手，等她長大一點再來……」

我的視線模糊，體內的力氣全部散盡。我設法轉向麥特，他是現在唯一可能理解我恐懼的人。我開口說話，發出來的卻是尖細且痛苦的哀求。

他的臉有所改變，好像下定了決心。我無法說明理由，但很清楚下一秒要發生什麼事。麥特舉起槍。

傳出一記槍響。

我耳鳴，一切模糊不清，射擊聲迴盪腦中。我眨眼，試著振作。這不是真的，不可能是真的。麥特扔下槍，雙手舉在面前，不知所措。我以前沒看過他那樣的表情，反感又疑惑，就像不知道自己有能力做出剛剛的舉動。他喘著氣，又另一口。

我看著尤里癱坐在椅子上，頭低垂，襯衫中央的顏色變深，血液暈染開來。

我後來才醒悟到現實，麥特剛剛殺了人，我先生奪走別人的性命，禽獸的命，但無論是誰的命，仍然是一條命啊。

「妳得離開。」我聽到彼得的聲音，耳鳴和心跳聲幾乎使我聽不見。「聯調局一直在注意我的行動，他們馬上會到。」

聯調局要到這裡。喔，天啊。

「妳必須離開。」彼得又更急迫地說，伸手撿起麥特的槍。

我必須離開，卻無法動彈。

身後傳來撞擊聲，大聲地撞一下，又另一聲，門被衝破，幾個穿黑色裝備的人進入，身體蹲低，舉著步槍瞄準。他們在喊：「聯邦調查局！把手舉起來！」

我高舉雙臂，看到上面印有大寫字母的背心，步槍的槍管指著我和彼得。

只剩我和彼得，不見麥特的蹤影。

「放下武器！」

我看著他們，認出一張臉，歐馬爾。他持槍瞄準彼得並大喊，他們全在喊叫。

「把槍放下！把槍放下！」

彼得仍把麥特的槍拿在身旁，手臂維持那不自然的角度。我解讀不了他的表情。更多的叫喊，要他把槍放下，高舉雙手。接著是彼得的聲音：「讓我說話，讓我說話。」

喊叫聲安靜下來，探員們靜止不動，保持射擊姿勢，伸直手臂在前方，槍瞄準我們——兩支槍對準彼得，一支對我。彼得也有看到。「她沒有做錯任何事。」他極其冷靜地說。「她在這裡是因為我的緣故，她需要聽我解釋。」

那支槍依然對著我。

「沒關係，她是我們的人。」歐馬爾說。那人稍微猶豫一下，槍不再對著我。

「彼得，放下你的武器。」他命令道。

「我要說話。」彼得搖搖頭。「你要聽好。」鼻子上的眼鏡再次滑下，不過這次他沒有把它推回去，只是往下傾斜頭部，再往前看。「這是我做的。」他繼續說，用沒拿槍的手往椅子的方向指。「我殺了這個人，尤里・亞科夫。他是俄羅斯特務。」他的眼睛充滿絕望。「我為他工作，我是內鬼。」

歐馬爾看起來很震驚。我看回彼得手中的槍。「我洩漏同仁的事給俄羅斯，他們找上瑪塔和崔伊是因為我，可能也有害到其他人。我告訴他們，我們正在調查尤里，快要駭進他的電腦。」他的額頭溼滑，光線反射出汗水，額上閃耀著微光。「我之後插入一個隨身碟到限制區內的電腦，刪除中情局伺服器的搜尋紀錄。」

我倒抽一口氣，回想起那天在門口差點撞到他。他早就知道我在做什麼，而他此刻正在把罪名攬到自己頭上，為了要保護我。

我頓然領悟到另一件真相：他為何在此時此地承認一切罪行，而且沒有丟下槍。

「不！」我尖叫。

「對不起。」他看著我低聲說，舉起手槍。

我眼睜睜看著事情發生，聽著整場經過，叫喊聲，槍林彈雨，彼得在我眼前癱軟到地上，血濺四方。

尖叫聲，起初是悶響，我的聽力恢復後就變得響亮，我這才意識到，那是我自己的尖叫。

第二十二章

在尤里的房子內，我坐在客廳裡的沙發邊，左右緊緊抓住塞得鼓鼓的單調褐色靠墊。外頭有好幾重不同步的警笛聲，刺耳的交響樂演奏著，閃爍的燈光投射於牆上，藍色和暗紅色的光點舞動。我看著光線的小舞蹈，不然就會看向蓋著裹屍布的彼得，而我最好別去看。

歐馬爾在旁邊，但沒有太靠近。他和公寓中的探員看著我，而其他探員此刻也蜂擁進來，到處標記、拍照、走動、聊天、偷看我幾眼。

歐馬爾大概是在等我先說話，我也在等他開口，等他宣讀我的權利。我強烈感覺到腰間的資料，那能把我關進牢裡後半輩子。

「需要什麼嗎？」他最後說。「水？」

我搖頭，仍看著牆上的燈光，思考發生的所有事，努力要理出頭緒。我有紙本的證據，彼得毀掉備份，尤里死了，不能指控我任何事，而彼得也自願承擔我最大的錯誤——插入隨身碟。

「我們要討論一下這件事。」歐馬爾輕聲細語。

我點點頭，腦袋在轉。他是把我當朋友和同事？還是嫌疑犯？我可以假裝不久前才發現麥特是蟄伏間諜，而且是尤里告訴我的。讓聯調局去調查，這是撥亂反正的機會。去揭發麥特，我當初就該那樣做，他會理解，畢竟一開始就是他叫我去報案。

明天就是路克的死期。如果我不插入隨身碟，他們會去追殺路克。我不知道是誰在威脅他，跟聯調局說也很難不牽連到自己。路克有生命危險，現在不能進監獄。我不相信聯調局能及時找到威脅他的人。

「能解釋一下，妳為什麼出現在這裡嗎？」歐馬爾問起。

我看向別處，沒想到就看到彼得的裹屍布。歐馬爾順著我的目光看，點點頭，當作我已經回答他的問題。「之前的那通電話，是他打的嗎？」

我的眼睛停留在蓋住的屍體上，不知道怎麼回答。我需要沒有破綻的說詞，需要時間去想，可是我沒有時間。

「還是尤里？」

我眨眼。怎樣才最合理？我告訴過他那通電話什麼事？我努力回想。**有人被捲進去……對我很重要的人**。

「薇薇安。」歐馬爾輕聲說，近乎溫柔。「我不該給妳那份資料，尤其是在不清楚狀況的時候。」

「沒關係。」我結巴。他知道什麼？我那天跟他說了什麼？

「我應該相信自己的直覺，想通妳是怎麼回事。」他搖頭。

「你幫了我的忙。」

他看往裹屍布，臉龐因悲傷而扭曲。彼得也是他的朋友，不是嗎？「妳想幫助他。」他說。這是聲明，不是疑問。

我嚥下口水。**就是現在**。說些話。「他是我的良師益友。」

「我知道，但他是個叛徒。」

我點頭，眼泛淚光，情緒快要到達頂峰。

「我們監視他，懷疑他是內鬼。我們看他到這裡來，聽到槍聲……他在我們到達前說了什麼？有沒有解釋原因？」

「凱瑟琳。」我說。「他們利用凱瑟琳。」我只說得出那樣，之後會有很多時間再說明。我想解釋彼得不是壞人，我「需要」解釋這點。他們威脅他，拿對他最重要的人去勒索。

「他們從最脆弱的地方下手。」他低聲說。

我聆聽外頭鳴放的警笛。「他一開始就計畫要補救，他一直在努力。」我顫抖。他有成功彌補吧？至少有幫助我。他替我頂下還原伺服器的罪，隱藏麥特的身分，甚至拿出原來的另外四張照片。之前包庇他們，我感到很內疚。四張照片，隨身碟。我拍拍口袋外側，確定它在那裡，伸手拿出，要給歐馬爾。「他給我這個，說照片在裡頭，是尤里的蟄伏間諜。」

歐馬爾定睛在上面，猶豫一下，從我手上拿過去，旋轉它，仔細端看，叫同事過來。幾分鐘後，面前的桌上就有一臺筆電，歐馬爾正在插入隨身碟。我看著畫面出現在螢幕上——橘色捲髮女、圓框眼鏡男和另外兩個人。除了麥特的照片，我之前刪掉的四張現在都在這。

「四個？」我聽到一名探員說。「只有四個？」

「怪了。」歐馬爾咕噥。「應該是五個吧？」他看著我。

我對螢幕眨著眼，心不在焉地點頭。我隱約聽到一些探員在討論四個跟五個的含意，為什麼可能只有四個，一個蟄伏者死亡或退休。這個行動不是我們相信的那樣穩固。

歐馬爾朝我看，長久地凝視我，眼神威嚇，我極度緊張。更多的對談和討論，最後有一位探員走過來，帶著筆電離開，其他探員也漸漸散去。

「我打算讓妳回家。」歐馬爾降低音量。「至於明天，薇薇安，妳要告訴我一切，一事不漏。明白嗎？」

明天。**明天就是路克的死期**。我點頭，現在發不出聲音。

他傾身靠近，要和我對視。「我知道妳還曉得更多內幕。」

回到家，我仍顫抖得很厲害，槍響不停迴盪腦中。我一直想到彼得道歉時的臉，他舉起槍，他倒下。不過，主要還是會聽到尤里威脅我兒子的話。

我進屋時，麥特在玄關，看到他出現在我們的房子裡很不和諧，好像他不屬於這。我停下來，我們盯著對方，沒人說話，也沒往彼此靠近。

「彼得要妳離開時，妳為什麼不走？」他終於問道。

「我不能走。」我想到聯調局探員當時衝進來，我一回頭，他卻不在那裡。我試著對到他的雙眼。**你為什麼拋下我就離開？**

「我以為妳在我身後。我到了外頭，意識到妳還在屋內……我嚇壞了。」話語似乎為真，可是眼神沒有顯現出那種情緒。「裡面到底發生什麼事？」

我搖頭。此時此刻有太多要說，說不完。

「妳沒事吧？」他的聲音很平淡，像是不在乎我究竟有沒有怎樣，只是問問而已。我赫然意識到：他怪我害他殺了人，不但怪我，還在氣我。

「沒事啦。」

他的表情沒有改變，我正要說別的，就聽到艾菈的聲音。「媽咪回來了！」她大叫著跳過來，跑去抱住我的腿。我用手摸她的頭，蹲下到她的高度，親她一下。我抬頭，路克在後面。我放開艾菈，走過去，給他一個擁抱，感到放心。感謝老天，他沒事。

尤里的話又自動浮現。我把他抱得更緊。

我走進起居室，爸爸坐在沙發上，媽媽寸步難行，因為她面前有一座精心疊製的樂高鎮。「喔，親愛的，妳回家了。」她說，臉上充滿關心。「我不敢相信妳竟然整晚工作，他們常要妳上大夜班嗎？通宵工作很不健康。」

「不常。」我說。

「而且路克還生病了。」她搖搖頭繼續說。我看一眼路克，他低著頭。我再看向廚房裡的麥特，他稍微聳肩，避開我的日光。我猜他們不得不說謊吧？他們必須給我爸媽路克從學校早退的理由。一陣尷尬的停頓，大家站著互相對望。

「那麼，」媽媽最後說。「既然麥特回來，我們就不用再打擾你們了。」她對麥特笑一下。爸爸從沙發上看著他，自然沒有笑容。如果他認為某人傷害過我，他不會輕易原諒。

我瞥一眼麥特，他仍然不看我。他們還不行離開。「其實，」我說。「如果你們能留久一點……」媽媽的笑容消失，爸爸的表情變得嚴肅，他們倆看著麥特，好像他要隨時準備閃人。「如果你們不能留下，我明白。我知道你們有事情要做，而且——」

「我們當然可以留下。」媽媽說。「怎樣都行，親愛的。」她再次瞄向麥特。沒關係，我之後能再把這件事處理妥善，我能把所有事處理好。「可是，我和妳爸需要一些乾淨的衣服。我們乾脆今天晚上回夏洛特鎮，明早再回來。」

「你們可以在這裡洗衣服。」我說。

她忽略我的話。「還有房子，我們應該回去檢查一下房子。」她是不是想給我們一些隱私？

「你們想那樣做，我也沒異議。」我說，實在沒力氣去爭辯。而且他們不在這邊，我和麥特會比較好談事情。

他們不久就離開，家裡又變回我們六人。我鎖上大門，也檢查其他門窗的鎖。我關起百葉窗時，聽見廚房裡的麥特在說話。「公主，今天的晚餐要吃什麼呢？」他的語調輕鬆，聲音中卻有空虛。

「起士通心麵？」傳來艾菈的聲音。

「當晚餐吃？」麥特說。有半晌沉默，我往廚房看，她快速點頭，露齒而笑。

麥特面向路克。「小子，你同意嗎？」

路克抬眼看我，好像在等我說不好。我沒說話，他轉回去面對麥特，聳聳肩，嘴角上揚。「可以啊。」

「那就吃起士通心麵吧。」麥特說，伸手到櫥櫃裡拿平底鍋。他的語氣有些尖銳，我希望孩子們沒注意到。「有什麼不好的？」

「加豌豆？」艾菈伶俐地說，好似在討價還價。我們中午如果吃起士通心麵，通常會配上豌豆做為妥協，因為要有一些蔬菜。

「我們不需要豌豆。」路克低聲責備。「他已經答應了。」

艾菈的小額頭形成皺紋。「喔。」

凱勒鬧起來，所以我把他帶到高腳椅，放幾塊餅乾在盤子上。卻斯看到也開始吵，向我揮出手臂，胖胖的手指大張。我帶他到椅子上，享用他自己的餅乾。

路克和艾菈晃去起居室，我看著爐邊的麥特，他背對我，安靜而身體僵硬。我想到他說過：**我不是殺手**。然而他已經殺了人，而且還怪我。

「你想說什麼嗎？」我問。他靜止不動，沒有回頭，一聲不吭。

看到他這個樣子，我更加絕望，無能為力。麥特不看我，不跟我說話，我是要如何對付威脅路克安全的人？我怎麼會這樣快要失去一切？而且是全部一起失去。

「我沒有要你那樣做。」我悄聲說。

他轉身，手裡拿著木勺。「妳暗示得可清楚了。」

「我暗示了什麼？」這不公平，他不能把所有問題往我身上推。他聽到尤里會怎麼對艾菈——

他把聲音降低更多。「我動手，妳才會信任我。」

「我為什麼要信任你？」我突然爆發，大聲到孩子們能聽到。起居室中的路克和艾菈安靜下來，暫停他們的遊戲。

「媽咪？」艾菈試探性地說。「爹地？你們能不要吵架嗎？」

我和麥特交換眼神一陣子。他搖頭，面朝爐子。我們沒有再說一個字。

第二十三章

帶小孩吃過飯，洗完澡，安頓好他們就寢，我們又重新回到日常事務——麥特清理廚房，我收拾起居室的玩具——只是這並非日常，因為我們才剛歷經慘況，孩子正受到威脅，而麥特甚至不看我一眼。

我望著他，看他的頭頂，一小塊已漸漸變得稀疏。他在水槽刷洗東西。我跪坐著。「我們需要談談。」

他不轉頭，繼續刷洗。

「麥特。」

「什麼？」他猛地抬頭看我，眼神銳利又悲痛。他又低下頭。

「我們需要討論路克的狀況。」我堅持，聲音絕望。我需要和他談，需要有同伴。

他的手停下，但沒有抬頭。他的肩膀隨著每次呼吸起伏。我聚焦在他頭髮變少的地方，跟十年前我們相遇時很不一樣。現在很多事情不同了。

「好吧。」他關掉水龍頭，強勁的水流停止，只剩緩慢滴下的水珠，最後一滴落入水槽。

吐口氣，我感謝這個機會，集中精神。「路克還有提到和他在學校說話的那個人什麼事嗎？」

抹布掛肩膀，他走進起居室，坐在沙發的扶手上，身體緊繃。「我有問他，要他告訴我所有記得的事。那是俄羅斯口音沒錯。我用手機放一些語音檔給他聽，他很確定沒有一樣的。」他冷冷地說。我試著忽略他的冷漠，盡量集中注意力。

「好。」俄羅斯口音，另一名俄國特務。我腦中有個想法呼之欲出：**小組首腦**。可能嗎？難道尤里已經向他的上級求助？

「而外貌：他說是深棕色的頭髮，棕色眼睛，一般體型……」

這很合理，非常有道理。尤里不該和其他俄羅斯特務有聯繫，除了首腦以外。

「……上次是牛仔褲，這次是黑色褲子，兩次都穿鈕釦式襯衫，有一條項鍊……」

一**條項鍊**。他繼續說，但話語變得模糊，我腦袋裡的思緒翻騰。「項鍊？」

他話講到一半停下，我沒聽到前半句是什麼。「是啊，金項鍊。」

我不假思索就伸出一隻手摸褲子前面的口袋，感覺堅硬的墜飾在裡頭後，又馬上收手，放至膝蓋上，雙手互握。我和麥特對視——覺得內疚，我看起來是不是很心虛？——他的眼中產生困惑，受傷的眼神，像是知道我有事情沒跟他說，因為不夠相信他。

他站起來，扭頭離開。「等等。」我說。他停下來，我一時不知道他會做什麼。他又轉身面向我。

「我騙了妳，小薇，我打從心底真的覺得很抱歉。」他的下巴略微顫抖。「但妳恨了我好幾個星期，我不能永遠這樣下去。」

「那是什麼意思？」這感覺像是在道別，怎麼會這樣？還偏偏選在我們需要脫離險境和保護路克的時候？

「我以為我們的感情很堅定，能通過這個難關，可是我現在不確定了。」他搖頭。「我不知道妳會不會再相信我。」

疑惑席捲而來。我該相信他嗎？他騙了我好多年，不過我明白他為什麼這樣做，他進退兩難。而且自從我發現真相後，他所做的就只有以誠相對。

我想到他之前從尤里公寓裡的樓梯走下來，剛洗完澡。可是，他在那裡是因為離不開，因為路克還處於危險之中。他當初在那裡的唯一原因就是為了保護路克。

我曾害怕他離開我們，他卻沒有走，他離開是為了保護我們的小孩。

此外，他沒有洩漏瑪塔和崔伊的私事給俄方，彼得已經承認那一點。

「我殺了他，小薇，我殺了他，而妳『還是』不相信我。」

我記得當他意識到自己殺死尤里時，他臉上充滿恐懼，不是因為他殺的人是尤里，而是因為他殺了人。

他做了會一輩子後悔的事，還是為我而做。

「我很抱歉。」我低語，朝他伸出一隻手，而他只是看著，沒有動作。我們之間的鴻溝從沒如此巨大。

他悲愴地看著我，受傷至深，我感到害怕。

我應該有相信他了，不信任他的理由似乎已經消散。我需要他在身邊，和我站在同一陣線上。對路克和我們所有人來說，那樣才是最好的狀態。

我把手伸進口袋裡，抓住墜飾，拿出來，遞過去給他，好比是證明我信任他的獻禮。「彼得出現之前，我從尤里身上拿來的。」

他沒說話，仍保持戒備的表情。

我把墜飾翻面，找到背面的四個螺絲。「你能去拿一把螺絲起子嗎？」

他猶豫，之後點點頭，離開，回來時帶了一個工具箱。我拿出最小的螺絲起子，很剛好，我於是鬆開並移除全部的螺絲釘，再用指甲扳開墜飾的邊緣。它在我手中分開，一個小隨身碟卡在側邊，搖一搖就掉到手裡。我拿到光線下，再看著麥特。「我認為都在這裡。」

「名字？」

「尤里的五名蟄伏間諜。」

他眼神茫然。我突然意識到：他不曉得我知道的事。我猶豫片刻，一下子而已。

「每個聯絡員都有五名蟄伏間諜的名字。如果聯絡員出事，替補的人應該要去找到名單，和莫斯科聯繫，索取解密金鑰，接下前任聯絡員的工作。那是他們保護蟄伏間諜身分的方式。」

他皺著眉頭。「他們為什麼不直接跟莫斯科要名單？」

「名單不在莫斯科，而是保留在當地。」

他很安靜，腦袋似乎在轉。「不在莫斯科？」

我搖頭。他看起來開始瞭解事實。

「所以，他們說新的聯絡員會和我們聯繫……」

「他們必須先找到名單。」我說。

「那就是為什麼如果過了一年，我們有自行再去聯絡的措施。」

我點頭。「因為接任者若是拿不到名單，要和你們重新搭上線，也只有用那種方法。」

「我現在才知道。」他喃喃說，謹慎地把隨身碟接過去，拿在拇指和食指之間研究，好像上面有所有問題的答案。他抬頭看我，我們應該在想同樣的事。如果裡頭是名單，麥特就不用坐牢。

尤里死了，不再有勒索，五個名字也不見。不管莫斯科派誰來接替尤里的位置，那個人都拿不到名單，不得不等蟄伏間諜自己聯絡。如果麥特不去恢復聯繫，那麼他就永遠自由，全身而退。

我們兩個能安全退場，沒有人會知道他是誰或我做過什麼。如果沒有那個人的威脅，我們會贏得很漂亮。然而，我和麥特的安全並不是最重要的，有人計畫要傷害我們的小孩，而我不知道是誰。

我猛然想到一件事，害我喘不過氣。**但路克可能知道**。

我抵達時，大廳空蕩蕩的，只剩一個有點眼熟的保全人員在閘門附近。我過去，腳步聲迴響於寬敞的空間中。我向她點頭，驗證識別證，通過閘門。她也回禮，面無表情地看著我。

我走過寂靜的長廊，到達庫房門口，舉起識別證，輸入密碼，嗶一聲，門喀噠地解鎖。我推開厚重的大門，裡面整片漆黑，沒有聲響。我把燈打開，刺眼的日光燈照耀室內，我走到自己的小隔間。

我用鑰匙打開辦公桌抽屜，取出文件夾，置於桌上，旁邊是有家人照片和小孩圖畫的留言板。文件夾比我印象中的還厚，塞滿了有機會是小組首腦的可疑人士，包括他們的「照片」。

我坐下來，文件夾拉到面前，快速整理起來，把照片和生物資料分開擺放，篩掉將近一半。路克可能認識其中的某個人。假如我們可以找出他，我們就能保護小孩。他就不會再是個無名無臉的威脅，而是活生生的一個人，我們能去追蹤並處理掉他。

可是資料還是太厚。要怎麼藏起一整疊帶出去呢？放包包太危險了。只要保全人員把我攔下來，翻找一下，就會被逮個正著。走私機密資料，我之前還不曾走到這一步。我的視線游移到釘在隔間牆上的尤里照片，心思也跟著飄移。項鍊時時刻刻不離身，就像「迪誘餌」說的，**隨身攜帶**。

我起立，拿起這疊紙，前往庫房後方放列印機和影印機的桌子，那裡有一卷厚膠帶和一個大信封。我兩個都拿過來，把資料滑到信封裡，拉起我的運動衫，平貼信封在後腰部，用膠帶繞著黏。

有人抓到我這個樣子，我就完了，全部的苦心會毀於一旦。可是這也是我想到唯一能找出威脅是誰的方式。聯調局絕不會給路克看一堆機密照片。所以值得冒這個險，不是嗎？當然值得。況且他們不是在找走私紙張的人，他們在乎的是電子用品。我被發現的機率是微乎其微，對吧？

我拉下運動衫，這可能會成功，實現的機會很高。我走回到辦公桌去拿包包，背在肩上。準備離開的時候，我注意到路克畫的那張圖，我身穿斗篷，「S」字母在胸前。我慢慢往後靠在椅子上，盯著超級媽咪。路克認為我像超人嗎？儘管我不是完美的母親，他仍然認為我是超級英雄，能解決任何問題並照顧他。

我想到那個到學校威脅他的人。我的小男孩有多害怕？他一定在祈求超級英雄出現，來保護他，驅退邪惡勢力，打擊壞人。「我在努力，小子。」我低語。

我的目光轉移到艾菈的畫，我們一家六口幸福的笑臉。那豈不就是我在這爛攤子裡的原因嗎？努力留住我們全家快樂的面孔。我們還能擁有笑臉嗎？我在動腦筋思考，做沙盤推演，試想該如何保護小孩又同時維持家庭的完整。

我有想法了。

我彎腰到桌下的抽屜，那是固定在地板上的沉重金屬櫃。我旋動轉盤，首先是一個方向，再換成反方向，找到數字，解鎖，拉出一格抽屜，翻閱分類好的檔案資料夾，找到我要的那一個。裡面有份紅色外皮的報告書，封面頂部有長串的分類資訊。我再挑出後面相像的另一份。

我把兩個打開，掃視內容，找到我要的。一長串數字和字母，又另一串。我把那些抄在便條紙上，折起來，塞進口袋，往出口走。

出口的保全人員還是同一個，她在閘門附近的管理櫃檯，小電視在面前，播放著二十四小時的新聞頻道。我接近時，她抬頭。

「要走了嗎？」她滿臉嚴肅。

「是的，女士。」我給她一個微笑，試著要認出她。我應該在早上也有看過她。

「半夜來待一下而已？」

「我睡不著。」

「有些人會打開電視。」

我的心臟怦怦直跳。「我知道，我是工作狂分析師。」我舉起兩個手掌假裝投降。

她沒有笑，也不微笑。「我要看一下妳的包包。」

「當然。」

她走過來，八成能聽到我的心跳聲，而且看到我的手在抖。我盡力保持沒有表情，拿著打開的包包給她檢查。她往裡頭瞧，伸手進去移開一些物品，要看得更清楚。我瞥見一個奶嘴和袋裝的嬰兒食品。

她從腰帶上取下金屬探測棒，掃描我的包包。「妳現在改成值夜班了？」我說，想引開她的注意力，讓自己顯得不那麼可疑。

她把探測棒移開包包，從我的頭掃描到腳，整個身體正面，棒子近得快碰到我。我慌張起來，貼在背後的紙很厚，太厚了。

「夜班的薪水比較好。」她說。「我家老大明年就要離家去上大學。」

她移動棒子到我背面，從雙腿開始往上掃。我屏住呼吸，身體一陣哆嗦。越來越高，幾乎到下段的背部，快要碰到那些文件。在棒子搆到那個區域之前，我踏出一步，轉過去面對她。

「妳喜歡值夜班嗎？」我說，表現出想聊天的樣子。希望表情看起來還自然，因為我快嚇死了。

我等她開口後才要轉回去，她手中依然拿著探測棒，但沒繼續往我靠過來。

「我們怎樣做都是為了小孩，對吧？」她沉著臉說。

我暫時停止呼吸，希望她不記得或是不在意還沒檢查完。她把探測棒掛回腰帶上，我放心下來，頭也暈眩。

我身體虛弱，貼在背後的文件突然變得好重。「當然啊。」

我拿起袋子，頭也不回地走向出口。

路克坐在床邊，我和麥特在左右兩旁。我們靠得非常近，好像是要給他力量，要他知道自己是安全的，他不是一個人。

他穿著像棒球裝的睡衣褲，腳踝處有點短，他長得很快。他後面的頭髮翹起來，和麥特醒來時一樣。他剛從睡夢中被叫醒，還很恍惚，眼皮沉重。

「我要你看一些照片。」我輕聲說。

他揉著一隻眼，在光線中瞇著眼，困惑地看我，好像不能完全確定自己是夢是醒。

我按摩他的背，緩慢畫圓。「我知道這很怪，小子，但我想弄清楚誰在學校跟你說話，我們才能找到他，要他別再騷擾你。」

他的臉一沉，好像意識到自己已經醒了，這是真的，卻希望現實不存在。我有一樣的想望。「好。」他說。

我從旁邊拿起整疊資料，放在我腿上。最上面的是張大頭照，一個有嚴肅表情的男人。我看著路克，他看著圖片。我一直給他搓背，暗自希望自己不用逼他坐在這裡回憶和陌生人對峙的恐懼。

他搖搖頭，沒有作聲。我把這張翻到旁邊，正面朝下，新的圖片出現。我深感內疚，給他看這些面孔可能會害他久久一直有惡夢，就跟我相同。

他靜靜看著，用了一樣久的時間。我越過他的頭頂和麥特對望，我的內疚也反映在他臉上，我們心中有同樣的問題。**我們到底做了什麼？**

路克再次搖頭，我換到下一張。我望著他凝重的側臉，看上去好像老了幾歲，比他實際歲數要大很多。我感到無比悲傷。

我一頁頁翻過去，在搖頭前，他全部有條不紊地認真看過去，每個也都耗費相同的時間長短。我們不久後就抓到節奏。**一秒，兩秒，三秒，搖頭，翻**。

我們現在快翻完了，絕望開始占上風。如果這也不行，我下一步該做什麼？我要怎麼找到那個對他構成威脅的人？

一秒，兩秒，三秒，搖頭，翻。一秒，兩秒，三秒……

沒有動作，頭沒有搖。

我停下，路克死盯著圖片，我不敢呼吸。

「就是他。」他小聲說，我幾乎聽不到。他抬頭看我，眼睛睜大，圓如盤子。「就是這男的。」

「你確定嗎？」雖然他很肯定，我還是問。他臉上顯露信心和決心，還有恐懼。

「確定。」

第二十四章

我站在廚房裡，背靠流理臺，一手拿著熱氣騰騰的咖啡，另一手拿圖片，上頭是阿納托利．瓦升可。我瞪著他，長臉龐，往後退的髮線。我看著小組首腦的臉，他威脅路克和所有小孩。

我把圖片翻過來，讀另一面的文字，記載著他的生物資料，我們可以用來追蹤瓦升可。內容很少，所有可疑人士裡最少的一個，幾乎可說是沒有字。我定睛在其中一行。**入境美國：無已知紀錄**。

無已知紀錄。

我對那行字眨眼，希望它們變成別的字。但它們當然不會變，還嘲諷地回瞪我。他顯然已經進入美國，因為他目前在境內。如果我們沒有他來這裡的紀錄，他就是用假身分入境。

那也表示我們沒辦法去追蹤他的下落。

路克又睡著了。夜深人靜，除了起居室偶爾傳出打字聲。麥特用筆電在解碼。

敲鍵盤，停頓一段時間，打更多字，更多寂靜。

我啜一口咖啡，品嘗舌上的苦澀，心裡漸漸洩氣。我成功找到首腦，可是那又有什麼用？我沒有足夠的線索去追蹤他，或有其他行動，我肯定無法及時做到。**明天就是路克的死期**。那句話停留在耳邊。他就在某個地方，威脅著路克的性命安全，而我無力阻止。

無法憑一己之力阻止。

念頭在我腦袋裡，不斷要浮現出來。我努力把它壓下去，趕到別處，不要它完全形成。但我做不到，那是唯一的辦法。

我把資料留在臺子上，走進起居室，雙手捧住杯子，暖著手。麥特坐在沙發，身體往前傾，他的筆電打開放在面前的小桌子上，連接著隨身碟，橘色的小燈閃亮。我走進去，他抬起頭，臉部緊繃，很緊張。我在他旁邊坐下，看向螢幕，一堆難以理解的字串，我看不懂他打的字。

「有什麼進展嗎？」我說。

他嘆口氣，搖搖頭。「只用我的解密金鑰還不夠，那裡有多層保護，很複雜。」

「你能破解嗎？」

他看著螢幕，又看向我，一臉遺憾和無奈。「應該不行。」

我點頭，一點都不驚訝。俄國人很厲害，設計了這種防護，我們需要其他的解密金鑰才能破解。

「現在要怎麼辦？」他問。

我觀察他的臉，必須看看他接下來會有什麼反應，因為我信任他，認為一切會有解釋，不過我還需要進一步確認。「我們去報案。」

他稍微睜大雙眼，幾乎只有訝異，沒有別種情緒。「妳說什麼？」

「這是保護路克的唯一方法。」

「但我們知道是誰——」

「我們也只知道那麼多，沒有其他東西能幫我們找到他，什麼也沒有，不過，政府機關會有。」

他的眼睛沒有離開我，露出走投無路的眼神。「一定有其他——」

我搖頭。「我們有名字，俄國名字，沒有他的化名和位置。如果我們有更多的時間，也許……」

我看著他面對這種消息，我也一直被迫處於同樣的狀況下：這是唯一的辦法。而且我們無法自己及時追蹤到他。

「『明天就是路克的死期。』」我悄聲說。「如果他來處理路克，而我們阻止不了呢？」

他的額頭上的皺紋加深，他還在思考。

「妳說得對。」他說。「我們需要幫助。」

我等待下一個問題，他必定會問，因為他的反應才是最重要的關鍵，我需要看他對我的話有什麼反應。

「那麼，我們要跟他們怎麼講？」他最後問。我聽到他沒問出口的問題，一個我也有的疑問。**我們要如何不曝光自己而得到他們的幫助呢？**

我抬眼，和他四目相對，記下他的眼神，要看那會如何改變。「實話實說。」

「什麼？」他無比困惑地盯著我。

我密切觀察他。「告訴他們一切。」

他的眼睛閃過難以置信的神情。「我們會去坐牢，小薇，兩個人都是。」

巨大的壓力湧上我的胸口，去坐牢就意味著我所知道的正常生活結束了，無法待在孩子們身邊，我會想念他們的童年，緬懷與他們在一起的生活。他們會恨我，因為我離開他們，把他們變成媒體的焦點。

他對我眨眼，懷疑變為無奈。「妳現在要放棄？我們快成功了。」

「我沒有要放棄。」我很確定。我只是終於挺身而出，做正確的事，我很久以前就該這麼做。

「在經歷了這一切——」

「這一切都是為了小孩。」我打斷他。「這『仍然』是為了他們。」

「一定有別的辦法，編些故事——」

我搖頭，必須堅持這點。他其實是對的，可能有別種方式，再說另一個謊。我可以和歐馬爾坐下來，編個他會買帳的故事，我們可能因此不用坐牢，路克和其他小孩也不會有危險。「我不想再扯更多謊。」

我不要再有謊言，不想把洞往下挖，陷得更深。我不想終身活得不自在，時時提心吊膽，擔心自己做了錯誤的決定，導致小孩仍處在危險之中。我希望他們加入證人保護計畫，確保他們的安全。

「而且我不想冒任何險。除非我們說出實話，他們是不會明白小孩的處境有多危急，瓦升可多凶殘，或是他為什麼要威脅小孩。」我說。「孩子們需要受到保護，這樣對他們最好。」

「父母都在監獄裡？那樣最好？」

我心生疑惑，因為老實說，我不知道怎樣才最好，可是直覺告訴我，這樣做是對的，這是確保他們安全的方式。再說，如果我之後活在謊言中，是要怎麼成為盡職的母親？如何教導小孩分辨是非？我向來會責備他們撒謊，即使是無傷大雅的小謊也一樣，我要他們做正確的事。那些影像如電影膠捲般跑過我的腦海。彼得的話響起。**我相信妳會做出正確的決定，不管最後的決定是什麼。**

「也許吧。」我說，其實還抱著兩個人都不入獄的希望，但現在不能告訴他，還不行。

在內心深處，我知道我們最終可能還是會吃牢飯。然而，對他們最好的不一定是全家團聚，而是完全確保他們的人身安全，教導他們即使困難，也要做正確的事。或許有一天，他們會看到我和麥特做的一切，他們會理解。然而，假如我們繼續這樣下去，活在謊言中，再過十年、二十年，等到政府終於抓到我們，之後呢？我們要如何有臉再面對他們？

我拿出手機，謹慎地放在面前的墊腳椅上。麥特看著它。

我深呼吸。「希望你現在能明白，我信任你，但你還是可以離開。你搭上離開這裡的飛機後，我才會打電話。」

他盯著手機一會兒，轉而看著我。「絕不。」他低語。「我永遠不會離開妳。」他抓住我的手，十指相扣，溫暖而熟悉。「如果妳認為這是該做的，我們一起去做。」

這才是麥特，我的先生，我認識的人，我深愛的男人。我曾懷疑他，我錯了，錯得非常離譜。

我鬆開他的手，伸進口袋，拿出一張四方形小紙片，展開來，放到墊腳椅上，我們看得見兩條長字串。「我還需要你做一件事。」

黎明時分，歐馬爾獨自到我們家，我有要求他只能一個人來。我在門口迎接他，帶他進屋。他小心翼翼地進來，謹慎踏出每一步，環顧四面八方，默默不語。

我關上大門，我們在玄關尷尬地佇立。我突然覺得不該叫他過來，有打退堂鼓的衝動，現在還來得及後悔。我抬起下巴，這是在做正確的事，唯一能保護小孩的方法。

「我們先坐下吧。」我說，向廚房的方向點頭。歐馬爾不動，我只好領著他去。他的腳步聲在我身後。

麥特已經坐到廚房的桌子，歐馬爾看到他就停下，盯著他，對他點一下頭，仍然一語不發。我迅速挪開卻斯的高腳椅，把路克的椅子拖到桌尾，用手示意，請歐馬爾坐下。他遲疑片刻才坐到椅子上。我坐在平常的座位，在麥特對面。我抬頭看他，瞬間回到幾個星期前，發現祕密的那一天，我的人生因而改變，我們所有人的人生都變了。

時間回到現在，我面前的桌上有份我偷渡出來的文件夾。歐馬爾的視線落在上面，接著又看回我的臉。「薇薇安，這是怎麼回事？」他問。

我的聲音和身體，一切突然全部癱瘓。這樣做真的對孩子們最好嗎？

「薇薇安？」他又開口，茫然不解。

沒錯，這樣會保護小孩，我一個人辦不到，無法保證他們的安全。

我把文件夾滑給歐馬爾，手在顫抖。他伸出一隻手放在上面，疑惑地看著我。

他猶豫，戰戰兢兢地打開。我看到路克認出來的大頭照。

「阿納托利・瓦升可。」我小聲說。「尤里的上級，也就是該組的首腦。」

他盯著圖片，終於抬頭看我，臉上出現問號。

「立刻去逮捕他，在那完成之前，我所有的小孩都要受到保護。」

他的眼睛游移至麥特，又看向我，還是一個字也沒說。

「他威脅路克。」我嘶啞地說。「威脅我所有小孩。」

他輕輕吐氣，盯著我看，搖頭。「薇薇安，這到底是怎麼回事？」

我必須和盤托出。「他會戴一條項鍊，墜飾，八成是十字架，內嵌一個隨身碟，裡頭有五個聯絡員的名字。」

歐馬爾震驚地眨眼。

「麥特會跟你說怎麼解碼。」我輕聲補充。「用麥特的金鑰，還有『迪誘餌』給我們的莫斯科金鑰。」

我看向麥特，他嚴肅地點頭。歐馬爾一旦拿到其他的解密金鑰，不久就會進到資料夾，找到那五張照片檔。我上班時看到照片的那一天好像是上輩子的事。不過這次還會有文字內容：地址、職業、權限、會面的方式。

我其實不期待會看到其他四個是同樣的面孔。意識到檔案是刻意放的之後，我確信其他的照片是假的。也許我不該驚訝，那可能就是他們自大狂妄的證明，他們很有信心，知道一切會怎麼發展。

「每個聯絡員也有金鑰和各自小組的名單，也就是五名特務的名字。」我說，放下尤里沉重的金十字架。隨身碟已經塞回去裡頭，螺絲拴緊。「第五個名字就在這裡。」

歐馬爾略微睜大雙眼，下巴掉下來，嘴巴無意識地大開，我嚇到他了。他看向麥特，麥特點頭。「小薇之前不知道。」他悲痛地說。我聽到時，心也好痛。「我一直瞞著她。」

歐馬爾轉回來面向我。

我感覺好像欠他某種解釋，可是不知道該說什麼。「他們瞄準目標最脆弱的地方。」我終於開口。「對我們而言，就是家人。」

他流露出不敢置信的眼神。

「幾年前，」我輕聲說。「他本來會去投案。」

歐馬爾看著遠方，表情有些變化。「我以前是對的，他就是我認為會出面投案的那種情報人員。」

他還沒有碰尤里的項鍊。我用食指把墜飾朝他推近。接下來會怎麼樣？一絲希望猶存，但非常微弱，渺小至極。

不管如何，這樣做是正確的，為了讓小孩免受傷害。

他也有可能會打電話叫支援，要逮捕我們。爸媽應該很快就要回來，我真希望自己有堅持他們留下來過夜。至於我的孩子們，可憐的孩子，如果他們醒來，我們已經被帶走了呢？

他依然盯著項鍊。有種奇怪的感覺湧到我身上，那一線希望變得更明亮，這或許行得通，這樣就夠了。

他最後伸出食指，放在項鍊上。他沒有把它拉向自己，反而推回來給我。「那麼，妳會需要加入證人保護計畫。」他說。

一股亢奮的情緒如電流傳遍全身，這真的成功了？我低頭看回面前的項鍊。他不要收，不想看到麥特是第五個名字。

我試著去接受那句話，想明白這是不是真的發生了。我看著一頭霧水的麥特。我們沒有談到這一點，因為似乎不太可能，如果真有機會成功，我也不想在討論過程中烏鴉嘴。

「證人保護計畫？」我這樣說，因為不知道該講什麼。

歐馬爾暫停一下才做出回應。「妳給了我足夠的信息去瓦解整個間諜小組，俄羅斯當然不會欣然接受，而且如果他們已經威脅路克……」

我低頭看隨身碟，不該燃起希望的，時候未到。也許他還不明白麥特就是第五個蟄伏間諜，不曉得我已知情，我們該被關進監獄。

「我犯了一些錯，我要告訴你所有——」

「所有我們在調查的一切，」歐馬爾說，舉起一隻手，像是在阻止我講下去。「不論犯人是內鬼或是能進入防諜中心的俄羅斯特務，彼得已經認了所有相關罪行。」他放下手，目光從我身上移到麥特，又移回來。「我相信，第五個蟄伏者沒有做過任何危害國家安全的事。」

喔，天啊，這真的發生了，歐馬爾打算放我們走，這就是我希望的，我沒想錯，給他們足夠的情報以換取自由，我們因此可能不用坐牢，還能擁有完整的家庭。

不過，前提是他也要能保護孩子們。「小孩——」

「會受到保護。」

「我們只在乎小孩的安全。」

「我知道。」

我沉默片刻，仍試著思考清楚所有事。「那要怎麼做？」我最後問。

「我會直接去局長辦公室，告訴他能瓦解整個間諜小組的情報，他會答應我的要求。」

「但是——」

「我會說，麥特承認自己是蟄伏間諜，給我小組首腦的名字，還有他自己的解密金鑰，並跟我說項鍊的事。而相對地，我們要保護他的家庭，包括他在內。」

「可是，如果有人發現——」

「我們會把情報隔離在機密管道，列為最高機密。」

「你可以——」我開口，他又打斷。

「這和俄羅斯相關，一切都是機密。」我聽見自己也講了很多次的話，我知道是真的。也許這就意味著行得通，只是「也許」而已。

「局長會同意嗎？」我問，這句話幾乎要變成耳語。即使歐馬爾願意如此幫我們，但他也不能保證吧？

他點頭。「我知道局裡怎麼運作，我有信心。」

我的臉洋溢著希望，祈求我們最後能安全地在一起。我看著麥特，他也有同樣的表情。

「現在呢？」我問。

歐馬爾給我一個微笑。「去打包行李。」

一年後

第二十五章

我坐在新月型小海灘的沙子上，看著孩子們。卻斯沿著海浪的邊緣奔跑，強壯的小腿攪動灘上的厚沙，一隻海鷗在他面前跳躍；凱勒站在卻斯後面，金色的捲髮在陽光下閃閃發光，海鷗飛向天空，他看著，高興地尖叫；艾菈在遠一點的地方專心把沙裝進數個塔樓形狀的桶子，面前是座精美的沙堡；路克則在海裡，腹部向下地趴在衝浪板上，等待下一波海浪打來，閃亮的水珠從背部和雙腿滑下，他似乎日漸長高，陽光晒黑皮膚，他在這裡長期追逐浪潮。

和煦的微風吹拂，滿布小海灘的棕櫚葉隨風搖曳。我閉上眼睛聆聽半晌。波浪輕柔地拍岸，棕櫚葉窸窣作響，小孩發出饜足又快樂的聲音。這是世界上最美麗迷人的交響曲。

麥特到我身後，坐在旁邊，靠得很近，我們的腿互相碰著。我往下看，以前不曾晒得這麼黑，在白沙上幾乎呈棕色。他衝著我笑，我也報以微笑，再回頭看孩子們，我滿足地和他相伴而坐，沉默不語。一陣大浪沖來，路克抓準時機，乘著浪一路回到沙灘。凱勒踏出蹣跚的一步，又一步，蹲下到沙裡，挖出一個大貝殼，正在仔細觀察它。

那天我們和歐馬爾在廚房說過話後，不到二十四小時，我們就搭上了一架私人飛機，前往南太平洋。當歐馬爾叫我們去收拾行李時，我用想的就覺得可怕，把家當裝到行李箱裡，而我們留下來的可能再也看不到。所以我就先找對我最重要且不可替代的物品，照片和小孩的書等等。事實證明，我真的只需要那些。所有其他在我們家的東西——整櫃的衣服和鞋子、電器、家具——我到現在還是不想念它們。我們在這裡重新開始，簡單地生活，買好必需品，我們擁有彼此和回憶，我們只需要這樣就能生活下去。

我爸媽也跟我們一起來。歐馬爾同意他們可以去，但並非必要的措施。即使我不認為爸媽願意離開所知的生活，我仍去詢問。聽說不能和我們聯繫長達一年之久，甚至會超過一年，他們毫不遲疑。**我們當然要跟去**。媽媽說。**妳是我們的小孩，妳是我們的一切**。他們就這樣下了決定。我完全理解他們的想法。

我和麥特的感情再次鞏固起來。第一天晚上我們住到新房子，一起躺在不熟悉的床上。**我原諒妳**。他說。如果他能原諒我懷疑他，還讓他覺得不得不殺人才能取得我的信任，我絕對可以既往不咎。我依偎在他的懷抱裡，那個屬於我的地方。**我也原諒你**。

我此刻聽到遠處有架直升機飛來，隱約傳來螺旋槳的轉動聲。我看著它映入眼簾，漸漸接近，越來越大聲，輕柔的聲響變為固定的節奏，**轟隆**，**轟隆**，**轟隆**。孩子們全部停下手邊的事在觀看。它直接經過我們面前，聲音很大，艾菈和路克捂住耳朵，卻斯和凱勒只是驚訝地盯著。

我們這裡沒有直升機。他們讓我們住在島上的偏遠地區，兩幢房子在斷崖上，俯瞰大海，下方是新月型海灘的一小截。我不知道歐馬爾是怎麼辦到的——安排房子和生活費這類事。他告訴我不用擔心，因為我們對國家有所貢獻，我們應得的。我沒有繼續追問下去。這是長久以來我第一次不用擔心錢的問題。

我抬頭望向爸媽家，媽媽走出門外，關上身後的玻璃門，開始朝海灘走，微風吹拂，她的長裙如海浪般在雙腿間翻騰。我轉過身，直升機盤懸在我們身後的懸崖上方，緩緩往下飛，垂直降落至地面。

我和麥特交換一下眼神，無言地起立，拍落沙子，等待媽媽和我們會合。「去吧。」她說。「我會在這看小孩。」

螺旋槳聲逐漸消失，我們爬上山丘往家門口前進，先經過多座白色沙丘，每走一步就向下滑，我們終於到達木頭樓梯，上面覆蓋了更多沙子，我們繼續向上走，直到抵達山頂，地上散布著不均勻的雜草，方形的房子有兩層樓，屋頂傾斜的角度很大，周圍都是露臺。歐馬爾從直升機那裡走過來，身穿卡其褲和夏威夷的花襯衫。他看到我們就露出笑容。

我們同時到達房子門口，我用力擁抱他，麥特和他握手。在這裡見到他很興奮，他是我們整年來見到的第一個老朋友。儘管他警告過我們，有可能一整年都要自己在這裡，甚至超過一年，我們仍然對與外界完全隔絕的奇怪感覺毫無準備——見不到我們認識的人，失去原有的固定生活模式，甚至沒有電子郵件和社群媒體。他有給我們一支手機，但嚴格指示我們，只有在緊急情況下才打開來使用。所以我們基本上就只是在這裡等他和我們聯繫。而現在，他出現了，整整一年後。

「請進。」我對他說，打開前門帶路。房子通風甚佳，光線充足，室內全是白色和藍色，比以前的房子更像家。我們還用去海灘散步時撿來的貝殼和照片裝飾內部，好多照片，不同的黑白相片中有孩子們，有棕櫚樹，或是任何我看到的事物。很高興再次有時間發展興趣。最重要的是，我有時間陪小孩。

我帶他到起居室，自己在藍色的組合式舊沙發上坐下，我們大家都曾擠在這裡一起看電影和玩遊戲。他坐我對面，麥特不久便拿著一壺檸檬汁和兩個杯子走進來，把它們放在茶几上。他給我一個微笑。「你們兩個好好聊。」他說。我和歐馬爾都沒有挽留他。

他離開起居室，我們聽到樓上有關門聲，歐馬爾向前俯身。「這裡的生活如何啊？」

「棒透了。」我真誠地說。我不曾這麼快樂過，不再覺得進退兩難，為生活疲於奔命。我好像拿回了人生的控制權，而且沒有良心不安。我終於有了夢想中的生活。

我拿起那壺檸檬汁，往兩個杯裡倒，冰塊撞著兩側。

「學校呢？我知道妳很擔心那點。」

我把杯子遞給他。「我們在家自己教小孩，雖然不是長久之計，但目前挺有成效的，小孩學到很多。」

「凱勒狀況怎麼樣？」

「很好啊，會走路了，甚至講出幾個字，沒有健康問題。你說得對，美國本土的心臟科醫生很天才。」

「真是太好了。我其實經常想到你們，很想來看你們過得好不好。」

「我也是。」我說。「我有很多事想聽你講。」我停頓。「你最近過得怎麼樣？」

「過得很好。」他拿起杯子，小啜一口。「我是新的副局長。」他在努力忍住不要有笑容。

「太棒了。」

他還是不禁露齒而笑。

「你應得的。」

「好啦，妳也知道這件案子真的幫了我很多。」

我等他再多說點話，不過他很安靜，微笑沒了。我想起彼得，不知道他是不是也在想同個人。我最後說：「你能告訴我間諜團怎麼了嗎？」這個疑問停留在我腦中一整年，我迫不及待想聽到他要說什麼。

他點點頭。「妳說得沒錯，瓦升可就是小組首腦，我們很快就找到他，發現藏在墜飾裡的隨身碟，都跟妳講的一樣。我們之後就用妳給的金鑰去解密。」

我雙手緊抓大腿，等他繼續說下去。

「我們之後逮捕了其他四名聯絡員。三天後，我們進行大規模的查緝行動，逮捕小組裡所有二十四個成員。」

「我們有聽說。」我說。即使在這裡，那也是個大新聞。雖然我讀到的都是說二十五名情報員落網，包括亞歷山大·沖科夫，關於他的資訊少之又少，唯一發布的相片解析度很低，模糊到難以辨識，不會有任何人認得出他是我先生。「他們會怎麼樣？」

他聳聳肩。「監獄，兩國交換囚犯，誰知道？」他看我一下。「妳看到的應該大多聲稱他們被陷害，實際上是政治異見人士或國家公敵吧？」

我點頭微笑。「他們至少有貫徹始終。」

他咧嘴一笑，又變得嚴肅。「聯調局終於批准了『別再被冷落』計畫，目前有兩名成員加入，正要他們努力去瓦解其他小組。我們還使用妳的演算法，試著找出其他聯絡員。聯調局和中情局投入了相當多的資源進去。」

我安靜片刻，沉澱腦中所有消息。他們瓦解了整個小組，還正在搜尋其他團。我驚訝地擺動頭部，說出另一個使我更擔憂的急迫疑問。「那麥特呢？他們有懷疑他嗎？」

他搖搖頭。「沒有任何俄羅斯人知道他仍然存在，或是有任何牽連。」

我闔上眼睛，肩膀放鬆下來，如釋重負，我感到輕鬆許多。這就是我希望的；新聞似乎把所有問題歸結到彼得身上，描述他是資深中情局分析師，因為妻子生病而被盯上，遭到勒索。媒體也報導聯調局的「O」探員立了大功。

「至於妳，」他繼續說。「則被列為留職停薪。防諜中心和聯調局裡的人都知道妳與這件案子有關，而且到處有謠言，認為俄方勒索妳，妳卻不從。但工作上的其他人不知道細節。」

「誰知道真相？」

「我、聯調局和中情局的局長，就我們幾個。」

我漸漸不感到緊張。談話很順利，就算是我自己寫的劇本，也不會這麼順。不過話說回來，我們在這裡要做什麼？我感到一股憂傷，周圍的所有事物好像不堪一擊，可能會轉眼消失。我不太敢問下一個問題。「所以，現在要做什麼？」

「這個嘛，從現在的狀況來看，已經能放心回去，我們可以送你們回家，妳的工作……」

我的思緒不禁飄到別的地方：孩子們在托兒所待一整天，我只短暫地在早上和晚上看到他們——如果我夠幸運不用加班。我試著不去想。

「我們會在未來幾週內打理好所有細節，給麥特新的證件——出生證明和護照之類，可以禁得起檢查的文件。」他停下來，看著我，期待有所回應，我於是對他淺笑一下。

「我們會盡可能使你們順利和回去的生活接軌，薇薇安，完全不用擔心。而我和妳，我們會合作無間，去破獲更多……」

他沒說完，看著我，臉上露出奇怪的表情。「那是妳想要的，對吧？」

我沒有馬上回答。此刻真的很怪，因為這是有生以來我頭一次實際做出的重大抉擇。我不用再繼續從事一份連自己也不確定想不想做的工作，沒有人操縱我，逼我去做任何事，我能隨心所欲，擁有選擇權。

「薇薇安？」他追問。「妳要回去嗎？」

我對他眨眨眼，開口回答。

我和麥特在海灘上慶祝我們的結婚十週年紀念日，正如我們之前想的那樣。我們坐在新月型海灘的沙上，看孩子們玩耍，拿著塑膠杯裝的便宜氣泡酒，夕陽西下至地平線處，我們的世界染上了紅色和粉紅色的餘暉。

「我們終究一起走到現在。」他說。

「敬我們，乾杯。」

我聽著浪潮汩汩，小孩在尖聲笑鬧，我想起上次討論十週年紀念日要怎麼慶祝時，我們說要去有異國風情的沙灘，那是發生在我發現麥特照片的早上，就在一切四分五裂之前。我在腦中回到辦公桌，周圍是高聳的灰色隔間牆，我時時刻刻感覺可能會失敗，得在重要的兩件事裡選擇一項，而不論怎麼選，我的時間還是不夠。光是用想的，我的喉頭就變緊。

我把腳趾放入沙中更深處，看著地平線，太陽下沉。我說出唯一掛在心頭的事：「我不想回去工作。」這其實非常突然，因為自從我們離開美國本土，就還沒談到工作。「我的意思是，如果能回去工作的話，我不想再上班。」暢快說出心裡話，做出決定，掌控生活，這樣很爽快。

「好啊。」麥特說。他只講了「好啊」。

「我想把房子賣了。」我進一步說。

「好啊。」

我轉過去面對他。「真的？我知道你很喜歡那棟房子——」

他笑了，搖搖頭。「我一點都不喜歡，剛開始還很討厭。我說服妳買下那裡，妳才不會辭去工作。」

那句話一擊打來，雖然我早該預料到。我把腳趾更往沙裡埋，回頭看著大海。

「我喜歡我們在那裡的回憶。」他補充說。「但房子本身？啊，別提了。」

我再次思考，又一次認清楚，很多我相信的事實結果根本不是真的。

「我愛妳，小薇，我希望妳能快樂，真正地感到快樂，像我們第一次見面的時候那樣。」

「我很快樂。」我說，不過那聽起來很假。我真的快樂嗎？和小孩與麥特在一起，我很開心，但生活中還是有許多事使我不快樂。

「妳的快樂不該是這樣。」他輕聲說。「我還沒成為一個理想的丈夫。」

我該說點話，跟他爭論，不過我沒回，想不到要怎麼答腔。也許我是想看他接下來要說什麼。

「路克出生後，妳回去上班……那天妳回家，說妳做不到，沒辦法放下他。我真的只想說：『那就不要去啊。』我們可以賣掉房子，我去找第二份工作。我告訴妳要繼續撐著，別放棄，我真的好心疼妳。我曉得妳有多不開心，我真的知道，而我心都碎了。」

我回想起人生中最低潮的一天，淚水就湧來，我透過朦朧的淚眼看著孩子們在玩鬼抓人，路克衝得好快，艾菈緊跟著，卻斯在後面努力地蹣跚前行，而凱勒，我可愛的凱勒，他原地站立，不確定地跨出幾步，笑起來。

「我讓妳失望很多次：我說服妳到俄羅斯組工作，還有當我們發現懷了雙胞胎時。我努力要使我們家不被拆散，害怕他們會命令我離開。我把那件事看得很重，甚至比陪伴妳還重要。我很抱歉，真的很對不起。」

我看著太陽落至地平線以下，燃燒的火球消逝，燦爛的紅色和橘色換成了各種暗粉紅色和藍色，天空中有著一抹抹的晚霞。

「我不像以前的自己，但我想再一次建立自我，重新開始，盡力當個妳應該要有的好老公。」

孩子們仍在沙灘上奔跑，無視天邊的夕陽，不管我們的談話和必須做出的抉擇。小孩的嬉笑怒罵往大海飄去，融入海浪聲之中。

「小薇，妳想要什麼？」麥特問。

我看向他，他的五官在黃昏中顯得柔和。「嶄新的開始。」

他點頭，等我往下說。

「我希望有時間陪小孩。」

「我也希望妳能陪他們，我們會想辦法做到。」

「不要再有謊言。」

他搖頭。「我也不要。」

我用手指劃過沙地，畫出一條波浪線。「我該知道其他事嗎？你還有在隱瞞什麼嗎？」

他又搖頭，這次更堅定。「全部亮到檯面上了，妳已經知道一切。」

我們安靜一會兒，他張開嘴想說話，又閉上，他在猶豫。

「怎麼了？」

「只是……」

「什麼？」

「嗯，妳的工作，妳辛辛苦苦才爬到現在的職位，而且妳是在做大事……」他快速搖一下頭。「現在不是談論這個的時候，我只是希望妳能做出正確的決定，我要妳快樂。」

他轉過來面對我，握起我的雙手，一起拉著我站起來。他的話迴盪耳邊，這些年來感到的矛盾又悄然襲擊我的良心。他把我溫柔地拉近，手放在我的腰。我意識到他至少說對一件事：現在不是談論這個的時候。我有一年的時間去思考。我摟著他。

「還記得我們婚禮上的第一支舞嗎？」他柔聲說。

「記得。」我說。此時，我彷彿被傳送出去，回到那一天。我們兩人在舞池裡，隨音樂搖擺，他的手在我的腰上，感覺溫暖又幸福，熱戀著彼此。桌子圍繞舞池擺放，坐滿一張張熟悉的面孔。

「看一下四周。」我對他說。我稍微退開，要看他的臉。「是不是很棒？我們愛的人都在這裡，我的家人、你的家人、我們的朋友。這什麼時候還會再發生？」

他沒有抬頭環顧，只是認真地看著我。

「看一下四周。」我再次建議。

他還是沒看。「我和妳。」他說。「我眼中只有我們兩人，這才是最重要的，只有我和妳。」

我盯著他，不理解他的態度和執著的語氣。他把我拉過去，我把頭靠在他的胸口，想逃離他那種眼神。

「我對妳發過的誓，字字屬實。」他告訴我。「無論在未來發生什麼，永遠不要忘記這一點。如果狀況變得……很糟……記住就對了，一切都是為了我們著想。我的下半輩子，一言一行都會是為了我們。」

「我不會忘記。」我喃喃地說。我當然會永遠記得，卻同時也在想，那些話以後會說得通嗎？

我們在沙灘上隨著音樂緩慢搖擺，我把頭再次靠在他的胸膛，正如多年前那樣。我感覺到他的體溫，聽到他的心跳。「我沒有忘記。」我低聲說。

「我做的一切都是為了我們。」他說。「還有我們的家庭。」

我把頭側向一邊，看向孩子們。天色幾乎整個暗了下來。「我也是。」我把他拉近。「我也是。」

「我要回去。」我說。

這句話好像很對，這個決定聽起來很正確。

事實是，我想念工作，想念翻開新情報書的興奮和期待，下一個大突破可能為期不遠，而且隨時能找出線索來幫助我的國家。

我的確努力工作才做到目前的職位，它是我的一部分，塑造了部分的我。

「妳害我擔心了一下。」歐馬爾說，臉上顯現放心的表情。「他們會給妳更高的權限，我們能一起完成更多事，擁有我們自己的後臺管道，和各個機構共享情資，所有情報能互通有無。我們真的可以有一番作為。」

我想要那樣，不是嗎？那是我多年來的宿願，自從加入中情局後就有的想望。可是我沒感覺到之前以為會有的期待和興奮，一點也沒有。

「縱使我是副局長，我的心還是永遠在俄羅斯防諜部門。」

我點頭，漸漸感到不安。我做了正確的決定嗎？現在要反悔還不算太遲。

「而且，妳欠我的。」他笑著說，笑意卻沒有完全在眼睛中顯露，我無法肯定他是不是在開玩笑。但我確實欠他數筆人情債。他保護過我很多次，為我觸犯法律，洩漏不該有的資料給我。如果不是因為他，我此時會在監獄裡，麥特也會去吃牢飯。

我們一時之間沉默，尷尬地坐著。他歪一下頭，久望著我。「薇薇安，妳確定這是妳要的嗎？」

我不禁想到孩子們，可是我的寶寶長大了，我一直想在家帶小孩，而我也如願以償，在家陪了他們一年。我試著不去多想。

一年前，我會拒絕。不過，日子一久，我就越肯定。我有很多理由回去，這是正確的決定沒錯。

「我確定。」

我關上歐馬爾身後的門，沉默地站著半晌。悲傷壓在我身上，像是淡淡的後悔。這不太有道理，因為我本來有足夠的時間去思考。

聽到麥特走過來，我沒轉頭。他從我身後靠近，攬住我的腰。「所以呢？」他說。「妳的決定是什麼？」

我點頭，心中仍不太確定，好像這樣選擇是錯的，但上次我們討論時，他警告過我，我可能會有這種感覺。「我要回去。」

他低下頭，倚靠在我的肩頸之間，那裡總會使我有一陣哆嗦。我感覺到他在微笑。「我認為妳做了正確的決定。」

終章

歐馬爾走在高聳的山脊，大海在他左側，正前方的直升機停在貧瘠的泥土地上。他從口袋中掏出手機，按一個鈕，放到耳邊。

「Zdravstvuj（你好）。」他問候完就繼續聽著。

「Da（對）。」他邊走邊說。又過了一會，他切換到英文。「她要回去了，我會去做必要的安排。」他聆聽電話裡的回應。「也許要幾個月，但等待會很值得。」

他迅速瞥一眼身後，要確定沒有人。

「我會去想辦法。」他說。片刻後又開口：「沒錯，這局玩得很久，終於要開花結果。」他的嘴角上揚。「Dosvedanya（再見）。」

他把手機挪開，按下一個鈕。他接近直升機，飛行員啟動引擎，螺旋槳開始旋轉，先是緩慢，越來越快，發出巨大的聲響，轟隆，轟隆，轟隆，轟隆。

他沒有停下腳步，一邊把手機往下方的汪洋抛，它飛速墜向嶙峋的岩石。他最後一段路改成小跑步，到達直升機旁，側身進去艙門內。直升機起飛，直入空中。

他們朝向大海時，他看到薇薇安和四個小孩在下面的新月型沙灘上。她一手抱著小孩，不是凱勒，就是卻斯。她靠近他的頭，指著直升機。其他三個圍在她身旁，小孩本來在玩的遊戲暫時停止，望著天空。

他看見他們的房子，那個斜屋頂的小方盒。麥特在後面的露臺，觀看直升機靠近，前臂倚靠欄杆，襯衫在微風中翻飛。

露臺上的麥特緊盯著逐漸接近的直升機，轉動中的螺旋槳越發大聲。他看著它經過房屋，嗡嗚聲震耳欲聾。在它直接飛過他面前的那一瞬間，他似乎看到了歐馬爾，兩人有片刻的眼神接觸。

他仍持續注視直升機，望著它沿海岸飛離，轟隆聲逐漸消逝，他又能聽到海浪拍岸。他的嘴角微揚，卻不是露出他家人常見到的可親笑容，他現在的笑臉完全不是那樣。若有人看到他的表情，會說他像是陌生人，不是他們認識的麥特。

他看著直升機沒入遠方，一個字脫口而出，他低聲沉吟，彷彿是個祕密。

「Dosvedanya（再見）。」

作者致謝

沒有大衛・格爾納特，這一切都不可能實現，他幫助我草擬初稿，今日才變成你們看到的這本書。格爾納特經紀公司（The Gernert Company）的整個團隊也是不可或缺的角色，尤其是安娜・沃勒爾、艾倫・柯崔、瑞貝卡・加德納、威爾・羅伯茲、利比・麥奎爾和傑克・格爾納特。

由衷感謝厲害又人超好的凱特・米夏克，以及每個在巴蘭坦出版社（Ballantine）的人，包括凱利・錢和茱莉亞・馬奎爾，他們大大改善了這本書。我很幸運地與金・霍維、蘇珊・科蔻倫和蜜雪兒・潔思敏共事。我對吉娜・山崔羅和卡拉・威爾士也感激不盡，她們使我的美夢成真。

給予西爾薇・羅比諾真誠謝意，她為此書的電影版權奔波貢獻。也謝謝所有本書的外國編輯和出版商，特別是跨界出版社（Transworld）的莎拉・亞當斯，因為她早期跟我提出很有見解的想法。

非常感謝我全部的家人，尤其是媽媽對我很有信心，克莉斯汀給予我建議和想法，戴夫全力支持，我爸很熱心。

最重要的還有謝謝我的兒子們：我宇宙無敵愛你們。以及我的老公：我做過最好的決定就是說「我願意」。

逆思流

機密諜報
（原名：Need to Know）

著　　者／凱倫．克里夫蘭（Karen Cleveland）
執 行 長／陳君平　　譯　　者／陳彥賓　　企劃宣傳／楊玉如、施語宸、洪國瑋
榮譽發行人／黃鎮隆　　美術總監／沙雲佩　　國際版權／黃令歡、梁名儀
協　　理／洪琇菁　　美術主編／李政儀　　文字校對／施亞蒨
總 編 輯／呂尚燁　　主　　編／劉銘廷　　內文排版／謝青秀

出　　版／城邦文化事業股份有限公司　尖端出版
台北市中山區民生東路二段一四一號十樓
電話：（〇二）二五〇〇－七六〇〇
傳真：（〇二）二五〇〇－二六八三
E-mail：7novels@mail2.spp.com.tw

發　　行／英屬蓋曼群島商家庭傳媒股份有限公司城邦分公司　尖端出版
台北市中山區民生東路二段一四一號十樓
電話：（〇二）二五〇〇－七六〇〇（代表號）
傳真：（〇二）二五〇〇－一九七九

中彰投以北經銷／楨彥有限公司（含宜花東）
電話：（〇二）八九一九－三三六九
傳真：（〇二）八九一四－五五二四

雲嘉以南／智豐圖書有限公司
（嘉義公司）電話：（〇五）二三三－三八五二
傳真：（〇五）二三三－三八六三
（高雄公司）電話：（〇七）三七三－〇〇七九
傳真：（〇七）三七三－〇〇八七

香港經銷／城邦（香港）出版集團有限公司
香港灣仔駱克道一九三號東超商業中心一樓
電話：（八五二）二五〇八－六二三一
傳真：（八五二）二五七八－九三三七
E-mail：hkcite@biznetvigator.com

新馬經銷／城邦（馬新）出版集團 Cite（M）Sdn. Bhd.
E-mail：cite@cite.com.my

法律顧問／王子文律師　元禾法律事務所
台北市羅斯福路三段三十七號十五樓

二〇二二年七月一版一刷

■中文版■

郵購注意事項：
1.填妥劃撥單資料：帳號：50003021戶名：英屬蓋曼群島商家庭傳媒(股)公司城邦分公司。2.通信欄內註明訂購書名與冊數。3.劃撥金額低於500元，請加附掛號郵資50元。如劃撥日起 10～14日，仍未收到書時，請洽劃撥組。劃撥專線TEL：(03)312-4212 ・ FAX：(03)322-4621。E-mail：marketing@spp.com.tw

國家圖書館出版品預行編目資料

機密諜報 / 凱倫・克里夫蘭 (Karen Cleveland) 作；陳彥賓譯. -- 1 版. -- 臺北市：城邦文化事業股份有限公司尖端出版：英屬蓋曼群島商家庭傳媒股份有限公司城邦分公司發行, 2022.07

面； 公分

譯自：**Need to know**

ISBN 978-626-338-044-8（平裝）

874.57　　111007935